Priska Baumgartner

Die Auflösung

2018 Priska Baumgartner
© tredition GmbH Hamburg
Coverbilder: Priska Baumgartner
Umschlagvorlage: tredition GmbH, Hamburg

Verlag: tredition GmbH, Hamburg
ISBN
Taschenbuch: 978-3-7345-5988-4
Hardcover: 978-3-7345-5989-1
e-Book: 978-3-7345-5990-7

1

Esther war zuversichtlich, dass sie heute wieder ein gutes Stück mit ihrer Arbeit vorankommen würde. Sie war schon des Öfteren hier gewesen seit Johannas Tod, der so schnell und leise gekommen war, wie sie ihn für sich selbst, wäre einem die Gnade der Wahl über den Ablauf seines eigenen natürlichen Lebensendes vergönnt, durchaus wünschen möchte. Dennoch öffnete sie die Tür zu dieser Wohnung, die nun offiziell ihr gehörte, noch immer nicht mit der Selbstverständlichkeit einer Besitzerin.

Nur in Ausnahmefällen, etwa wenn Johanna krank oder verreist gewesen war, hatte sie Gebrauch von ihrem Schlüssel, den ihr ihre Mutter vor Jahren gleich bei deren Einzug hierher gegeben hatte, gemacht. Normalerweise hatte Esther, wenn sie zu Besuch gekommen war, vor dem Eingang des acht Wohneinheiten umfassenden, hellgelb gestrichenen Mehrfamilienhauses auf den Klingelknopf neben dem nur mit KORTE beschriftetem Namensschild gedrückt.

Obwohl für den Vornamen ausreichend Platz vorhanden gewesen wäre, denn man hätte auf dem Schild die Buchstaben problemlos etwas enger zusammenrücken lassen können, hatte sich ihre Mutter gegen eine solche, gewissermaßen erweiterte, Offenlegung von Einzelheiten zu ihrer Person entschieden und stattdessen die knapp gehaltene Version gewählt, die dem

Zweck des Schildes, dass sie nämlich in diesem Haus gefunden werden konnte, gerade noch, aber vollends, genügte.

Ihre Mutter war der Überzeugung gewesen, dass die Beschränkung auf lediglich den Familiennamen im Vergleich zum freundlichen und einladender wirkenden JOHANNA KORTE neben den üblichen Sicherheitsvorkehrungen, wie der Benutzung der Gegensprechanlage oder einer Sicherheitskette an der Wohnungstür, dazu beitragen würde, ihren Schutz vor unerwünschten Begegnungen mit Fremden in ihrer Wohnung zu erhöhen, wie sie es selbst einmal etwas gestelzt und, glücklicherweise in Ermangelung eines konkreten Beispiels aus eigener Erfahrung, sehr allgemein ausgedrückt hatte.

Der Gefahr solcher unliebsamen, unerbetenen Besuche hatte sie sich, was nachvollziehbar war, als alleinstehende Frau stärker ausgesetzt gesehen, als wenn sie mit mehreren Personen zusammen gewohnt hätte.

Oder ein Mann gewesen wäre.

„Wenn ich als Fremde ein einfaches `Korte` lesen würde, würde ich, glaube ich, am ehesten einen Mann oder eine Familie dahinter vermuten.", hatte sie Esther einmal auseinandergesetzt.

„Anders als bei `Rose`. Da würde ich ganz sicher zuerst an eine Frau denken." Und hatte, die Augen direkt und fest auf die ihrer Tochter gerichtet, hinzugefügt:

„Ich kann, von daher gesehen, also

froh sein, dass ich so heiße, wie ich heiße. - Wenn ich schon allein leben muss."

Esther hatte dem Blick ihrer Mutter, der, während sie diese Sätze ausgesprochen hatte, von einem kurzen, verhaltenen Lächeln begleitet worden war, um gleich wieder seinen gewohnt ruhigen Ausdruck anzunehmen, so dass ein stummer Vorwurf nicht zwingend aus ihm hatte heraus gelesen werden müssen, sie hatte diesem Blick mit unbewegter Miene standgehalten, so, als hätten sie die Äußerungen nicht berührt.

Innerlich jedoch hatte sich das letzte Wort wie ein scharfes Messer in ihr Herz gebohrt und ihr einen schmerzhaften Stich an einer ohnehin schon wunden Stelle versetzt. Denn die Frage, ob sie und ihre Familie nicht doch mit ihrer Mutter gemeinsam unter einem Dach hätten leben sollen, können oder müssen, hatte sie, seit sie selbst die Weichen für eine langfristige, räumliche Trennung von Mutter und Tochter gestellt hatte, bei Gelegenheiten, bei denen sich ihr Pflichtgefühl ihrer Mutter gegenüber besonders eindringlich in ihr gemeldet hatte, immer wieder gequält.

Und so hatte sie sich des Unbehagens nicht erwehren können, dass dieses `muss`, so unvermittelt ausgesprochen und sich durch die Schärfe eines letzten Wortes von den vorangegangenen Wörtern noch zusätzlich abhebend, dass dieses `muss`, wenn von ihrer Mutter auch nicht in einer ihr gegenüber anprangernder Weise geäußert, der Enttäuschung über eine geheime, unerfüllt gebliebene Hoffnung entsprungen war.

Oder das `muss` hatte sich für sie während des Sprechens in diesem Nachsatz ohne weitere hintergründige Absicht so ergeben, um einfach nur die Tatsache herauszustellen, dass sie nunmal alleine war, sie ihre Person darum, wo immer möglich, auch selbst schützen wollte, um damit die Berechtigung ihres Tuns, sich nach außen hin auf KORTE zu reduzieren, zu untermauern.

Mit dieser Erklärung hatte sich Esther anfreunden können.

Und mit dieser wohlwollenden Auslegung, die die verletzenden Spitzen dieses letzten, unbarmherzigen Wortes entschärften, hatte sie sich selbst beruhigt, am Tag, als es gefallen war und auch später, wenn sie an das Gespräch zurückdachte.

„Da hast du gar nicht so unrecht. Von der Seite aus habe ich das noch nie richtig betrachtet.", hatte sie ihrer Mutter dann nur mit einem bedächtigen Kopfnicken beigepflichtet. Und Klang und Tonfall ihrer Stimme hatten nichts von ihren vorangegangenen stillen Bedenken erahnen lassen.

Und wie es sich gerne bei einer Sache verhielt, zu der man sich bislang keine Gedanken gemacht hatte und der man durch einen Anstoß von außen plötzlich mit anderen, wachen Augen gegenübertrat, so

war es Esther mit den Namensschildern an
Häusern und Wohnungen ergangen.

Sie schenkte ihnen fortan eine ihr
neue Beachtung. So passierte es schon bald ganz automatisch, gar wie einem erteilten Auftrag
folgend, dass sie, wenn sie irgendwo in
einem Wohngebiet allein zu Fuß unterwegs
war und sie dabei nicht ihren Gedanken
nachhing und darüber die Umgebung so gut
wie nicht wahrnahm, dass sie ihren Blick
auf die Klingelschilder der Häuser lenkte, um die Angaben darauf zu lesen, wann
immer sie dafür nah genug an ihnen vorbeikam. Um sich dann, wenn ihr aus irgendeinem Grund eines davon ins Auge
sprang, in ihrer Phantasie zu Menschen
führen zu lassen, die sich dahinter verbergen könnten. Und nicht selten stieß
sie auf diesem Weg auf Personen aus ihrer eigenen, gegenwärtigen oder auch
vergangenen Welt.

`Willkommen
Matthias, Simone, Janis und Aaron
Berger`

Während die Namen in klaren Lettern
auf einer rechteckigen Messingplatte
eingeprägt waren, war dem darüber ange-
brachten, in weichem Schriftzug gehaltenen `Willkommen` ein eigenes, dem Augen-
schein nach selbst gefertigtes, ovales
Schild zuerkannt worden. Plastisch her-
vorgehobene Blätter und Blumengesichter
umrahmten freundlich den Gruß in der

Mitte und boten durch eine harmonische Farbgebung von grünen, roten und gelben Tönen auf hellbraunem Grund ein einladendes Bild am Eingang des schmucken Häuschens, dessen weiße Fassade an der Frontseite durch einen senkrecht verlaufenden, kontrastgebenden, dunkelroten Farbbalken gekonnt unterbrochen war.

Das großzügige, gepflegte Grundstück, das es umgab, trug ein Übriges dazu bei, dass Esther die sonntägliche Familienidylle förmlich vor sich sehen konnte:

Janis und Aaron, um die sechs beziehungsweise acht Jahre, mit zwei Spielkameraden ihres Alters auf dem grünen Rasen im Garten hinterm Haus herumtollend, vielleicht noch ein mittelgroßer Hund, der aufgeregt, und ab und zu kläffend, zwischen ihnen hin und her sprang, und auf der Terrasse in Korbsesseln gemütlich um den Kaffeetisch sitzend die Gastgeber Matthias und Simone, in angeregter Unterhaltung mit einem befreundeten Paar, den Eltern der beiden andern Kinder. Hin und wieder ein sie in ihrem Treiben bestätigender, ermunternder Blick der Erwachsenen zu ihren Sprösslingen. Strahlende Augen in stolzen Eltern- wie fröhlichen Kindergesichtern.

Familie Berger. Glückliche Einfamilienhausbesitzer. Vier Personenhaushalt. Eine stimmige Vorstellung.

Nicht immer boten sich Esther derart klare Bilder wie die für die Bergers an, für die es ihr als nicht unwahrscheinlich erschien, dass sie im Wesentlichen

10

den Rahmen, in dem sich das Leben jener Familie tatsächlich abspielte, umrissen.

Etwa, wenn sie auf die Art von Schilder stieß, die sich ähnlich reizarm dem Johannas präsentierten. Unauffällig in der Ausführung, von der Größe her gerade ausreichend für ihren Zweck und rechteckig in der Form, so, wie man sie zur Genüge kaufen konnte, nüchtern in der Beschriftung. Mit Nachnamen, manchmal nur mit diesen, manchmal ergänzt durch einen ausgeschriebenen oder auch auf seinen Anfangsbuchstaben abgekürzten Vornamen, oder gegebenenfalls mit dem Zusatz ˋFamilieˋoder ˋFam.ˋ versehen. Ohne persönlichem ˋWillkommenˋ oder ˋHier wohnenˋ.

Insbesondere, wenn sie, einheitlich im Modell, auf einer großen Schildertafel, ein regelmäßiges Muster bildend, in mehreren Reihen und Spalten zueinander angeordnet waren, und manchmal überdies alle noch in einer einzigen, oft gedruckten Schrift ausgefüllt, wie das etwa am Eingangsbereich größerer, neuerer Wohnanlagen der Fall sein konnte, tat sich Esther bei der ganzen Gleichförmigkeit, die sich ihr auf den ersten Blick darbot, schwer damit, eine ganz bestimmte, als sehr wahrscheinlich anzunehmende, lebendige Vorstellung zu den Menschen, die dieses Haus in sich vereinen könnte, entstehen zu lassen.

Dort waren es die Abweichungen vom Gewöhnlichen, die, wie man es nicht selten erlebte, wenn man sie in einem vermeintlich langweiligen Muster bei genauem Hinsehen entdeckte, dieses gerade dadurch interessant werden ließen. Ähnlich, wie das einem Schönheitsfleck in einem Durchschnittsgesicht gelingen konnte.

Sehr kurze Namen gehörten zu solchen Auffälligkeiten.

Wie U. Ott.

Ein Name, oder vielmehr das, was davon preisgegeben wurde, der mit seiner Knappheit im umgebenden Weiß des Schilds nahezu versank und sich wie eine kleine Insel aus dem Meer seiner raumfüllenden Nachbarn heraushob.

Ulf Ott.

Der Name hatte etwas, fand Esther. Es erheiterte sie, wie zackig er über die Lippen kam, wie flink man dabei vom U zum O sprang. Ein Name, der, wenn er ihr wirklich begegnete, denn er war ihr als diese Kombination nur so in den Sinn gekommen, Esther dazu veranlassen würde, dem für diese Wahl verantwortlichen Elternpaar einen gewissen Witz zuzusprechen und der sie sich seinen Träger, Ulf Ott, selbst als einen humorigen Mann um die vierzig, mit vereinzelten Silberfäden im schwarzen, kurz geschnittenen Haar und mit einem jungenhaften, charmanten Lächeln vorstellen ließ.

Und, sich des Fehlschlusses als einer nicht logischen Folgerung sehr wohl im Klaren, bescheiden in seiner Art, der Kürze seines Namens wegen.

Oder im Gegensatz dazu die langen, die

ganze Breite des kleinen Papierzettels beanspruchenden Namen, die mit ihren vielen schwarzen Buchstaben das Schild beherrschten, sein ursprüngliches Weiß auffraßen.

Etwa Y. Baur-Großkönning.

An diesem Namen war Esther sofort hängengeblieben, als sie ihn gelesen hatte. Nicht nur seiner Länge und einer gewissen Ungewöhnlichkeit wegen, sondern vor allem, weil er sie an ein Mädchen erinnerte, das so ähnlich geheißen hatte, aber wie genau?, und für eine kurze Zeit mit ihr zusammen in die gleiche Grundschulklasse gegangen war.

Bauer-Groß, Bauer-Klein, versuchte sie die Spur zu Angelika zu finden.

Angelika! Natürlich!

Angelika Bauer-Großkopf.

Zugezogen in der zweiten Klasse von irgendwo weither aus Deutschland, so war damals ihr kindlicher Wissensstand zu Angelikas Herkunft gewesen. Und dass sie, wie auch ihre gesamte Familie, protestantisch gewesen war.

Merkmale, die sie zu jener Zeit von den übrigen Schülern aus der Klasse, deren Eltern allesamt ihre Wurzeln in der nahezu rein katholischen Gegend gehabt hatten, nicht nur abgegrenzt hatte, sondern sie hinsichtlich ihrer Konfession mit einem Makel behaftet hatte erscheinen lassen.

Und dann noch der Doppelname!

Genauso wie ihre Mitschüler war auch Esther in ihrem jungen Leben das erste

13

Mal bewusst einem Menschen, einem Kind sogar, mit einem Doppelnamen begegnet.

Wie genau Angelika zu diesem Doppelnamen gekommen war, hatte Esther nie richtig erfahren. Vielleicht hatte sie ihn auch nur der Einfachheit halber benutzt, und hatte, wie alle andern auch, laut Urkunde nur einen einzigen Nachnamen. Denn Angelika hatte in einer Familie gelebt, zu der außer ihr selbst noch ihre geschiedene und mittlerweile wiederverheiratete Mutter sowie ihr Stiefvater und ein Stief- oder Halbbruder gehört hatten. Also Bauers und Großkopfs, wie verteilt auch immer. Übrigens hatte Angelikas Halb- oder Stiefbruder, Norbert, glaubte sich Esther zu entsinnen, nur einen Nachnamen getragen.

Norbert Großkopf.

Familienverhältnisse, die zu jener Zeit eher die Ausnahme gewesen waren, denen gar eine gewisse moralische Verwerflichkeit angehaftet hatte, und die die unwissend Außenstehenden darüber miteinander tuschelnd nach dem, dafür zu missbilligenden, Schuldigen für ihr Entstehen hatten fragen und werweißen lassen.

Damals, als für die Mitglieder einer Familie normalerweise ein einziger Nachname ausgereicht hatte.

Damals, als kaum ein Mensch zwei Nachnamen für sich allein beansprucht hatte.

Damals, als man für die Form einer zusammengewürfelten Familie, ähnlich der der Bauer-Großkopfs, noch keinen eigenen

Ausdruck benötigt hatte.

Damals, als das Wort Patchworkfamilie noch nicht zum allgemeinen Sprachgebrauch gehört hatte.

Die Familie Bauer-Großkopf war übrigens, noch bevor der Wechsel von Angelika und ihr selbst auf die weiterführenden Schulen angestanden hatte, aus beruflichen Gründen des Stiefvaters, wieder weggezogen.

Angelika mit ihren schwarzen, langen, zu Zöpfen geflochtenen Haaren, ihrem blassen Gesicht und den schönen dunklen Augen.

Hineingestoßen in eine geordnete, fremde, kleine heile Welt, dachte Esther, ein wenig beschämt darüber, dass ihr zu Angelika nichts weiter einfiel.

Y. Baur-Großkönning.

Die Buchstaben quetschten sich aneinander, waren dabei etwas in die Höhe gezogen. Sahen aus, als müssten sie nach Luft schnappen, befand Esther beim Betrachten des Schilds mit dem ihr eigenen Sinn für Vergleiche.

Der Name hätte wirklich nicht länger sein dürfen.

Y wie Yvonne, fabulierte sie weiter. Getrennt lebend oder bereits geschieden, um die dreißig, mit einer kleinen Tochter. Das war das Muster, in das Y. Baur-Großkönnning für sie in diesem Augenblick am besten passte.

Aber auch ein unscheinbares M. Müller vermochte es, Esther auf eine Reise zu Namen und Gesichtern zu schicken.

Dabei hatte sie, nachdem sie diesen so unauffälligen Namen auf einem nicht minder unauffälligen Schild registriert hatte, der fehlenden Reize wegen ihren Weg zunächst ohne Einhalt an jenem Einfamilienhaus vorbei fortgesetzt. Sie hatte ihre Augen auch schon auf das nächste Haus, das sie passieren würde, gerichtet, als sie sich auf einmal an ihrem geradezu oberflächlichen Umgang mit der Alltäglichkeit, und wenn sich dieser hier nur im Übergehen eines gewöhnlichen Namens äußerte, störte, und sie ihre Schritte verlangsamen ließ.

Wie oft hatte sie schon die Maiers, Schmidts und Müllers überlesen, wenn sie sich nicht gerade durch eine Besonderheit oder Eigentümlichkeit auf dem Schild aus der Masse ihrer Namensvettern augenfällig hervorgehoben hatten?

Wie jene siebenköpfige Großfamilie Schmid etwa, Esther nahm jedenfalls an, dass es sich um ein Ehepaar mit seinen fünf Kindern gehandelt hatte, von der auf dem silberfarbenen Metallschild am Pfosten neben dem Eingangstor zum Vorgarten eines alten Backsteinhauses nebst dem Nachnamen die Vornamen aller Familienmitglieder aufgeführt waren, und die Esther nicht in erste Linie dieser, ja, wenn man so wollte, Menschenfülle wegen im Gedächtnis geblieben war, sondern wegen der Besonderheit, dass sämtliche Vornamen mit einem A begonnen hatten. Sie konnte sich noch an Adalbert, Anita, Achim und Anna, Namen, mit denen sie

Personen aus ihrem eigenen Umfeld verbinden konnte, erinnern. Die konsequente Beibehaltung des immer gleichen Anfangsbuchstabens stach beim bloßen Blick auf das Schild als eine an dieser Stelle ungewöhnliche, und deshalb auch im wahrsten Wortsinn bemerkenswerte, Regelmäßigkeit ins Auge.

Esther betrachtete das schlichte M. Müller.

Mann, Frau, alt, jung, allein, verheiratet, Familie.

Alles erschien ihr gleich möglich. Und sie würde wahrscheinlich zu jedem dieser Merkmale, ohne sich besonders anstrengen zu müssen, passende Personen aus ihrem Erfahrungsbereich finden können. Zumindest, wenn sie sich nur auf den Nachnamen beschränkte.

Was sie von Y. Baur-Großkönning nicht hätte behaupten können.

Wie viele Müllers kannte sie aus dem Stand?, prüfte sie sich.

Ernst Müller, Stefan Müller, Amanda Müller, Jeanette Müller, Helga Müller, Hans Müller, Kevin Müller, Manfred Müller, Sarah Müller, Sabrina Müller, Hilde Müller, Simone Müller, Artur Müller.

Die Namen und die Gesichter, die dahinter steckten, flogen ihr nur so zu.

Und M. Müllers?, verfeinerte sie ihre Suche.

Manfred Müller, griff sie auf den Namen zurück, der ihr dazu zuerst eingefallen war.

Manfred Müller. Der freundliche Herr

Ende sechzig aus ihrer Nachbarschaft. Immer zu einem Schwätzchen aufgelegt, wenn sie sich auf der Straße zufällig begegneten.

Und dann tauchte das jugendliche Gesicht von Monika Müller vor ihr auf, einer Klassenkameradin aus dem Gymnasium, die jetzt eine erwachsene Frau, so alt eben wie sie selbst, war. Und also im besten Alter, ergänzte sie schmunzelnd.

Sie hatte sie nach der Schulzeit ziemlich bald aus den Augen verloren, wusste nur, dass sie damals einen Studienplatz für Tiermedizin in Berlin bekommen und angetreten hatte.

Ob sie das Studium durchgezogen hatte? Und wohin hatte es sie letztendlich verschlagen?

Dunkelbraune, kurze Haare, schlank und von der Körpergröße her immer das längste Mädchen der Klasse, so war sie ihr in Erinnerung geblieben.

Sie könnte Alexandra, die in der gleichen Straße wie Monika aufgewachsen war, bei Gelegenheit nach ihr fragen, vielleicht hatte sie zufälligerweise etwas von ihr gehört. Aber wahrscheinlich nicht, denn sonst wären sie in der Vergangenheit sicherlich einmal auf sie zu sprechen gekommen.

Helmut. Helmut Frey. Und Jürgen, der Nachname wollte ihr im Augenblick nicht einfallen. Und da hatte es noch Elvira Schönfelder gegeben. Und Martha Schneider.

Ein Weggefährte nach dem andern fand

sich nach jahrzehntelanger Abwesenheit zum Klassenfoto ein. Auch Erich Fischer, der kurz nach dem Abitur durch einen Autounfall ums Leben gekommen war.

Jürgen hatte bisweilen ein wenig gestammelt, fiel ihr wieder ein. Hatte deshalb Hemmungen gehabt, sich im Unterricht zu melden. Jürgen Weis.

Manuel Müller. Ein Klassenkamerad von Julian.

Mareike Müller. Eine der Mitarbeiterinnen ihres Hausarztes.

Margit Müller. Eine verstorbene Bekannte ihrer Mutter.

Und da kamen ihr noch Michael Müller, ein Mitarbeiter ihres Mannes, oder Melanie Müller, die Besitzerin des Friseursalons bei ihr um die Ecke, in den Sinn.

Mit Sicherheit würden ihr noch etliche M. Müllers einfallen, wenn sie sich für die Suche genügend Zeit ließe, ganz zu schweigen von den vielen Müllers generell, die sie kannte.

Auf jeden Fall wollte sie Monika Müller im Kopf behalten. Und wenn Alexandra nichts über deren Verbleib wüsste, dann könnte sie vielleicht über ihre anderen ehemaligen Schulkameraden, etwa Susanne, Ralf oder Karin, zu denen sie noch regelmäßig Kontakt hatte, Monikas Adresse ausfindig machen.

Monika.

Sie waren nicht die engsten Freundinnen gewesen, hatten sich aber immer gut verstanden. Sie erinnerte sich jedenfalls gerne an Monika zurück.

Wie ein Wiedersehen wohl wäre?

Immerhin trennte inzwischen eine ganze Generation, oder etwas mehr sogar, sie beide von jenen Tagen, als sie dieselbe Klasse miteinander besucht und im Unterricht auf dieselbe Tafel voller Zahlen oder Wörter gestarrt, als sie über einer Grammatikarbeit in Englisch geschwitzt oder sich gemeinsam über eine ausgefallene Unterrichtsstunde gefreut hatten. Oder als sie zusammen mit anderen Klassenkameraden ins Kino oder Eis essen gegangen waren, sich bei heißem Wetter im Sommer im Schwimmbad getroffen oder im Schulbus nebeneinander gesessen und beim Durchblättern der neuesten Mädchenzeitschrift die Köpfe zusammengesteckt hatten.

Nach all den Jahren müssten sie sich als nun erwachsene Frauen neu kennenlernen.

Vom freudigen Entdecken vielerlei Gemeinsamkeiten bis hin zur ernüchternden Erkenntnis, dass für eine Auffrischung und einer darauf aufbauenden dauerhaften Fortführung ihres Kontaktes sich ihrer beider Lebensläufe und Weltanschauungen zu unterschiedlich entwickelt hatten, von einer herzlichen Umarmung bis zum distanzierten Händedruck beim Abschied, müsste sie bei einem Wiedersehen mit allem rechnen, das war ihr klar.

Wenigstens wüsste sie danach, ob sie Monikas Anschrift fest in ihre Adressensammlung übernehmen und sie sie auf ihre Liste für die Weihnachtsgrüße hinzufügen sollte oder ob sie auf weitere Kontakte mit ihr verzichten wollte, konnte sie einem Treffen, gleich, welchen Verlauf es nehmen würde, auf jeden Fall eine sie erhellende und somit eine positive Seite abgewinnen.

Da fiel ihr auf, dass sie Manfred Müller schon seit längerem nicht mehr getroffen hatte. Ob er krank oder verreist war? Sie wollte sich erkundigen.

Sie hatte, während sie sich ihren Gedanken ergeben hatte, unwillkürlich ihr gewohntes Gehtempo wieder aufgenommen, hatte mit stur nach vorne gerichtetem Blick ihren Weg fortgesetzt, vorbei an den Nachbarhäusern von M. Müller, vorbei an deren Hauseingängen mit ihren Namensschildern, vorbei an den Mauern mit den ihr unbekannten Menschen dahinter.

Sie könnte bei jedem Gang durch jede x-beliebige Wohngegend neue Anregungen, neues Material für eine weitere Runde ihres Gedankenspiels sammeln, sinnierte sie. Diesem selbstauferlegten Diktat wollte sie sich aber nicht unterwerfen. Nicht mehr unterwerfen, berichtigte sie sich, nun doch ein weiteres Schild betrachtend. `Werner Heigel`.

Denn sie musste zugeben, dass sie diesem Spiel zu Beginn, nachdem sie es für sich entdeckt hatte, mit Begeisterung und beinahe zwanghaft nachgegangen war, wann immer sich die Gelegenheit dazu geboten hatte.

Sie hatte schon immer gerne gespielt. Gerne, viel und lange. Würfelspiele,

Kreuzworträtsel, Kartenspiele, Denksportaufgaben, Gesellschaftsspiele.

Spiele mit Regeln, die Anfang, Verlauf und Ende mehr oder minder fest vorgaben, oder freie Spiele, die mitunter eine enorme Vielfalt in ihren Gestaltungsmöglichkeiten boten.

Wie ihr Schilderspiel.

Werner Heigel, überlegte sie.

Im Moment fiel ihr nichts und niemand dazu ein.

Was egal war. Man konnte, wenn man wollte, zu einem andern Namen gehen.

C. Schaub.

Oder es sein lassen.

Auch das liebte sie an ihrem Gedankenspiel. Dass es offen und unbeschwert war. Ja, unbeschwert, denn es war von keiner Aufgabe, von keiner Zielsetzung be-schwert. Man konnte es beenden, wann immer man wollte, ohne dass einen das unzufriedene Gefühl, es abgebrochen zu haben, befiel.

Wenn sie im Auto unterwegs war, hatte sie eine ganz andere Art von Zeitvertreib, den sie schon vor vielen Jahren für sich entdeckt hatte.

Sie untersuchte die Zahlen auf den Autokennzeichen, die sie während der Fahrt an den entgegenkommenden Fahrzeugen oder am vor ihr fahrenden Wagen lesen konnte, auf ihre Teiler.

Gerade Zahl oder ungerade, Quersumme durch drei oder neun teilbar, die letzte Ziffer eine Fünf oder eine Null. Die ersten Schritte waren bis auf die Reihenfolge ihrer Anwendung immer dieselben.

Und dann das Ausprobieren einzelner Zahlen als mögliche Teiler.

Im Kopf herausgefunden zu haben, dass 649, außer durch sich selbst und durch 1, nur durch 59 und 11 teilbar war, erfüllte sie mit einem einfachen Glück.

Sie hätte anstatt Sprachen, Französisch und Englisch, auch Mathematik, worin sie keine schlechte Schülerin gewesen war, studieren können, dachte sie manchmal, wenn sie sich an der Exaktheit, die in dieser Wissenschaft herrschte, erfreute. Aber da ihr Fremdsprachen in der Schule wenig Schwierigkeiten und gleichzeitig viel Spaß bereitet hatten und sie sich von der seinerzeit noch häufiger als heute vertretenen Ansicht, dass Sprachen einem Mädchen besser liegen würden als das Hantieren mit Zahlen, auch ein wenig hatte beeinflussen lassen, hatte wohl die Idee, tiefer in die Geheimnisse der Zahlenwelt eindringen zu wollen, zu wenig Nahrung bekommen, als dass daraus ein fester Wunsch in ihr hatte erwachsen können.

Ihr Rechenspiel, kehrte sie mit ihren Gedanken wieder dahin zurück, hatte für jede Zahl ein festgelegtes, eindeutiges, im wahrsten Wortsinn berechenbares Ende. Es war fertig, wenn alle Teiler gefunden waren. Und es gab unstrittige Rechenregeln, wie man sie ermitteln konnte.

Kein Raum für Interpretationen.

Ein perfektes Spiel!, stellte sie einmal mehr begeistert fest.

Zu einer derart einzigen Wahrheit zu gelangen, lag als Ziel für ihr Schilderspiel in weiter, eigentlich in unerreichbarer Ferne.

Denn sie konnte schwerlich in die Häuser und Wohnungen gehen und ihre Vorstellungen zu deren Bewohner, so, wie sie sie sich über die von außen verfügbaren Angaben zusammengereimt hatte, auf mögliche Übereinstimmungen mit der Wirklichkeit hin überprüfen. Ob Y. Baur-Großkönning beispielsweise jung oder alt, verheiratet, verwitwet oder geschieden, männlich oder weiblich war.

Wie viele Menschen blieben für sie allein durch eine nicht näher bestimmte `Familie` unentdeckt, weil sich dahinter drei, fünf oder zehn Mitglieder verbergen konnten, ja, im wahrsten Sinne verbergen, weil die einzelnen Personen nicht aufgeführt und somit anzahlmäßig für sie, Esther, und auch für andere, aus ihrer Position heraus gar nicht zu fassen und wie nicht vorhanden waren, sie von diesem Sammelbegriff, und vom ganzen Haus, förmlich geschluckt wurden?

Es wäre demnach eher Zufall denn Wissen, wenn sie innerhalb ihres Spiels zu einer annähernd wirklichkeitsgetreuen Wiedergabe der Lebensverhältnisse, wie sie in den für sie unzugänglichen Wohnungen herrschten, gelingen würde. Der Wiedergabe einer Wirklichkeit, die sich dann in einem bunten, vielschichtigen Bild widerspiegeln könnte, wenn alle, bislang passiv und unwissentlich am Spiel Beteiligten nun selbst zu aktiven Mitspielern würden, ihre Wohnungstüren öffneten und den Blick hinein in ihre Welt freigäben.

Wenn sie selbst als die Spielmacherin dort ungeniert hätte hindurch schlendern können. Bei den Familien. Bei den Alleinlebenden. Bei den Einsamen. Bei den Kranken. Bei den Glücklichen wie den Traurigen. Sie wären vermutlich alle vertreten gewesen.

Wenn sie so von Tür zu Tür hätte gehen und eintreten und bei den Menschen hätte verweilen können, dann wäre ein beinahe originales Bild dieser Wirklichkeit zu zeichnen machbar gewesen und hätte zu einem richtigen Spielende, und damit doch zu einem Abschluss geführt, spann sie ihre Gedanken um die theoretischen Ausbaumöglichkeiten ihres Zeitvertreibs lebhaft weiter.

Das aber hätte beinahe die Vorgehensweise einer ernsthaften Untersuchung erfordert, hätte sie wie in eine zu erfüllende Pflicht genommen, und es wäre, ganz abgesehen von seiner unrealistischen praktischen Durchführbarkeit, nicht mehr das Spiel mit seiner Leichtigkeit und Unverbindlichkeit gewesen, von dem sie sich genau wegen dieser Eigenschaften so gerne gefangen nehmen ließ.

Schließlich hatte ihr Spieleifer mit der Zeit nachgelassen. Eine Entwicklung, wie man sie kannte, wenn die Anfangsbegeisterung über etwas Neues abgeflacht war.

Aber wenn es so war, dass sie auf einen Namen stieß, ob das nun innerhalb ihres Spiels geschah oder ganz zufällig, etwa, wenn sie das Telefonbuch durchblätterte, wenn sie also auf einen Namen stieß, den sie intuitiv direkt einem Mann beziehungsweise einer Frau zuordnete, wie F. Ernst oder Lilie zum Beispiel, dann dachte sie immer auch an ihre Mutter.

War das vielleicht das übergeordnete Ziel und der höhere Sinn ihres Zeitvertreibs? Sie zu Spuren ihrer Mutter zu führen? Sie erinnern und mit einem Lächeln zurückblicken zu lassen? Und sei es auch nur für einen kurzen, das Herz erwärmenden, kostbaren Augenblick lang?

War das für ihr Spiel, besonders jetzt, nach Mutters Tod, nicht Bestimmung, nicht Abschluss, nicht Vollkommenheit genug?

2

Johannas höfliches „Ja, bitte?", das
auf Esthers Klingeln hin durch die
Sprechanlage zu hören gewesen war, hatte
Esther gewohnheitsmäßig mit einem „Ich
bin`s, Mama.", erwidert. Und ebenso vor-
hersagbar hatte ihre Mutter darauf mit
einem schnellen und erfreuten „Ah, Esther! Komm hoch." geantwortet, worauf
auch unmittelbar, manchmal sogar zeitgleich mit ihren Worten, das Summen des
automatischen Türöffners ertönt war, so
dass Esther die freigegebene Tür nur
noch hatte aufstoßen müssen, um ins
Treppenhaus zu gelangen.
Obwohl das Haus über einen Lift verfügte, hatte sie es sich, wenn sie
nichts Schweres oder Sperriges zu tragen
hatte, zur Regel gemacht, ihm aus sport-
lichen Gründen die Benutzung der Treppe
vorzuziehen.
War dabei auch vorbeigekommen an der
Wohnungstür zum Heim der Familie Eva,
Markus und Paul Schuster, wie einer hübschen, kleinen Keramiktafel mit einem
nur durch seine Umrisse stilisierten
Häuschen, dessen Mauern die drei Namen
gewissermaßen in sich einschlossen, zu
ersehen war. Leitete daraus die Vermutung ab, dass Eva Schuster, die sympa-
thische Frau Mitte vierzig, mit der sie
ab und zu auf der Treppe ein paar unver-
bindliche, freundliche Worte wechselte,
wenn sie dort zufällig aufeinander tra-
fen, und die immer so modisch und ge-

schmackvoll gekleidet daherkam, dass diese Frau mit ihrem Blick fürs Schöne und mit ihren geschickten Händen, die Esther ihr einfach zusprach, ihre Wohnung in ein gemütliches Familiennest verwandelt haben würde.

Grundsätzlich boten sich die Schusters über ihr Türschild, dessen Gestaltung Esther besonders gut gefiel und weswegen sie ihm auch jedes Mal, wenn sie es passierte, einen kurzen Blick und damit auch einen Gedanken an die Personen, auf die es sich bezog, schenkte, grundsätzlich bot sich diese Familie aber genauso wenig für ihr Gedankenspiel an wie die andern Hausbewohner, denn Esther kannte sie alle, wenn auch nicht unbedingt näher, über ihre vielen Besuche bei ihrer Mutter, bei denen man sich im Treppenhaus oder unten vor der Eingangstür ab und an über den Weg gelaufen war. Durch diese Begegnungen hatte sich in Esther über die Jahre hinweg ein Bild zu jedem einzelnen von ihnen geformt, das ihr genügte.

Sie war von ihrer Mutter, nachdem sie die Stufen bis zum Dachgeschoss zügigen Schrittes zurückgelegt hatte, stets vor der geöffneten Wohnungstür erwartet worden.

Mit einem Strahlen, das tief aus dem Innern ihrer grau-grünen Augen gekommen war und das sich über das ganze gepflegte, auch im reifen Alter noch recht faltenarme Gesicht ausgebreitet hatte, hatte sie Esther, wenn sie im Treppenhaus aufgetaucht war, empfangen und, wenn sie sich schließlich gegenübergestanden hatten, sie mit einer liebevollen Umarmung fest an sich gedrückt.

Mit Worten wie „Schön, dass du da bist.", hatte sie dabei ihrer Freude über das Erscheinen ihrer Tochter Ausdruck verliehen. `Endlich wieder einmal`, hätte ein unbedarfter Beobachter der Begrüßung nach durchaus annehmen können und im Stillen ergänzen wollen.

Dabei waren Esthers Besuche keine Seltenheit, aber für ihre Mutter vielleicht dennoch zu wenig gewesen.

Denn Esther hatte sich, nachdem sie mit Thomas und den Kindern einige Jahre nach ihrer Heirat wieder in die Nähe ihrer Mutter gezogen war, von Anfang an darum bemüht, und sie konnte mit Recht sagen, mit Erfolg bemüht, bei ihrer Mutter wenigstens einmal pro Woche für einen längeren Besuch vorbeizuschauen. Früher in Begleitung der Kinder, später dann, mit deren fortschreitendem Alter und der damit einhergehenden Selbständigkeit, für gewöhnlich alleine. Im Lauf der Jahre hatte sich der Mittwochnachmittag als ein dafür günstiger Termin in ihrer beiden Wochenplan erwiesen und war somit zu einem festen Programmpunkt darin geworden. Und natürlich hatten sie sich nicht selten zusätzlich außer der Reihe gesehen, etwa, wenn Termine wahrzunehmen gewesen waren, wie beispielsweise Arztbesuche, zu denen Esther ihre Mutter, als diese in der zweiten Hälfte

der Siebziger angelangt war, lieber begleitet hatte. Genauso, wie sich sonntags Esthers Familie und Johanna hin und
wieder zum Mittagessen getroffen hatten,
dann gerne im Restaurant, denn Esther
kochte nicht so gerne, oder zum Kaffee-
trinken bei entweder der Mutter oder der
Tochter zu Hause.

3

Esther schloss leise die Tür hinter
sich und blieb, sich in ihren Erinnerungen verlierend und dadurch auch ein wenig traurig, im Flur stehen.

Sie hatte sich hier stets wohl gefühlt
in einer Weise, wie man es tat, wenn man
in sein vertrautes Zuhause aus Kindertagen zurückkehrte, obgleich es das gar
nicht war.

Ja, Esther fiel erst jetzt, wo sie näher darüber nachdachte, auf, dass die
Besuche bei ihrer Mutter von einer An-
zahl an selbstverständlichen Gewohnheiten ihrerseits begleitet gewesen waren,
geradeso, als hätten sie beide nie aufgehört, unter einem Dach zusammen zu leben.

Obwohl es zu jeder Zeit nur Johannas
Wohnung und Esther, Tochter hin oder
her, stets ein Gast, der spätestens nach
ein paar Stunden wieder ging, gewesen
war, hatte sie nach Betreten der Wohnung
nicht selten zielstrebig und unaufgefordert das Wohnzimmer angesteuert, und
nicht etwa ihrer Mutter, der Hausherrin
und Älteren, so, wie es sich trotz ihrer
Vertrautheit zueinander vielleicht gehört hätte, den Vortritt überlassen.
Wenn nicht schon der Kaffeetisch in der
Essecke gedeckt gewesen war, hatten sie
in der Regel erst einmal ihre festen
Plätzen im Wohnbereich eingenommen.

Esther im Fernsehsessel, ihre Mutter
auf der Couch ihr schräg gegenüber.

Gewöhnlich hatte Esther, kaum dass sie beide sich gesetzt und einige Sätze miteinander gewechselt hatten, eine Hand nach dem Zeitungsständer, den sie noch aus Mädchentagen aus ihrem Elternhaus kannte und der nach dem Umzug in diese Wohnung seinen Platz fortan neben diesem Sessel gefunden hatte, ausgestreckt, um sich die neueste Ausgabe einer Hochglanzillustrierten, die Johanna dort vorrätig hatte, zu angeln, um dann schweigend darin zu blättern und hie und da auch einen Beitrag zu lesen.

Haushaltstipps, Urlaubsziele, Geschichten zu Stars und Sternchen. Denn Esther selbst hatte außer einer einfachen Fernsehzeitschrift nichts zu Hause, was in Richtung Klatschpresse ging.

Manchmal hatte sie dabei, wie einst als junges Mädchen, mit angezogenen Beinen im Sessel gelümmelt, sich unter der angenehmen Wärme, die sich langsam in ihrem Körper ausgebreitet hatte, gar in dieses verwandelt. Hatte sich daheim gefühlt.

Ihre Mutter hatte ihr wie zustimmend Gesellschaft geleistet, indem auch sie sich eine Zeitschrift auf den Schoß gelegt und darin geblättert hatte.

Minuten in Schweigen waren so verronnen.

War es das gewesen, wofür ihre Mutter einen Teil ihrer gemeinsamen Stunden hatte opfern wollen?, wurde Esther plötzlich von Zweifeln beschlichen.

Für beidseitiges stummes Lesen und

Blättern in einem Heft, was man auch alleine tun konnte, was Johanna wahrscheinlich oft genug alleine getan hatte? Um so, das mütterliche Augenmerk noch immer auf das Wohlbehagen des Kindes, auch wenn dieses längst erwachsen war, gerichtet, die Zeit zu überbrücken, wenngleich innerlich seufzend vielleicht, bis ihre Tochter ihre Aufmerksamkeit wieder vollends ihr geschenkt hatte?

Esther schloss die Augen.

Es war eine Atmosphäre gewesen, wie wenn man nach einem geschäftigen Tag gemeinsam einen ruhigen, gemütlichen Abend einläuten würde.

Sie atmete tief durch, ließ ihren Erinnerungen Raum und Zeit, sich zu entfalten. Öffnete schließlich die Augen und hielt ihren nachdenklichen Blick starr vor sich gerichtet. Schüttelte langsam und entschieden den Kopf.

Dieses schon fast rituelle Beieinander hatte sich immer gut angefühlt, hatte etwas Heimeliges, Geborgenes, Einträchtiges, Friedliches an sich gehabt, hatte, so sehr konnte sie sich doch nicht täuschen, für beide Seiten gepasst, wehrte sie sich dagegen, die Güte dieser bisher als schön empfundenen Stunden nachträglich in Frage zu stellen und sie als vertrödelte, gar verschwendete Zeit abzuwerten.

Jetzt, wo nichts mehr verändert, verbessert, beredet, geklärt werden konnte.

Bewahre den Augenblick, schoss es ihr

durch den Kopf.

Wie abgedroschen!, dachte Esther missfallend.

Aber wahr!, verteidigte sie ihren Griff nach dieser allseits bekannten Erkenntnis.

Sie schluckte. Bewahren. Ja, das wollte sie. Das musste sie. Sie wollte jede einzelne Erinnerung an diese gemeinsamen Augenblicke, überhaupt an all ihre gemeinsamen Stunden, bewahren.

Denn es würde keine weiteren mehr mit ihrer Mutter geben.

Vorbei!

Vorbei wie auch all die anderen lieb gewordenen Gepflogenheiten ihres wöchentlichen, nachmittäglichen Zusammenseins.

Wie etwa die unverzichtbare Tasse Kaffee, oder auch derer zwei, dazu ein paar Kekse oder ein Stück Kuchen.

Wie viele harmonische Stunden hatten sie so miteinander verbracht und dabei gelöst und locker über das geplaudert, was ihnen gerade in den Sinn gekommen war!

Über Alltägliches. Über das Wetter. Über Nachbarn und Freunde. Über Esthers Familie. Über ihrer beider Tag. Über gestern. Oder vorgestern.

Oder auch über gemeinsame Pläne und Termine für das Morgen oder die kommende Woche.

Denn nachdem ihre Mutter freiwillig darauf verzichtet hatte, selbst ein Auto zu steuern, das war kurz nach ihrem achtzigsten Geburtstag gewesen, hatte sich Esther als deren einziges Kind noch stärker als zuvor als die für sie Verantwortliche in die Pflicht genommen gefühlt, auch, was das Alltagsleben betraf.

So hatte sie sie ab jenem Punkt nicht nur hin und wieder, sondern regelmäßig zu Großeinkäufen gefahren und begleitet, wie sie auch das Bringen Johannas zu einer Verabredung mit Freunden und das anschließende Abholen übernommen hatte. Hatte ebenso den Austausch eines defekten Heizkörperthermostats oder das Anbringen eines Rauchmelders veranlasst. Hatte vor allem auch ein waches Auge auf Johannas Gesundheit gehabt, hatte darauf geachtet, dass eine Erkältung auskuriert worden war und gar nicht erst verschleppt werden konnte.

Vorbei!

`6.Juli, 10h, Zahnarzt Johanna, Dauer: 30min`, solch einen Eintrag würde es in ihrem Kalender nie mehr geben.

Vorbei.

Selbst ihr Terminplaner würde in Zukunft das Fehlen ihrer Mutter durch eine neue Leere widerspiegeln.

„Bei welcher Hitze backst du den Nusszopf, Mama?".

Keine Chance mehr, einen Rat einzuholen.

Oder ein Datum nachzufragen.

„Hat Carinas Mutter nun dieses Jahr den 85. Geburtstag oder erst nächstes Jahr?".

Alles vorbei.

Ihr Blick wanderte entlang der Flurwand ihr gegenüber. Streifte das Hochzeitsbild ihrer Eltern, blieb daran hängen.

Der Bildausschnitt zeigte die Brautleute, wie sie ihre Köpfe leicht zueinander geneigt hielten, ihre Gesichter aber dem Fotografen zugewandt hatten und lächelnd direkt in die Kamera blickten.

Es wirkte genauso, wie es als ein offizielles Hochzeitsfoto seiner Zeit wirken sollte. Das junge Paar würdig nebeneinander, ohne verspielte Gesten.

Kein Kniefall des Bräutigams vor seiner Auserwählten, kein keck nach vorn gestrecktes Bein der Braut unter dem leicht angehobenen Brautkleid hervor, kein sich küssendes Brautpaar im gemieteten Oldtimer.

Versunken ruhten Esthers Augen auf der Aufnahme des frisch vermählten Ehepaars Korte, dem Festhalten des hoffnungsfrohen Aufbruchs in eine gemeinsame Zukunft, die, wie vielleicht für alle Brautleute an einem solchen Tag, auch für sie eine Art von begrenzter Unendlichkeit erlangt haben musste durch ihre Pläne und Ziele für ein langes Leben zu zweit. Wo ein frühzeitiges Ende des Miteinanders im Bereich des Unwahrscheinlichen gelegen hatte.

Und doch war es für die beiden eingetreten, hatte all ihre noch nicht erreichten, gemeinsamen Ziele allzu früh in endgültig unerfüllte Träume verwandelt.

Inzwischen war auch ihr Miteinander, das von Mutter und Tochter, Vergangenheit und die Frage danach, was alles sie nicht wahrgenommen hatten, weil unbemerkt geblieben oder leichtfertig und aus Bequemlichkeit in unbestimmte Ferne verschoben, letztendlich die Frage nach der Qualität und der Tiefe ihrer gemeinsam verbrachten Zeit, hatte sich Esther in manch einsamen Stunden nach Johannas Tod gestellt.

Auf welcher Stufe der Leiter, die hinauf zum Idealmodell einer vorbildlichen, vollkommenen und beide Seiten erfüllenden Mutter-Tochter-Beziehung führte, wenn es ein solches Modell denn gäbe, und anhand dessen sie die ihre hätte messen können, auf welcher Stufe waren sie stehen geblieben, als das Schicksal in Gestalt von Johannas Tod ihnen wie eine unüberwindbare Mauer den weiteren Weg verbaut und sie somit der Chance beraubt hatte, die Wertigkeit ihres Verhältnisses noch zu verbessern?

Andrerseits, versuchte sie realitätsnah zu bleiben, um sich darum auch von ihren Zweifeln nicht zu sehr beeindrucken zu lassen, andrerseits gab es vermutlich wenige Situationen oder Phasen im Leben, von denen man rückblickend nicht annahm, dass man sie in irgendeiner Hinsicht hätte noch besser bewältigen oder gestalten können als es geschehen war.

Warum also die quälenden Fragen?

„Hätte ich nicht öfter bei ihr vorbeischauen sollen?"

„Hätte ich nicht einmal mehr mit ihr in ein Konzert gehen können?"

„Hätte ich sie nicht häufiger zu mir nach Hause holen sollen?"

„Hätte ich nicht doch eine Möglichkeit finden können, sie ganz zu mir zu nehmen?"

„Hätten nicht auch die Kinder ihre Großmutter öfter besuchen sollen?"

Warum sich zermürben mit der umfassenden Frage:

„Habe ich alles mir Mögliche für meine Mutter getan?"?

Alles.

Was war alles?, überlegte sie.

Alles war total, voll umfänglich, war auch ständig und überall.

War nicht nur ein Teil von etwas, sondern sein Ganzes.

Wäre sie mit einem Mehr an Besuchen, Gesprächen, Geschenken und Ausflügen, die sie ihrer Mutter hätte angedeihen lassen können, eine bessere Tochter gewesen? Wäre dieses Mehr, dieses zeitliche und auf die Begehrlichkeiten ihrer Mutter ausgerichtete Mehr, dann nicht zu Lasten ihres Mannes und ihrer Kinder, und auch ihr selbst, gegangen?

Tochter bis zur Selbstaufgabe?

Nein, das hätte ihre Mutter wissentlich nie zugelassen.

Und eine sich abgerungene Umwandlung von einem `Man sollte` in ein `Ich habe` hätte dem Drang, oder dem Zwang?, als

Tochter so vollkommen wie möglich zu sein, kein Ende gesetzt, hätte vielmehr irgendwo einem neuen `Sollte` Raum zum Entstehen gegeben. Einem `Sollte`, dessen Umsetzung noch einen Besuch mehr, noch eine Stunde länger als gewöhnlich bei ihrer Mutter nach sich gezogen hätte. Und erneut Platz für das nächste `Sollte` geschaffen hätte.

Letztendlich war die Zeit aber für jeden Menschen unleugbar begrenzt. Entschuldigte Nachlässigkeiten und Versäumnisse.

Auch die ihren, versuchte sich Esther von ihren Schuldgefühlen zu befreien.

4

Johanna war nach dem Tod ihres Mannes ohne neuen Partner geblieben. Esther hatte sich in der Vergangenheit kaum Gedanken dazu gemacht, warum das so gewesen war. Mutters Alleinsein hatte sie, wenn sie sich das im Nachhinein überlegte, so jung, wie sie selbst bei dessen Beginn damals gewesen war, wie eine feste Tatsache, wie einen Zustand, wahrgenommen. Dass ihre Mutter als eine Frau sich nach der Nähe eines Mannes sehnen könnte, das hatte sie gedanklich nie richtig verfolgt. Was ihr heute, so alt, wie sie inzwischen war, ebenso oberflächlich wie naiv vorkam.

Beinahe täglich, und das über knapp dreißig Jahre hinweg, hatte ihre Mutter das von ihr tadellos gepflegte Grab ihres verstorbenen Mannes besucht.

Sie hatte auch immer etwas daran zu werkeln gefunden. Einmal war es das Ausputzen der Blumen, das Zupfen des Unkrauts oder das Schneiden des Buchs` gewesen, ein andermal das Entfernen des hingewehten Laubs oder der Austausch der Kerze in der Grablaterne.

Neben aller Geschäftigkeit war sie am Schluss stets einige Minuten schweigend und in sich gekehrt mit ineinander verschränkten Händen vor dem Grab gestanden.

Hatte zum Abschied, nachdem sie ein wenig Weihwasser über das Grab verteilt hatte, einen langen Blick auf den Namen ihres Mannes geworfen. Fast wie ihm, Anton Korte, in die Augen geschaut.

Diese Bilder, die einer Liebe und Treue über den Tod hinaus, hatten Esther nach Vaters Tod über Jahrzehnte hinweg begleitet und möglicherweise Fragen, die in Richtung einer neuen Partnerschaft ihrer Mutter zielten, in ihr verhindert.

Würde sie sich tiefergehende Gefühle für einen andern Mann verbieten, das Eingehen einer neuen, dauerhaften Beziehung für sich ablehnen wollen, wenn sie das gleiche Schicksal wie ihre Mutter ereilen würde?, fragte sich Esther.

Noch dazu, wenn es mitten im Leben passieren würde? Ihre Mutter war ja, als sie in ihrem eigenen, jetzigen Alter war, bereits verwitwet gewesen.

Nein, würde sie nicht.

Und sie wusste, dass sie und Thomas in diesem Punkt die gleiche Ansicht vertraten, dass sie beide es nicht als Verrat an ihrer Ehe oder an ihrer Liebe zueinander auffassen würden, wenn derjenige, der nach dem Tod des andern zurückbleiben würde, das mochte sie gar nicht denken!, einen neuen Lebensgefährten finden würde.

Aber jeder hatte doch Momente, in denen er sich schwach fühlte, in denen er nicht alleine sein wollte.

Wo hatte sich Johanna gehen lassen können, bei wem hatte sie sich ausgeweint, an wessen Schulter gelehnt?

Wie hatte sie vor allem die schwierige Zeit, als sie selbst Kind und Johanna junge Witwe und Alleinernährerin gewesen war, bewältigt?

Was war mit jenen Jahren, für die ihre Mutter immer nur einen Grund angegeben hatte, der ihr die Kraft und damit auch die Stärke verliehen hatte, sich ihrer neuen Rolle pflichtbewusst, zuverlässig und unermüdlich Tag für Tag zu stellen.

„Was ist mir anderes übrig geblieben? Es musste weitergehen.

Eben, das Kind war ja da."

Schlicht, einfach, selbstverständlich waren ihr diese Worte stets über die Lippen gekommen.

Sicher hatten Helga, Emma, Agnes oder Ingrid ein offenes Ohr für ihre Anliegen gleich welcher Art gehabt.

Vor allem Helga, Johannas langjährige, enge Freundin und frühere Nachbarin, die leider vor zwei Jahren verstorben war, war ihr eine zuverlässige Stütze gewesen. Sie hatte das Kind Esther genauso bei sich aufgenommen, wenn Johanna etwas alleine hatte erledigen müssen, wie sie auch schnell zur Stelle gewesen war, wenn ihre Freundin Hilfe benötigt hatte.

Und sie hatte Johanna nicht nur durch den Alltag, sondern auch durch manchen Abend begleitet, wenn sowohl sie, Esther, als auch Christof und Michael, Helgas beide Jungen, die ja noch einen Vater, Bernhard, zur Aufsicht zu Hause gehabt hatten, in ihren Betten gelegen waren.

Esther hatte einige Male die leisen Stimmen der beiden Frauen durch die angelehnte Tür ihres Kinderzimmers dringen hören, wenn sie nachts zufällig einmal aufgewacht war. Sie war auch schon aus ihrem Bett gestiegen und hatte sich in den Flur geschlichen, um die beiden durch den Türspalt der Küchentür zu beobachten.

Die Erinnerungen daran berührten sie.

Das gedämpfte Licht, die vertrauensvollen Blicke, die Hände, die ineinander ruhten, die ruhigen Worte, das leise Lachen.

Johanna und Helga. Zwei Freundinnen.

Esther schloss die Augen. Ließ sich in ihren Träumen sanft durch die Nacht treiben. Fand sich als stumme Beobachterin im halbdunkeln Hintergrund einer Bar wieder.

Hörte leise Musik. Sah einen Mann und eine Frau als einzig noch verbliebene Gäste am schwach beleuchteten Tresen nebeneinander sitzen. Zwei sich bisher unbekannte Menschen, die sich Minuten zuvor mit einigen wenigen Blicken darüber verständigt hatten, der Leere des Raums und des Verlorenseins an ihren Einzeltischchen gemeinsam entgegenzuwirken. Die nun bei einem vermeintlich letzten Glas Wein begannen aus ihrem Leben zu erzählen.

Und irgendwann öffnete sich die Seele der Frau, flossen die Worte leise und ruhig aus ihrem Mund, berichteten von ihren Sorgen, von ihren Ängsten, von ihren Nöten, von ihren Träumen. Und ihr Gegenüber hörte ihr geduldig zu, blickte ihr verständnisvoll in die Augen, nickte zustimmend mit dem Kopf.

Ließ seinem „Ja" kein bedenkendes „Aber" folgen, genauso wenig wie seinem „Kann ich verstehen.".

Der Mann, der mit ihr schwieg, wenn sie es brauchte. Der sie reden ließ, so viel und so lange sie das musste. Der soviel körperliche Distanz zu ihr wahrte, dass sie sich trotz seiner fremden Nähe sicher bei ihm fühlte.

Mit dem sie die Bar verließ, ihn einen innigen Moment lang umarmte und die Wärme, aus dieser Nähe geboren, allein mit sich nach Hause trug. Die sie durchströmte, wenn sie an ihn dachte, in Momenten, wenn sie sich hilflos, einsam, alleine fühlte. Dem sie unendlich dankbar war für sein Ohr, seine Blicke, seine Worte und seinen Rat, für die ganze Kraft, die er ihr damit mit auf den Weg gegeben hatte, dieser fremde Freund für diese eine Nacht.

Esther wünschte sich so sehr, dass es wenigstens einmal auch eine Begegnung dieser Art für ihre Mutter gegeben hatte.

Schade, bedauerte sie und öffnete die Augen.

Johanna und sie hatten nie zusammen in einer solchen Bar gesessen, beide schön zurecht gemacht für einen Abend zu zweit, der hier, nach einem feinen Essen oder einem Theaterbesuch, seinen Abschluss finden sollte. An diesem Ort, wo sich, fernab des Alltags, so viele Gespräche ergeben konnten. Wo man, wenn sich die Zunge gelöst hatte und man ins Reden gekommen war, auch einmal Themen ansprechen konnte, die einem schon lange auf der Seele brannten.

Die auf der Seele brannten, klangen die Worte schwer in Esther nach.

Sie sah Mutters Gesicht aus der Verschwommenheit der fiktiven Bar vor sich auftauchen, sah einen Ernst in deren Blick, der Esther an eine ganz bestimmte Begebenheit erinnerte.

5

Es war an Neujahr vor einigen Jahren gewesen.

Wie an jedem ersten Januar hatte sie ihrer Mutter am späten Vormittag einen Besuch abgestattet, da diese großen Wert auf die Einhaltung der Tradition gelegt hatte, sich, wenigstens noch innerhalb der Familie, persönlich, sofern das aufgrund der Entfernungen, die zwischen den jeweiligen Parteien lagen, möglich war, gegenseitig ein gutes Neues Jahr anzuwünschen, und zwar an dessen ersten Tag.

Wie war ihr als Kind die Besuchsrunde, die sie zusammen mit ihren Eltern, und später dann mit ihrer Mutter alleine, zu diesem Zweck bei Verwandten und in der Nachbarschaft hatte absolvieren müssen, lästig gewesen. Brav die Hand geben, und bis sie etwa sechs, sieben Jahre alt gewesen war, zu allem Überfluss noch ein Neujahrsgedicht aufsagen.

`Ich bin ein Pummerchen, klein und dick, steh´ in die Ecke und wünsche viel Glück.`

Esther musste beim Gedanken daran lachen. Hauptsache, es reimt sich!

Es war der Spruch zu Neujahr schlechthin gewesen. Sie jedenfalls hatte keinen anderen gekannt. Und ihre Freundinnen auch nicht.

Er war ihr deshalb wie, heute würde sie sagen, allgemeines Kulturgut erschienen, und ohne Bezug zur eigenen Personen.

Ein Gedicht eben, das man, wie in der Schule, lernen musste und fehlerfrei aufsagen können sollte.

Die erfreuliche Seite an der ganzen Sache war gewesen, dass sie, wenn sie ihre Aufgabe zur Zufriedenheit der Erwachsenen erfüllt hatte, und das war natürlich immer der Fall gewesen, nebst lobenden Worten entweder einen Batzen fürs Sparschwein oder eine Tafel Schokolade als Anerkennung in die Hand gedrückt bekommen hatte.

Inzwischen hatte sich ihre Abneigung gegen das Neujahr-Anwünschen gelegt. Es war schließlich ein Ausdruck der Anteilnahme am Leben seiner Mitmenschen. Aber sie lehnte es nach wie vor ab, sich dazu an Neujahr gezwungenermaßen auf eine Besuchstour begeben zu müssen.

Bei Bekannten erledigte sie das, wenn sie sich das erste Mal im neuen Jahr begegneten, oder, wie bei Thomas` Familie oder guten Freunden, per Telefon oder per Mail.

Und das durchaus auch am 1. Januar.

Ein gutes Neues Jahr anwünschen. Sie musste lächeln.

An-wünschen!

Was für ein altes, verstaubtes Wort das doch war.

Aber auch ein exklusives Wort, befand sie.

Ein Wort für eine einzige Tätigkeit an ursprünglich einem einzigen Tag im Jahr.

Nach ihrer Heirat hatte sie es sich nur einmal erlaubt, sich der Müdigkeit nach einer langen Silvesternacht zu ergeben und den Neujahrstag, faul auf dem Sofa liegend, zu Hause zu verbringen, so gut das mit kleinen Kindern, es waren erst Maria und Fabian geboren gewesen, eben möglich war. Sie hatte sich auch nicht dazu aufraffen können, um des lieben Friedens willen ihrer Mutter wenigstens am Telefon die erwarteten Neujahrswünsche anzutragen, sondern hatte sich vorgenommen, mit einem Tag Verspätung zusammen mit ihrem Mann und ihren Kindern ihren Besuch nachzuholen. Denn es war von jeher so gewesen, dass sie an diesem Tag bei ihrer Mutter vorbei geschaut hatten und nicht umgekehrt. Auch, als diese durch ihr Auto noch beweglicher gewesen war.

Doch ihre Mutter war ihnen insofern zuvorgekommen, als sie sie noch kurz vor dem Schlafengehen angerufen hatte, um mit beleidigtem Unterton in der Stimme ihren Teil an dieser Pflicht zu erfüllen. Das „Ich muss doch mal hören, ob ihr überhaupt zu Hause seid. Ich habe schon gedacht, ihr wäret kurzentschlossen weggefahren." war nichts als ein einziger spitzer Vorwurf einer verstimmten Johanna und keine feststellende Korrektur einer falschen Vermutung gewesen. Denn sie hätte Bescheid bekommen, wenn sie sich auf einen Ausflug oder gar eine Reise begeben hätten.

Immerhin hatte Johanna es im Lauf der Jahre hingenommen, dass Esthers Familie auf die Art Neujahrsempfang, wie Maria diese Anstandsübung einmal bezeichnet hatte, normalerweise geschlossen verzichtet hatte und hatte es auch nicht mehr mit „Ich dachte, die Kinder und Thomas würden auch vorbeikommen." in einer Weise kommentiert, die Esther zu einer mehr oder minder glaubwürdigen Ausrede ob deren Fehlens gezwungen hätte.

Es hatte sich, nachdem alle ihre Kinder größer geworden waren und selbst auch ins Neue Jahr hinein feierten und entsprechend am nächsten Tag gerne ausschliefen, wie Thomas übrigens auch, um sich dann mit einem späten, ausgedehnten Frühstück langsam in den Tag zu finden, es hatte sich für diesen Tag so eingespielt, dass Esther für gewöhnlich am späten Vormittag, wenn ihr Haus eben noch wie im Dornröschenschlaf lag, zu ihrer Mutter gefahren war. Und da ein gemeinsames Mittagessen aufgrund des allgemeinen Müßiggangs schon seit etlichen Jahren abgeschafft worden war, das hatte sich zu einer ihrer angenehmen Traditionen entwickelt, hatte sich Esther für den Besuch bei ihrer Mutter genügend Zeit lassen können.

Und tatsächlich war es in den letzten Jahren immer seltener der Fall gewesen, dass zu Hause schon alle wach gewesen waren, wenn sie zurückgekehrt war. Das letzte oder vorletzte Mal war ihre Abwesenheit gar von niemandem bemerkt worden.

„Guten Morgen, Mama.", hatte sie ihre Mutter an jenem Neujahrstag bemüht fröhlich und aufgeräumt begrüßt, denn eigentlich war sie müde gewesen, hatte sie umarmt und ihr einen Kuss auf die Wange gedrückt, um dann, wie an jedem ersten Januar fortzufahren: „Ich wünsche dir ein gutes Neues Jahr, vor allem viel Gesundheit. - Auch von Thomas und den Kindern."

„Danke schön, ich wünsche dir auch soviel.", hatte Johanna wie jedes Jahr darauf erwidert. Wort für Wort. „Und Thomas und den Kindern ebenso."

`The same procedure as every year.`, hatte Esther innerlich tief durchatmend in Anlehnung an das `Dinner for one`, was ja auch zum Anlass passte, gedacht.

Johanna hatte bei ihrem Eintreffen wie üblich den Couchtisch im Wohnzimmer bereits für ein zweites Frühstück hergerichtet gehabt. Eigenartigerweise hatten sie an diesem Tag dafür nie am Esstisch Platz genommen. Warum, konnte Esther nicht mehr nachvollziehen.

Wie groß die Enttäuschung gewesen wäre, wenn ihre Mutter vergeblich auf sie gewartet hätte, war Esther beim Anblick des mit dem guten Geschirr eingedeckten Tisches bewusst geworden. Und beschämt hatte sie dabei an jenen Neujahrstag zurückdenken müssen, an dem sie zu Hause geblieben war und ihre Mutter letztlich alleine an der vorbereiteten Tafel hatte Platz nehmen müssen, die unangetasteten Teller, die Kaffeetassen für sie und Thomas und die kleinen Becher für die beiden Enkelkinder, die sie später unbenutzt wieder in den Schrank hatte einräumen müssen, immer vor Augen.

Beide hatten sich an den Tisch gesetzt. Johanna hatte den Kaffee, der in der Thermoskanne bereit gestanden hatte, ausgeschenkt, und jeder von ihnen eine Scheibe vom selbst gebackenen Neujahrszopf abgeschnitten und auf die Kuchenteller gelegt.

„Der Zopf schmeckt wie immer herrlich.", hatte Esther ihre Mutter nach den ersten Bissen gelobt, und das war keinesfalls geschmeichelte Höflichkeit gewesen.

Sie kannte niemanden, der einen besseren Hefezopf backen konnte als Johanna. Gebacken hatte.

Als sie bei der zweiten Tasse Kaffee angelangt war, die ihr nach einer kurzen Nacht mit wenig Schlaf so gut getan hatte, hatte sich in ihrem trägen Körper ganz allmählich eine Wärme und Zufriedenheit in ihr ausgebreitet, die ihr das aufgehobene, sichere Gefühl des Daheimseins vermittelt und gleichzeitig ihre Abneigung gegen diese jährlich sich wiederholende, stereotype Anstandsübung, die sich bei ihrer Abfahrt zu Hause gewohnheitsmäßig, musste sie zugeben, bei ihr eingestellt hatte, aus ihrem Kopf verbannt hatten. Ab da hatte sie das Beisammensein mit ihrer Mutter, an das kein noch so langes Telefonat hatte heranreichen können, nur noch still für sich genossen.

Wie würde es im kommenden Jahr und all

den darauffolgenden sein? Würde sie sich über die neue Freiheit freuen können, an diesem Tag nicht einen Schritt vor die Tür setzen und niemandem ein gutes Neues Jahr anwünschen zu müssen, wenn ihr nicht danach war?

Würde sie die gewonnenen Stunden zu Hause auch als solche werten können? Schätzen wollen?

Oder würde sie sich wehmütig nach den friedlichen Augenblicken mit ihrer Mutter im Wohnzimmer zurücksehnen und sie schmerzlich vermissen?

Die Tradition. Das Wiederkehrende. Das Bekannte.

`Es war immer schön.` Würde sie das denken?

Ja, bestätigte sich Esther nach einem Moment der Einkehr, genau das dachte sie jetzt.

Am Schluss war es immer schön gewesen.

Und endgültig vorbei.

Nachdem sie, ohne ein Wort dabei zu wechseln, den Rest des Zopfs und das gebrauchte Geschirr vom Couchtisch abgeräumt und alles in der Küche entsprechend versorgt hatten und ins Wohnzimmer zurückgekehrt waren, hatte sich Esther in den Fernsehsessel sinken lassen, sich zurückgelehnt und ihre Mutter zufrieden angeschaut.

„Das hat gut getan."

Ihre Mutter hatte leicht mit dem Kopf genickt und, trotz des angedeuteten Lächelns, so, wie sie die Augen auf einen fernen Punkt gerichtet hatte, abwesend und mit den Gedanken weit weg gewirkt.

„Wie möchtest du mich beerdigen, wenn ich tot bin?"

Entgeistert hatte Esther ihre Mutter angestarrt, die ihren Blick mit eben jenem unvergesslich ernsten Ausdruck im Gesicht reglos auf sie gerichtet gehalten hatte.

Ihr Herzschlag hatte sich beschleunigt, die Luft war ihr fast weggeblieben.

Die Worte hatten sie gleichermaßen erschreckt wie getroffen. Und das gerade in ihr aufgekommene Wohlgefühl war wie von einem eisigen Wind aus ihr herausgeblasen worden. Es hatte sie gar ein wenig gefröstelt, geradeso, als hätte es einen Wettersturz gegeben.

Es hatte sich verboten, so schwer, wie diese Worte im Raum standen, sie mit einer lockeren Erwiderung, „Du stirbst schon nicht so schnell!", beiseite zu schieben und ihnen feige den Rücken zu kehren, ihre Beantwortung in eine für den Augenblick erlösend unbestimmte Zukunft zu verlagern. Obgleich Esther das am liebsten getan hätte.

Diese Frage war ihrer Mutter nicht spontan eingefallen, so, wie sie sie ihr aus dem Nichts heraus, und nicht aus einer Unterhaltung, aus der ihre Entstehung logisch hätte nachvollzogen werden können, präsentiert hatte, hatte Esther angesäuert festgestellt.

Ihre Mutter hatte diesen Satz vorbereitet. Hatte sich selbst vorbereitet, auf das Gespräch und auf den Zeitpunkt, es zu führen. War ihr gegenüber dadurch im Vorteil. Das war nicht gerecht. Das hatte Esther ihr, so überrumpelt, wie sie sich gefühlt hatte, übel genommen. Unausgesprochen.

Auch, oder vielleicht vor allem, weil die Frage ein Thema berührt hatte, von dem sie beide gewusst hatten, dass man es als ein heikles zwischen ihnen beiden bezeichnen würde und zu dem ihre ehrlichen Meinungen im Grundsatz unterschiedlich wären, die miteinander zu diskutieren beiden ans Herz gehen würde.

„Die Frage ist doch, was du möchtest.", hatte sie sich mit kontrolliert ruhiger Stimme um eine Sachlichkeit in ihrer Erwiderung bemüht, die ihrer Mutter ihre unmittelbare Bereitschaft, das Thema mit ihr anzugehen, zumindest nach außen hin signalisieren sollte.

„Was ist besser? Verbrennen lassen oder normal beerdigen?"

„Was besser ist? Das kann man so nicht beantworten. Wir können ja nun keinen nach seiner Erfahrung fragen.", hatte Esther in einem Anflug von Galgenhumor mit einem verkrampften Lächeln entgegnet.

„Es kommt doch in erster Linie darauf an, was du willst.", war alles, was sie ihren vorausgegangenen Worten noch hatte hinzufügen können, denn ihre Stimme hatte ihr auf einmal zu brechen gedroht.

Sie hatte sich unbehaglich gefühlt.

Ihr trockener Hals hatte nach einem Schluck Wasser verlangt, aber es hatte nichts Trinkbares in der Nähe gestanden. Und sich auf den Weg zur Küche zu machen, um dort etwas zu holen und dabei das Wohnzimmer und ihre Mutter zu verlassen, wenn auch nur kurzzeitig, war ihr als ein falsches Zeichen erschienen.

„Ein Urnengrab ist für den, der die Pflege übernehmen muss, zweifellos bequemer als ein normales Grab," hatte sie, nachdem sie sich geräuspert und leer geschluckt und dadurch ein wenig gesammelt hatte, den Faden behutsam wieder aufgenommen.

„Du weisst ja selbst, wie viel Zeit du auf dem Friedhof verbracht hast, als Papas Grab noch da war.

Und wenn ich bedenke, dass man sich über gut zwanzig Jahre um ein Erdgrab zu kümmern hat, ich ja auch nicht jünger werde und du hoffentlich noch einige Jahre leben wirst, dann würde einiges für ein Urnengrab sprechen.".

Johanna hatte schweigend und mit gesenktem Blick zugehört. Beinahe andächtig.

Wie ein Priester beim Abnehmen einer Beichte, war Esther durch den Kopf geschossen. Und sie hatte sich, bei allem Ernst des zu erörternden Themas, ein erheitertes Lächeln über ihren Vergleich verkneifen müssen, hatte, abgelenkt durch dieses Bemühen, zumindest den auf der Brust lastenden Druck ein wenig mindern, sich die Luft, um einmal tief durchzuatmen, verschaffen können.

„Ich darf auch nicht einfach voraussetzen, dass eins der Kinder die Arbeit übernehmen würde, wenn ich das irgendwann nicht mehr könnte.", war sie fortgefahren. „Vor allem, weil niemand weiss, ob überhaupt einer der vier hier in der Nähe bleiben wird.

Aber mir ist klar, dass du lieber eine Erdbestattung hättest. Und dann solltest du sie auch bekommen. Die Grabpflege darf kein Hinderungsgrund sein. Die könnte notfalls ja auch ein Gärtner übernehmen, so, wie das viele andere auch geregelt haben, wenn sie es selbst nicht mehr können.", hatte sie ihre Ausführungen bestimmt und in einer ihrer Mutter entgegenkommenden Richtung beendet.

Johanna hatte nachdenklich am schmalen Strickbund ihres feinen Pullovers gezupft.

„Ich werde es mir nochmals überlegen.", war nach einer kleinen Pause verhalten aus ihrem Mund gekommen.

„Das alles hat hoffentlich noch viel Zeit.", hatte sich Esther dann doch der feigen Worte bedient, um dem ganzen Thema zum Abschluss ein wenig die Schwere zu nehmen.

„Aber man muss darüber reden, bevor es zu spät ist.", hatte Johanna geantwortet und ihrerseits nun tief, und sichtlich befreit, durchgeatmet.

`Aber musste es ausgerechnet heute sein?`, hatte Esther sie im Stillen gerügt.

Die Stimmung war danach bedrückt gewesen, was nicht verwunderte. Und keine der Frauen hatte so recht gewusst, wie sie auf den Weg zu den Gewohnheiten ihres üblichen Neujahrstages hatten zurück finden sollen.

Das schweigende Warten auf die erhofften ersten Worte der andern waren einem versteckten, gegenseitigen Sich-Belauern aus den Augenwinkeln heraus gleichgekommen. Esther hatte geglaubt, das unbeirrte Ticken einer Standuhr zu hören, die es jedoch nicht gegeben hatte. Es hätte aber gut zu dieser Atmosphäre gepasst.

„Hast du letzte Nacht das Feuerwerk angeschaut?", hatte Esther dann den erlösenden Vorstoß gemacht.

„Nein, ich bin früh ins Bett gegangen. Die Knallerei hat mir noch nie viel gesagt, das weisst du ja."

„Was wir dieses Jahr zu sehen bekommen haben, war auch nicht sonderlich beeindruckend."

Pause.

Esther hatte verlegen auf ihre Armbanduhr gesehen.

„Ich werde dann bald mal nach meinen Langschläfern zu Hause schauen. Wahrscheinlich werde ich mich später auch nochmal aufs Ohr hauen. Die Nacht war kurz."

„Mach das. Mittagessen fällt bei euch heute wohl wie immer an Neujahr aus. Es sind ja inzwischen auch alle alt genug, um sich selbst etwas zu essen zu machen.", hatte Johanna die Unterhaltung mühsam in Gang gehalten.

Esther hatte genickt.

„Wir haben noch jede Menge von gestern Abend übrig. Ich habe heute früh schon alles soweit hergerichtet, dass man sich nur noch einen Teller schnappen muss und sich dann direkt bedienen kann."

„War es vorher gut zu fahren?", war Johanna schließlich zum dankbaren Thema Wetter geschwenkt.

„An manchen Stellen war es ein bisschen rutschig, aber im Großen und Ganzen ging`s gut.", hatte Esther geantwortet.

Sie hatte sich, dem krampfhaften Aufrechterhalten der Unterhaltung müde, nach ein paar weiteren banalen Betrachtungen zum aktuellen Winter dann ziemlich bald von ihrer Mutter verabschiedet und sich mit ihrem Auto auf den Weg nach Hause gemacht.

6

Der Besuch hatte Esther einen gehörigen Stimmungsdämpfer versetzt.

Sie hatte sich nicht darüber beruhigen können, dass ihre Mutter so unsensibel gewesen war, ihre Beerdigung an einem solchen Tag besprechen zu wollen. Schließlich sahen sie sich doch jede Woche und telefonierten in der Regel täglich, wenn auch nicht immer sehr ausführlich, aber immerhin, miteinander. Und ihre Mutter hätte auch wissen müssen, dass sie, Esther, an diesem Vormittag noch unter dem Eindruck der zurückliegenden langen und ausgelassenen, feucht-fröhlichen Silvesternacht stehen würde. Wo die lachenden Gesichter der Freunde, von denen sie sich gerade erst verabschiedet zu haben glaubte, noch so nah und lebendig waren, hatte sie missmutig gedacht und den Kopf geschüttelt.

Die laute Musik. Das Knallen des Feuerwerks. Das Leuchten der Raketen. Die Begeisterungsrufe.

Willkommen Neujahr!

Sie beide hatten, das fiel Esther erst jetzt auf, wie in schweigender Übereinkunft darauf verzichtet, einen Blick aufs Neue Jahr zu wagen.

Um genau zu sein, hatte sie selbst nicht darauf verzichtet, weil das mit Absicht geschehen wäre, sie hatte ganz einfach zu keinem Zeitpunkt daran gedacht!

Das Verlangen danach war ihr dieses

Mal gründlich abhanden gekommen.

Neujahr.

Das war für sie der gespannte Aufbruch in 365 neue Tage. Nicht in 267 Tage, auch nicht in 31 oder in 364, sondern in genau 365, beziehungsweise 366, Tage. 365 Tage, die sie nur mit dem 1. Januar als Starttag als eine geschlossene Einheit, eben einem vollständigen Jahr, für sich begriff. Am 5. Februar, am 23. November oder am 17. August auf die kommenden 365 Tage zu blicken war anders. Das waren für sie zweigeteilte Jahre, mit der Silvesternacht als Bruchstelle. Nicht aus einem Guss.

Das Lenkrad fest umklammert, hatte sie mit angestrengtem, ernsten Gesicht auf die Straße gestarrt, auf der noch etwas Schneematsch gelegen hatte. Es war ihr nicht leicht gefallen, sich an diesem trüben Tag richtig auf den Verkehr zu konzentrieren, denn die Worte ihrer Mutter waren die ganze Zeit in ihr nachgeklungen.

Und je länger sie unterwegs gewesen war und sie ihrem Frust im Geiste Luft gemacht hatte, desto mehr schien sie damit ihrem schlechten Gewissen Raum zur Entfaltung gegeben zu haben.

Während sie und Thomas vergangene Nacht zusammen mit Robert, Anja, Christian, Barbara, Ralf, Bettina, Benjamin und Sybille, vier befreundeten Paaren, bei sich zu Hause in froher Runde das alte Jahr verabschiedet und das neue mit Champagner und viel Hallo begrüßt hatten, war Johanna, wie seit Jahren jedes Silvester allein bei sich Zuhause, offenbar mit schwermütigen Gedanken ins neue Jahr gewechselt.

Vielleicht hätte sie eben doch dafür sorgen müssen, hatte sich Esther mit Gewissensbissen geplagt, dass ihre Mutter trotz aller Beteuerungen, dass ihr der Silvesterabend ohne Gesellschaft nichts ausmachte, im Gegenteil, es ihrem Naturell sogar entgegenkäme, weil sie nicht der Typ fürs Festen wäre, was der Wahrheit tatsächlich entsprach, dass sie in diesen Stunden doch Gesellschaft gehabt hätte.

Auch wenn sie nicht bis Mitternacht aufgeblieben war, konnte es nicht anders gewesen sein, als dass auch Johanna sich die gleiche Frage wie all die andern gestellt hatte, die mit glänzenden Augen in den von Feuerwerkskörpern erleuchteten, nächtlichen Himmel, den sich das alte und das neue Jahr teilten, gestarrt hatten:

„Was wird mir das kommende Jahr bringen?"

Doch am Verhalten ihrer Mutter war in den vergangenen Tagen nichts Außergewöhnliches gewesen, nichts, was sie hätte stutzig machen, was einen Verdacht in ihr hätte schüren müssen, dass Johanna diesem Jahreswechsel mit tristen Gefühlen, trister als sonst, entgegensehen könnte, hatte Esther ihre möglicherweise mangelnde Aufmerksamkeit zu entschuldigen versucht.

Es war ein schöner, heiterer Jahresausklang gewesen, hatte sie trotz ihrer gedrückten Stimmung nun doch einen schwärmerischen Blick auf die letzte Nacht zurückgeworfen.

Mit einem reichhaltigen Buffet, zu dem jeder der Paare etwas beigesteuert hatte. Mit einem guten Wein. Mit einem unterhaltsamen Würfelspiel. Schummeln nannten sie es.

Mit Erinnerungen an gemeinsame Unternehmungen. Dem Wochenende in Wien. Dem alljährlichen Sommerfest bei Ralf und Bettina.

Mit den herzlichen Umarmungen um Mitternacht, den Wangenküssen und den vielen guten Wünschen.

Das Bleigießen nicht zu vergessen.

Mit den phantasievollen Deutungen aus der Runde zu den Gebilden, die aus den eingeschmolzenen kleinen Zinnhufeisen, verflüssigt ins kalte Wasser geschüttet und in zufällige Formen erstarrt, entstanden waren. Flöte, Messer, Maus, Kassette, Delfin, Fisch hatten sie zu erkennen geglaubt, hatten sich bei ihrer Festlegung an Barbaras kleinem Büchlein orientiert, das diese zum Zweck der Interpretation dieser Figuren mitgebracht hatte. Hatten ihren Spaß dabei gehabt, sich eine gefällige Zukunft zurecht zu legen. Vom `Schlussstrich ziehen` über `einen Geldsegen erhalten` bis hin zum `Ruhe finden` - jeder schien eine zufriedenstellende Vorhersage für sein Neues Jahr gefunden zu haben.

Wie hätte ihre Mutter sich inmitten dieser ausgelassenen Gesellschaft gefühlt? Was hätte sie etwa gesehen in dem gegossenen Figürchen ihrer Tochter, auf das sich die alberne Runde als einer zylinderförmigen Aufbewahrungsdose oder Kassette am nächsten kommend geeinigt hatte, nicht zuletzt, weil diese Auslegung laut Barbaras Buch etwas Angenehmes, nämlich `immer etwas in Reserve haben`, verhieß?, hatte sich Esther bedrückt gefragt.

Sie wollte den Gedanken an die weniger erheiternden Möglichkeiten, wie dieses Gebilde als ein Behältnis auch hätte interpretiert werden können und wofür man kein Heft zu seiner Deutung hätte zu Rate ziehen müssen, gar nicht nicht zu Ende verfolgen.

Dabei hatte sie ihre Mutter grundsätzlich gut verstehen können. Sich in ihrem Alter mit der Frage, wie sie sich von dieser Welt verabschieden wollte, zu befassen, war natürlich, naheliegend, zu erwarten und eigentlich auch zu wünschen. Und eigentlich musste sie es ihrer Mutter auch danken, dass sie mit ihr, Esther, eine Übereinkunft, die für sie beide tragbar wäre, dazu erzielen wollte und nicht einfach bestimmte, wie ihr letzter Weg auszusehen hatte.

Prinzipiell konnte sie ihrer Mutter wirklich nichts vorwerfen, versuchte sie sich mit dem Vorstoß ihrer Mutter zu versöhnen.

Aber es war eben ganz und gar nicht

der passende Moment gewesen, um diese Angelegenheit ernsthaft durchsprechen zu wollen.

An Neujahr!

Aus heiterem Himmel!

Obwohl, wann war schon der passende Moment für eine solche Unterhaltung?

„Wie möchtest du mich beerdigen, wenn ich tot bin?"

Aus welcher Position heraus sollte sie, wenn sie es denn müsste, eine Entscheidung dazu treffen? Aus der ihrer Mutter, schließlich ging es um ihre Person, oder aus ihrer eigenen als derjenigen, die als Hinterbliebene mit den Folgen zu leben hatte?

Mit den Folgen?, hatte sie ihre Worte aufgegriffen.

Das hörte sich reichlich großspurig an. Eigentlich ging es nur um ein wenig mehr oder weniger Arbeit für sie auf dem Friedhof.

„Die Zeit kann man sich doch nehmen, um das Grab des Mannes zu pflegen.", hatte ihre Mutter vor vielen Jahren unnachsichtig hart die Entscheidung einer Nachbarin für die zu jenem Zeitpunkt noch wenig übliche Urnenbestattung deren Mannes kommentiert.

„Das ist das Mindeste, was man für seinen Mann noch tun kann."

Manche Äußerungen blieben einfach im Gedächtnis haften. Spürte man gar, dass man später einmal froh darüber sein würde, sich ihrer erinnern zu können?, hatte sie sinniert.

Einige Rollläden waren noch geschlossen gewesen, als sie zu Hause angekommen war.

Wenigstens hier schien alles den geregelten, gemächlichen Gang eines Winterschen Neujahrstags zu nehmen. Und das sollte auch so bleiben, hatte sie vergrämt bestimmt und folglich zu dem geschwiegen, was sie so aufgewühlt hatte.

So war Esther auch die einzige aus ihrer Familie gewesen, die bemerkt hatte, dass sich der Himmel an diesem Tag nie ganz aufgeklart hatte.

7

Es war einige Wochen später gewesen, als Mutter und Tochter es sich in Johannas Wohnzimmer bequem gemacht hatten, die eine, wie immer, auf dem Sofa, die andere im Fernsehsessel, um so den gemeinsamen Nachmittag entspannt ausklingen zu lassen. Hatte Esther zumindest angenommen.

Mit der gleichen unvermittelten Direktheit, mit der ihre Mutter ihr denkwürdiges Neujahrsgespräch eröffnet hatte, hatte sie ohne einleitendes Vorgeplänkel an dieses angeknüpft.

„Ich habe es mir überlegt.", hatte sie mit einer Stimme, mit der sie auch gut zu einer offiziellen Ansprache hätte ansetzen können, begonnen und ihre Tochter mit geradezu feierlichem Ernst angesehen.

Esther hatte sofort gewusst, was mit `es` gemeint war und ihr Herz hatte aus der Ungewissheit heraus, wie sich die nächsten Minuten und folglich auch der Ausgang dieses Nachmittags entwickeln würden, begonnen, wild zu pochen.

„Es ist in Ordnung, wenn du mich verbrennen lässt. Dann hast du es einfacher."

Ganz ruhig und ohne einen erkennbar anklagenden Unterton, aus dem ein Sich-Durchringen zu ihrer Aussage hätte herausgehört werden müssen, hatte Johanna ihrer Tochter ihre Entscheidung verkündet. Aber Esther war klar gewesen, dass

dieser Schluss nicht aus der Grundein-
stellung ihrer Mutter resultierte.

Sie hatten die Angelegenheit, `die Be-
erdigung meiner Mutter` wollte ihr,
selbst in Gedanken, nicht so einfach
über die Lippen, sie hatten diese Angelegenheit seit dem Neujahrstag mit keinem Wort mehr erwähnt. Aber sie hatte
aus Esthers Sicht immer im Raum gestanden, wenn sie sich getroffen hatten,
weil sie selbst jederzeit mit einer
Fortsetzung des Gesprächs seitens ihrer
Mutter hatte rechnen müssen.

„Ich weiß doch auch nicht, was richtig
ist.", war alles gewesen, was sie als
direkte Erwiderung zu bieten gehabt hatte. Eine schwache, erbärmliche Vorstellung, hatte sie, unglücklich über diese
Worte, sich selbst ein schlechtes Zeug-
nis dafür ausgestellt.

Sie hatte ihrer Mutter gegenüber die
gleiche Unsicherheit wie an Neujahr verspürt, obwohl sie diese nun nicht mehr
hatte damit entschuldigen können, dass
sie unvorbereitet mit der Angelegenheit
konfrontiert worden wäre.

Und sie hatte sich seither sehr wohl
damit beschäftigt. Hatte sich auch mit
Thomas darüber beraten, ohne jedoch zu
einer Lösung gekommen zu sein, die sie
überzeugt als die richtige hätte vertreten können.

Verbrennen lassen! Möglichst wenig Um-
ständen. Tot und weg.

Dieses `lassen` war ihr in dem Moment
als nichts anderes als eine bequeme Lö-

sung, und auch als ein Zufügen, erschienen, ihr, die sie doch grundsätzlich eine Befürworterin dieser Bestattungsform gewesen war. Immer noch war.

Sie war den Tränen nahe gewesen.

„Wir machen das nur, wenn es für dich kein Problem ist.", hatte Esther mit leicht zittriger Stimme ihre Mutter zu einer Bestätigung derer Aussage aufgefordert.

Johanna hatte sogar gelächelt und ihre Tochter beruhigend angesehen.

„Ich merke ja nichts mehr davon. Mach du es so, wie es für dich am besten passt."

„Aber eigentlich hättest du lieber eine ganz normale Beerdigung mit einem Sarg, nicht wahr?", hatte Esther nachgebohrt.

Ihre Mutter hatte den Blick gesenkt und fast unmerklich mit dem Kopf genickt.

„Ich hätte früher nie gedacht, dass ich anders als im Sarg beerdigt werden könnte. Das war die Art von Bestattung, wie ich sie von klein auf gekannt habe. Aber heute ist halt vieles anders." Sie hatte einen Moment gestockt.

„Es ist schon noch eine komische Vorstellung für mich, einmal ins Feuer geschoben zu werden." Sie hatte Esther wieder in die Augen gesehen. „Aber es ist irgendwie auch eine saubere Sache. In einem Sarg in der Erde zu liegen und..", sie hatte sich geräuspert, „und sich vorzustellen, was dort alles mit einem passiert, ist auch nicht gerade appetitlich. Entscheide du! Es muss ja hoffentlich nicht sofort sein.

Ich bin auf jeden Fall mit jedem Weg einverstanden. - Wirklich."

„Danke, dass du das sagst."

Esther hatte überlegt, noch etwas anzufügen. Etwas Rechtfertigendes, Erklärendes, gar Entschuldigendes zu ihrem Standpunkt.

Denn so richtig glücklich hatte sie sich mit dem Freibrief, den ihre Mutter ihr ausgestellt hatte, nicht gefühlt.

Sie hatte Johannas Zugeständnis aber nicht zerreden wollen.

Hatte dann lieber geschwiegen. Hatte eine definitive Entscheidung ihrerseits ihrer Mutter gegenüber offen gelassen. Für jenes Mal. Und für alle weiteren Male, wenn sie sich begegnet waren.

Durch Johannas unerwarteten Tod hatte Esther sich zwangsläufig und ohne weitere Bedenkzeit der endgültigen und schnellen Beantwortung der Frage, die ihre Mutter an jenem Neujahrstag aufgeworfen hatte, stellen müssen.

In der stillen Trauer um den so plötzlichen, und daher zunächst unglaublichen, Verlust gefangen, war sie in ihrem Handeln von dem vordringlichen Wunsch geleitet worden, es ihrer Mutter ein letztes Mal Recht zu tun.

Es war darum eher der Vollständigkeit halber gewesen, dass sie sich kurz mit Thomas über die Möglichkeiten der Bestattungsform ausgetauscht hatte, denn eigentlich hatte sie ihren Entschluss schon lange bevor er zur Umsetzung angestanden war, im Innern gefällt gehabt.

Sie hatte ihn bislang nicht bereut.

Inzwischen hatte sie das Einzelgrab in einem ersten Schritt umgestaltet.

Die Kränze waren nach dem Begräbnis schnell wüst geworden, so dass sie sie nach wenigen Wochen alle abgeräumt hatte, und nun schmückten die länger haltbaren Blumenschalen, die ebenfalls von der Beerdigung her stammten, das zwischenzeitlich mit frischer, dunkler Erde bedeckte Grab.

An seinem oberen Ende steckte ein helles Holzkreuz, das in der Mitte mit einem kleinen Trockenkranz aus Rosen geschmückt war und von einem schwarzen, feinen, mit Spitze eingefassten Band zart umschmeichelt wurde.

Zwischen den fertig angelegten Gräbern mit ihren kompakten Grabsteinen, die das Gesicht des Friedhofs prägten, nahm sich Johannas letzte Ruhestätte in dieser vorläufigen Form doch sehr zurückgenommen, geradezu filigran aus, und das Bild mit den Umrissen einer schlanken, aufrechten Frau, die sich als Schutz gegen eine aufkommende, kühle Abendbrise ein duftiges Tuch um die Schultern gelegt hatte, tauchte jedes Mal vor Esthers Augen auf, wenn sie, ganz bei sich selbst, auf das Kreuz blickte.

JOHANNA KORTE stand darauf zu lesen. 1922 darüber, 2009 darunter.

Das war alles.

Schlicht.

In einem Jahr würde es durch einen Grabstein ersetzt sein.

Esther hatte bisher nur eine vage Vorstellung davon, wie er aussehen könnte. Vielleicht ein heller Granit mit farbigen Einsprenglingen, an dessen linkem Rand sich ein paar aus dem Stein heraus gearbeitete Rosen emporrankten, das hätte ihrer Mutter gefallen, und in der Mitte Johannas Daten, in einem nicht zu harten Schriftbild. In der Art.

Er sollte zu ihrer Mutter passen. Persönlich sein. Eine Botschaft enthalten. Von Tochter zu Mutter. Oder von der Tochter über die Mutter an die ganze Welt.

Seine Gestaltung musste sorgfältig durchdacht werden. Denn sie wollte auch noch in zwanzig Jahren ihren Blick auf dem Stein ruhen lassen können, ohne dass irgendetwas an seinem Bild und an den Worten, die in ihn gehauen sein würden, sie anhaltend störten. Gar peinlich störten. Ihr kitschig vorkämen. So dass sie ihren Blick dann auch nicht mehr würde darauf verweilen lassen, sie ihn im Gegenteil lieber schnell davon würde abwenden wollen.

Um sich Anregungen für sein Aussehen zu holen, schenkte sie den Grabsteinen, an denen sie vorbeikam, wenn sie über den Friedhof ging, nun eine für sie bislang ungewohnte, weil erhöhte Beachtung.

Vieles von dem, was sie sah, gefiel ihr. Einzelne Elemente. Schriften, Formen, Farben, Motive, Widmungen. Rosen, Kreuze, geschwungene Buchstaben, gefaltete Hände, `Ruhe in Frieden`.

Aber trotzdem hätte sie keinen Stein eins zu eins, die Angaben zur Person selbstredend ausgeschlossen, als den genau richtigen für ihre Mutter übernehmen wollen.

So blieb sie weiter auf der Suche.

Auf der Suche nach ihrer Botschaft.

8

Sie sollte mit der Arbeit, die der Zweck ihres heutigen Besuchs war, allmählich beginnen, kehrte sie in die Gegenwart zurück.

Ihr ungefährer Plan sah vor, dass sie dort, wo sie beim letzten Mal aufgehört hatte, wieder ansetzen und also im Schlafzimmer mit dem Sichten und Sortieren der Kleidung und Haushaltswäsche fortfahren wollte. Vielleicht könnte sie heute sogar die Arbeiten dort abschließen, um sich dann endlich auch in den anderen Räumen um den Nachlass zu kümmern.

Nachlass!, stieß sie sich an ihrem gerade in Gedanken benutzten Ausdruck.

Es gab Wörter, die hörten sich für ihr Empfinden dunkel und hart an, hatten nichts Gefälliges, Sanftes, Liebliches an sich. So wie fröhlich etwa. Veilchen. Oder Liebe.

Nachlass war so ein hartes Wort, fand Esther. Kam wie ein Tack-tack aus dem Mund.

Und die Vorstellung widerstrebte ihr, dass das, was ihr vom Leben ihrer Mutter geblieben war, also auch diese Wohnung hier mit all den persönlichen, mit Erinnerungen behafteten Dingen, durch dieses, sie zögerte, kalte Wort, durch Nachlass, umfänglich beschrieben werden sollte, und auch tatsächlich konnte.

Das Wort tönte nicht nur dunkel, worüber sie hätte hinwegsehen können, denn es konnte nichts für seinen Klang und die ihr eigene Art der Wahrnehmung, und schließlich hörte sich das Wort Mutter für ihre Ohren nur geringfügig weicher an, vielmehr war Nachlass, Nach-lass, für sie auch belegt mit dem Merkmal von etwas Vergangenem, Aufgegebenem, Verlassenem, letztlich auch von etwas Bedrückendem, jetzt, da der Begriff mit einem konkreten Inhalt für sie ausgefüllt war, mit dem sie sich nun befassen, mit dem sie fertig werden musste.

Fertig werden in mancherlei Hinsicht, schluckte sie.

Und Erbe? Oder Hinterlassenschaft? Waren das die passenderen Umschreibungen?

Erbe klang weich. Rutschte geradezu über die Lippen.

„Mein Erbe.", sprach Esther sich vor.

Erbe.

Nein, da schwang für sie ein positiver Grundton mit, ein Willkommen-Sein, ein Annehmen, das sie auf ihre Situation nicht übertragen konnte.

Denn sie hatte noch immer Mühe damit, dass sie Mutters Welt auflösen und in die ihre integrieren sollte. Nicht grundsätzlich zwar, denn es war für sie als Einzelkind auf der Hand gelegen, dass das einmal auf sie zukommen und alles ihr gehören würde, aber es hätte nicht so bald und so plötzlich sein müssen.

Und Hinterlassenschaft? Hörte sich noch eine Spur hölzerner und unpersönlicher an als Nachlass. Außerdem musste sie bei dem Begriff an ein unordentlich zurückgelassenen Zimmer denken.

Was sollten überhaupt diese Spitzfindigkeiten, beendete sie ihren Exkurs, halb verärgert darüber, worin sie sich manchmal sinnlos verlieren konnte.

Sie musste sich einfach um alles hier kümmern. Egal, wie man es nennen wollte.

Und eigentlich traf `Nachlass` es doch am besten. Mochte es klingen wie es wollte.

Sie steuerte auf das Schlafzimmer zu, warf einen lustlosen Blick in den verlassenen Raum.

Es reizte sie überhaupt nicht, ihrem Arbeitsplan für heute zu folgen.

Sie hatte aber auch keine Idee, an welcher Stelle in der Wohnung sie sich stattdessen, und mit mehr Freude, einklinken sollte.

Sie spürte ein nervöses Kribbeln und eine aufkommende Unruhe in sich.

Zum einen, weil sie endlich tätig werden sollte, zum andern, weil sie dem Prinzip, Begonnenes zu Ende zu führen, bevor etwas Neues in Angriff genommen wurde, mit dem sie in ihrem Leben bisher nicht schlecht gefahren war, treu bleiben und sich also ein Zimmer nach dem andern vornehmen wollte, um dem Ablauf der Auflösung insgesamt Struktur zu geben.

Obwohl!, überlegte Esther.

Die Wohnung musste am Ende einfach ausgeräumt sein. Leer. Und da war es, wenn sie jetzt nur einmal an den Inhalt der Schränke dachte, im Grunde egal, wann sie welche Dinge aus welchem Zimmer von hier nach einem wo auch immer gelegenen Dort beförderte, schlug sie sich selbst eine Brücke zu mehr Handlungsfreiheit.

Sie könnte also, wenn ihr eine Arbeit nicht recht von der Hand wollte, diese beiseite schieben, könnte durch die Zimmer gehen und sich mit dem, was ihr ins Auge fiele und dem sich zu widmen ihr in diesem Moment mehr zusagte, beschäftigen. Ein Buch aus dem Regal nehmen und darin blättern, ein Bild, das sie für sich behalten wollte, von der Wand abhängen und für zu Hause bereitlegen, eine Tischdecke aus dem Schrank ziehen, sie ausbreiten und sich überlegen, ob sie auf einen ihrer Tische passte.

Sie könnte sich zu jedem Stück, das ihr zwischen die Finger oder unter die Augen käme, Gedanken machen darüber, ob es ihr fehlen würde, wie es ihr fehlen würde, ja, wo es ihr fehlen würde, wenn es fortan für alle Zeit verschwunden wäre. Ob sie es vermissen würde als ein Andenken an ihre Mutter oder im Haushalt als ein brauchbares Mehr zu ihrer dort vorhandenen Ausstattung.

Oder gar nicht.

Eine Wohnung aufzulösen, wirklich aufzulösen und nicht etwa nur umzuziehen, war bis vor kurzem zuallererst als eine zeitintensive, lästige Pflicht in ihrer Vorstellung vorhanden gewesen.

„Am besten, ich stell einen Container

auf die Straße und werfe den Großteil dort hinein. Wir haben ja eigentlich alles, was wir brauchen."

Diese an und für sich effiziente Art der Wohnungsauflösung, die zu wählen Esther vor Jahren gegenüber Thomas nicht ausgeschlossen hatte, wenn sie denn einmal vor dieser Aufgabe stehen würden, hatte sie nach Johannas Tod zu keiner Zeit mehr in Betracht gezogen.

Eine solch radikale Abfertigung derer Vergangenheit, derer Welt, hätte ihrer Mutter, wenn sie es erlebt hätte, zutiefst weh getan.

Wie also hätte sie, Esther, deren Lächeln, das ihr zukünftig wenigstens noch auf Bildern entgegengebracht würde, mit offenem Herzen und ohne Scham empfangen und erwidern können?

Es war so vieles leichter gesagt als getan, musste sich Esther einmal mehr eingestehen. Das war eben die Sache mit der Theorie und der Praxis.

Redensarten!, dachte sie verärgert über sich und ihren erneut lockeren Griff in die Vorratskiste der Lebensweisheiten.

Denn sie versuchte zu vermeiden, selbst im Geiste, ihre Gedanken in solche weithin bekannte, zigtausendmal benutzte Allgemeinplätze zu verpacken, auch wenn sie ihre Ansichten treffend wiedergeben mochten.

Der Tod gehört zum Leben. Wir müssen alle einmal gehen. Auf Regen folgt Sonnenschein. Gleich und gleich gesellt sich gerne. Gegensätze ziehen sich an. Kleine Kinder, kleine Sorgen, große Kinder, große Sorgen. Reden ist Silber, Schweigen ist Gold. Ehrlich währt am längsten. Jeder ist seines Glückes Schmied.

Und, und, und.

Kalendersprüche, mit deren Hilfe man sich geschickt durch ein Gespräch hindurch hangeln konnte, so, wie ein Affe sich behände von Ast zu Ast schwang.

Auch Esther holte sich, musste sie zugeben, in für sie mühsamen Unterhaltungen bisweilen Unterstützung von ihnen.

Aber in der Regel, weil es ihrer Natur entsprach, bevorzugte sie Originaltöne in einem Gespräch.

9

Johannas letzter Tag hatte, soweit Esther das zurückverfolgen konnte, zunächst einen ganz alltäglichen Verlauf
genommen. Der Vormittag war für ihre
Mutter mit Hausarbeit und Kochen ausgefüllt gewesen, der einen sicherlich
willkommenen Unterbruch durch das kurze
Schwätzchen mit Frau Schuster aus dem
ersten Stock erfahren hatte, als sich
die beiden beim Leeren ihrer Briefkästen
zufällig getroffen hatten, wie Frau
Schuster Esther später erzählt hatte.

Nach dem Mittagessen hatte sie den Ab-
wasch erledigt und sich dann, nach dem
Telefonat mit ihrer Tochter, aufs Sofa
zu einem Nickerchen hingelegt.

„Für ein paar Minuten etwas die Beine
ausstrecken.", waren ihre Worte gewesen.

An jenem Tag hatte sie sich etwas müde
und ein bisschen wacklig auf den Beinen
gefühlt, wie sie Esther am Telefon erzählt hatte, hatte selbst aber keinen
Anlass zur Besorgnis gesehen. Hatte sie
beide damit beruhigt, dass sie mit bald
87 Jahren schließlich nicht mehr die
Jüngste sei und sich nach ein wenig
Schlaf sicher wieder besser fühlen würde. Deshalb hatte sie sich nach dem Gespräch gleich etwas hinlegen wollen, was
sie wohl auch getan hatte.

Sie war dann einfach nicht mehr aufgewacht.

So hatte Esther sie am späteren Nachmittag gefunden, die leichte Baumwollde-

cke über sich ausgebreitet und bis unters Kinn hochgezogen.

Nachdem ihre Mutter ihre mehrmaligen Telefonanrufe, die sie aus einem Gefühl der vorahnenden Unruhe heraus am Nachmittag gemacht hatte, nicht angenommen hatte, war Esther damals zur Wohnung gefahren, um nach dem Rechten zu sehen.

War, nachdem auf ihr drängendes Läuten nicht das so flehentlich erhoffte, vertraute „Ja, bitte?" aus der Gegensprechanlage ertönt war, mit dem Ersatzschlüssel ins Haus gegangen, hatte, um keine Sekunde zu verlieren, den wie stumm und wissend auf sie wartenden Fahrstuhl bis hinauf unters Dach genommen und die Wohnungstür vorsichtig geöffnet. Hatte mit klopfendem Herzen ein ängstliches, banges „Mama?" in die Stille gerufen, um gleich darauf die Gewissheit zu haben, dass nichts mehr so war und hier auch nie mehr so sein würde wie bisher.

Selbst aus dem Ersatzschlüssel, mit dem sie sich gerade noch Zutritt zu Mutters Zuhause verschafft hatte, war zu diesem Zeitpunkt bereits der Schlüssel für ihre Wohnung geworden.

„Melde dich, wenn etwas ist!"

„Ja, natürlich. Aber es wird schon nichts sein. Einen schönen Tag noch, Esther."

„Dir auch, Mama. Bis dann."

Ein Wortwechsel, wie er nicht nur in ihrem letzten Gespräch an Johannas letztem Tag stattgefunden hatte, sondern einer, der, unabhängig von Johannas Befinden, so oder ähnlich selten bei einer Verabschiedung voneinander gefehlt hatte, gleichgültig, ob sie beide damit ein Telefonat oder eine persönliche Begegnung beschlossen hatten.

Nur, dass diese eingefahrenen Sätze, denen mit der Zeit kaum mehr Beachtung geschenkt worden war, sie hatten normalerweise ja auch keine ernsteren Konsequenzen nach sich gezogen und waren somit, kaum ausgesprochen, ins Fach der viel strapazierten Höflichkeiten abgelegt worden, neben „Wie geht`s?", „Ich habe dich hoffentlich nicht gestört?", nur, dass diese verbrauchten Sätze für jenen Tag im Nachhinein die Bedeutung von etwas Einzigartigem erlangen sollten und hastig wieder aus ihrer Ablage herausgesucht worden waren wie plötzlich zu Dokumenten aufgewertete Notizzettel, die sich nachträglich als Träger wichtiger einmaliger Aufzeichnungen entpuppt hatten und die man bewahren musste.

Die letzten Worte, die ihrer Mutter an sie gerichtet hatte. „Einen schönen Tag noch, Esther."

Ihr Lebewohl, gleich einer Botschaft.

Obwohl der Tod schon früh zu Esthers Leben gehört und sie durch den Verlust ihres Vaters an sich selbst erfahren hatte, wie dessen Einfluss auf ihr Leben sich im Lauf der Jahre gewandelt hatte, wie er zunächst ihren Alltag als ein schmerzhaftes Ereignis beherrscht und überschattet hatte, wie er in ihrem Erwachsenenleben dann mehr und mehr zu einem Fakt geworden war und sich als eine zweifelsohne sehr markante Station in ihren Lebenslauf eingereiht hatte, obgleich sie also ihre Erkenntnisse bezüglich des Todes am treffendsten eben doch in der Kalenderweisheit zusammenfassen konnte, dass er nämlich ganz natürlich zum Leben gehörte, waren ihre Gedanken an den endgültigen Abschied von ihrer Mutter, den sie, nachdem Johanna die Achtzig überschritten hatte und trotz derer unglaublichen körperlichen und geistigen Frische, mit der sie letztlich bis zum Schluss gesegnet war, nicht einmal vor sich selbst mehr glaubhaft in allzu weite Ferne hatte reden können, auch von banger Furcht davor begleitet worden.

Sie hatte sich deshalb darum bemüht, oder, wie man es heutzutage gerne ausdrückte, um eine bewusste Anstrengung hervorzuheben, an sich gearbeitet, das grundsätzliche Wissen und die abgeklärte Sichtweise dazu, dass man den Verlust eines geliebten Menschen mit der Zeit verwinden und letztlich nur noch die liebevollen Erinnerungen an gemeinsame Stunden mit ihm zurückbleiben würden, sich auch wirklich zu verinnerlichen.

Und so hatte sie in ihrem Bestreben danach irgendwann begonnen, das zu tun, was angeblich viele Menschen beim allmorgendlichen Durchblättern der Zeitung als erstes taten.

Sie hatte die Todesanzeigen studiert. Eingehend studiert. Nicht nur nach ihr bekannten Namen überflogen.

Sie hatte damit versucht, über die Wahl der Worte und die Art der Formulierungen, mit der ein Tod öffentlich gemacht worden war, ein Bild davon zu erhalten, wie er sowohl für den Betroffenen selbst als auch für seine Nächsten aufgefasst worden war, so kurz nach seinem Eintreten, wo die Gefühle der Hinterbliebenen zu diesem Abschied am unmittelbarsten und wohl am getreusten waren.

Hatte sich von schlichter Trauer bis zu ungläubiger Fassungslosigkeit und tiefstem Schmerz hindurchgelesen.

„Wenn die Kraft zu Ende geht, ist die Erlösung eine Gnade.", „Viel zu früh und für uns alle unfassbar und unerwartet…",

„Durch einen tragischen Unfall aus dem Leben gerissen...", „Lange gekämpft und doch verloren...", „Nach einem erfüllten Leben durfte in Frieden heimkehren..", „Wir haben den Mittelpunkt unserer Familie verloren.". „Wir müssen nun ohne dich weiterleben." „Du hast uns für immer verlassen, aber du wirst immer bei uns sein."

„In stiller Trauer", „In Liebe", „In unendlichem Schmerz", „Für die Welt bist du irgendjemand, für uns bist du die Welt. Wir werden dich nie vergessen".

„Dein Karl", „Deine Kinder Sebastian, Erich, Doris, Simone", „Enkel und Urenkel", „Deine Freundin Tanja", „Deine Eltern Marina und Werner". ...

Deine Eltern! Das war das Grausamste.

Ein Schaudern durchlief ihren Körper, jedes Mal, wenn sie so etwas lesen musste.

Letztendlich hatte sie aus ihrem Querschnitt durch die Anzeigen und den zum Teil darin angedeuteten Schicksale nur den Schluss ziehen können, dass sie, wenn die Zeit des Abschieds von ihrer Mutter gekommen war, nur das Gefühl von demütiger Dankbarkeit als einzig angemessenes in sich zulassen durfte.

Einer vielfältigen Dankbarkeit. Für ihre Zeit miteinander. Für Mutters Alter und Gesundheit. Für die Fürsorge und Liebe, die sie ihr, ihrer Tochter, und auch ihrer ganzen Familie entgegengebracht hatte.

10

Trotz aller bemühter, eingeübter, gar eingebläuter Abgeklärtheit war Esther, als Johanna gestorben war, anfänglich immer wieder von einer ganz einfachen Trauer heimgesucht worden, der Trauer einer Tochter über den Verlust ihrer Mutter, mochte Johanna noch so ein schönes Alter erreicht haben, mochte sie noch so erstaunlich vital bis zum Schluss und ihr Ende noch so friedlich und gnädig und als durchaus an der Reihe einzuordnen gewesen sein.

Wenn Esther zu Hause am Telefon vorbei gekommen war, war es in der ersten Zeit nach Johannas Tod noch häufig und unwillkürlich geschehen, dass sie stehen geblieben war und zum Hörer hatte greifen wollen, um, der jahrelangen Gewohnheit folgend, den täglichen Anruf bei ihrer Mutter zu erledigen. Oder dass sie umgekehrt gedacht hatte, dass es ihre Mutter sein könnte, wenn der Apparat geklingelt und sie keinen Anruf erwartet hatte.

`Das darf doch alles nicht wahr sein.`, hatte sie dann nur mit ungläubigem Kopfschütteln für sich feststellen können, wenn ihre Gedanken genauso schnell, wie sie von den Bahnen der Realität abgerutscht waren, wieder auf sie zurückgefunden hatten.

Ihre Mutter war nicht mehr da, und sie vermisste ihre Nähe. Das machte sie einfach traurig.

Und die Kalenderblätter jener Tage hatten versucht ihr zu lehren, dass das Leben weiterging, dass alles Leben endlich war, dass alles in Gottes Hand lag, dass man aus dem Paradies der Erinnerungen nicht vertrieben werden konnte, dass man erst tot war, wenn man vergessen war.

Das Leben muss weitergehen.

Sie hatte vor allem diesen Satz, diese verbrauchte, abgedroschene Floskel, in den ersten Wochen, in denen seine Worte für ihre Mutter ihre Gültigkeit verloren hatten, nicht selten zu hören bekommen.

Womit sie hatte rechnen müssen.

Hatte die Unverbindlichkeit höflich mit dankendem Blick und stummem Nicken, allerhöchstens mit einem „Ja, das muss es.", erwidert, so, wie es sich in solchen Fällen geziemte und erwartet wurde. War manchmal ein wenig enttäuscht und befremdet darüber gewesen, wem diese Plattitüden über die Lippen gekommen waren.

Zugegeben, Sybille war schon immer etwas unsicher im Umgang mit Ausnahmesituationen gewesen. Auch Marian war, als sie sich das erste Mal nach Johannas Tod gesehen hatten, ihr gegenüber gehemmt gewesen, hatte krampfhaft nach den richtigen Worten gesucht.

Und sie hätte sich gewünscht, dass er sie ihnen beiden erspart hätte. Diese abgenutzte Erkenntnis, die seine persönliche Hilfestellung und Nähe für sie vermissen ließ.

Sein „Das Leben muss weitergehen.".

Und doch war es genau diese Tatsache gewesen, die ausgesprochen ihr bislang so missbilligend flach vorgekommen war, die sie als einziges Kind ihrer Mutter sofort wie an die Hand genommen und sie direkt mitten ins neue, fortan ärmere Leben gezogen und zum Handeln gezwungen hatte. Um so mehr, als sie eben keinen Bruder und keine Schwester hatte, auf deren gleichberechtigten Schultern die Last, die die Hinterbliebenen zu tragen hatten, und die Aufgaben, die sie zu bewältigen hatten, hätte verteilt werden können. So war ihr keine Schonfrist für die erste Begegnung mit Johannas nunmehr unbelebter Wohnung eingeräumt worden, hatte sie erst gar nicht den passenden Zeitpunkt, an dem sie innerlich bereit gewesen wäre, ein erstes Mal in Johannas verlassene Welt einzutreten, abwarten, sich in ihrer Trauer verkriechen können.

Selbstredend hatten ihr sowohl Thomas als auch die Kinder angeboten, ihr bei der Auflösung der Wohnung oder bei anderen anfallenden Aufgaben zu helfen. Ohne zu überlegen hatte sie dankend abgelehnt.

„Ich möchte das gerne alleine machen."

Und hatte um Verständnis bittend hinzugefügt: „Ich möchte die Sachen dann erledigen können, wenn mir danach zumute ist. Nicht, wenn ich mit jemandem einen bestimmten Zeitpunkt dafür verabredet habe. Es ist ja auch ein Abschied von einem Teil meines Lebens."

„Das ist vollkommen in Ordnung. Sag einfach, wenn du Hilfe brauchst. Du wirst ja zum Beispiel, ganz praktisch gesehen, etliche schwere Dinge, angefangen bei vollen Kisten bis hin zu den Möbeln, aus der Wohnung zu räumen haben."

Er hatte ihr ermunternd zugenickt und war mit sanfter Stimme fortgefahren.

„Du musst dich nur melden."

Mehr nicht. Hatte verstanden, dass sie ihren eigenen, nicht zu kommentierenden und nicht zur Diskussion stehenden Weg im Umgang mit dem Tod ihrer Mutter finden und gehen musste.

Nicht nur die Erledigung der Formalitäten, Johannas Tod betreffend, hatten dem Verlauf der ersten Tage in Esthers neuer Zeitrechnung Struktur gegeben. Zusätzlich hatten einige sich aus einem nicht zu einem ordentlichen Abschluss gebrachten Alltag ergebenden Pflichten ein schnelles, zügiges Agieren erfordert, denn Johanna hatte auch ihren letzten Tag in gewohnter Weise begonnen und verfolgt, bis dieser, wie aus dem Nichts heraus, von einer höheren, nicht zu beherrschenden Macht für null und nichtig erklärt worden war, bis sie ihres Lebens und damit auch der Zuständigkeit für alles, was damit in Verbindungen gestanden hatte, beraubt, bis alles, was sie betroffen hatte, in Esthers unvorbereitete Hände gelegt worden war.

Und mit diesen Händen hatte sie sich nach Johannas Tod gleich daran gemacht, machen müssen, dem noch pulsierenden Alltag in der Wohnung in einen ruhenden Zustand zu verhelfen.

Frisches, dunkles Brot hatte im Brotkorb gelegen, ebenso wie reife Bananen und feste, gelbe Birnen in der Obstschale. Im Kühlschrank ein Schnitzel fürs nächste Mittagessen.

Den Blumenstrauß mit den orangefarbenen, kleinen Rosen hatten sie beide zusammen erst zwei Tage zuvor gekauft. Das Stück Linzertorte für den Kaffee nach dem Mittagsschlaf, der Johanna in die Ewigkeit geführt hatte, war schon auf dem Kuchenteller, aber noch in eine Frischhaltefolie eingepackt, auf dem Esstisch bereit gestanden. Und im Keller ein kleiner Vorrat an Kartoffeln, Zwiebeln und Äpfel.

Sie hatte eingepackt, versorgt und entsorgt.

Hatte die blühenden Zimmerpflanzen, die mehr Aufmerksamkeit als nur ein einmaliges wöchentliches Gießen verlangten, der Einfachheit halber gleich aus der Wohnung mit zu sich nach Hause genommen.

Ausgeliefert sein auf Gedeih und Verderb, dieser Spruch fand hier eine konkrete Anwendung, hatte Esther dazu trocken bemerkt.

Die anspruchslosen, pflegeleichten Orchideen hatte sie vorerst auf den Fenstersimsen stehen gelassen, um beim unwissenden Beobachter, der von der Straße aus einen Blick auf die Fenster warf, nicht die Vermutung aufkeimen zu lassen, dass hinter den zugehörigen Mauern nicht mehr gewohnt werden würde.

Die Zeitung war abgemeldet worden, so dass der Briefkasten auch bald nicht mehr täglich auf sperrigen Inhalt überprüft und geleert werden musste.

KORTE hatte sie zunächst stehen lassen.

11

Esther und Thomas hatten sich vor etwa
20 Jahren dazu entschlossen, den Schritt
von ihrer schönen, geräumigen Vier-Zim-
mer-Mietwohnung hin zum Eigenheim zu wagen, um für die damals schon geplante
Schar von vier Kindern, von denen zwei
bereits geboren waren, genügend Platz zu
schaffen.
Mit ihrer Entscheidung hatte sich für
Johanna die leise Hoffnung, dass ihre
Tochter samt Familie doch irgendwann
einmal bei ihr, in Esthers Elternhaus,
das aus dem Erbe ihres Mannes Anton
stammte, einziehen würde, endgültig zer-
schlagen.
Zugegeben, es hätte beträchtlicher Um-
und Erweiterungsarbeiten im und am Haus
bedurft, um den zusätzlichen Raum zu
schaffen, den die letztendlich sechsköp-
fige Familie für ein angenehmes Wohnen
benötigt hätte, und Johanna hätte sich
vermutlich mit einer bescheidenen Zwei-
zimmerwohnung im Erdgeschoss begnügen
müssen, aber das Zusammenleben der drei
Generationen unter einem Dach wäre
grundsätzlich machbar gewesen.
Johanna hatte den beiden nach deren
Hochzeit diese Möglichkeit als ein für
sie denkbares Wohnmodell, wenn sie einmal Familie hätten, auch in Aussicht gestellt. Sie hatte das Thema aber dann
auf sich beruhen lassen, wenngleich die
Idee für sich selbst nie ganz verworfen,
als Esther und Thomas bei Gelegenheiten,

bei denen es gepasst hätte, nie mehr die Sprache darauf gebracht hatten.

Vielmehr hatte sie etwa zur gleichen Zeit, wie die Pläne für Esthers und Thomas` Haus begonnen hatten Gestalt anzunehmen, die beiden mit einem Entschluss überrascht.

„Ich halte es für das Vernünftigste, wenn ich mein Haus verkaufe und mir eine Wohnung mit drei, vielleicht auch vier Zimmern und einem Balkon oder einer Terrasse, vielleicht auch mit einem Gartenanteil, suche."

„Das kommt jetzt aber plötzlich! Du bist doch noch fit genug, um hier eine Weile so weiterleben zu können wie bisher. Fällt es dir denn nicht schwer, das alles aufzugeben? ", hatte Thomas direkt auf die unerwartete Nachricht seiner Schwiegermutter reagiert, während Esther froh darüber gewesen war, sich mit ihren beiden kleinen Kindern, die quengelnd die Aufmerksamkeit ihrer Mama eingefordert hatten, beschäftigen und so ihre Verblüffung über die Eröffnung ihrer Mutter überspielen zu können.

Johanna hatte sehr überlegt und bedacht geantwortet:

„Das ist meine Heimat. Natürlich wird es nicht leicht werden, hier wegzuziehen und sich nach all den Jahren an einem andern Ort einzuleben. Aber es scheint mir für die Zukunft das Beste zu sein. Ich habe mich schon länger mit dem Gedanken getragen. Jemanden zur Miete ins Haus zu holen, möchte ich nicht. Für mich alleine ist das Haus aber zu groß. Das ist es zwar schon lange, aber nun wird mir das Putzen wirklich zu viel und auch zu beschwerlich. Natürlich könnte ich mir Hilfe holen, das werde ich auch tun, egal, ob für dieses oder für ein neues Zuhause. Ungeachtet dessen werden mit den Jahren vermutlich auch auf mich altersbedingte Einschränkungen zukommen, zum Beispiel Probleme beim Treppensteigen." Sie hatte eine kleine Pause gemacht, ihren Blick gesenkt und nachdenklich ihre Hände betrachtet.

„Ich möchte so lange wie möglich selbständig bleiben.", war sie fortgefahren. „Und eben, wie du sagst, Thomas,", hatte sie ihrem Schwiegersohn dann lächelnd in die Augen gesehen, „ich bin noch fit, und ich denke, auch noch jung genug, um mich in einer neuen Umgebung einleben zu können. Außerdem möchte ich versuchen, in der Gegend zu bleiben, dann wäre die Veränderung nicht so groß. Ich könnte meine Freunde und Nachbarn von hier dann weiterhin treffen.

Es gäbe im näheren Umkreis die eine oder andere Wohnung zu mieten oder zu kaufen. Ich habe mich bereits ein wenig kundig gemacht." Sie hatte sich auf dem Sofa zurückgelehnt und einige Sekunden geschwiegen.

„Ja, kaufen wäre mir schon am liebsten. Ich bin es gewohnt, in den eigenen vier Wänden zu leben.", hatte sie schließlich abwägend angefügt.

„Was hältst du von Mamas Plänen?", hatte Esther nach dem Besuch ihren Mann auf ihrer Autofahrt nach Hause gefragt.

„Ich finde sie gut. Es klingt doch alles sehr vernünftig. Hut ab vor der Entscheidung, denn es ist sicher nicht leicht, in dem Alter, und obendrein alleine, einen Neuanfang zu wagen." „Ich glaube, sie hat im Stillen immer gehofft, dass wir eines Tages gemeinsam unter einem Dach leben würden. Sonst wäre die Idee nicht jetzt, wo wir unser Haus planen, aufgekommen."

Esther hatte eine kleine Pause gemacht und Thomas kurz, und verzagt, angesehen.

„Hätten wir ihr nicht vielleicht den Vorschlag machen sollen, wenigstens später, wenn sie mal nicht mehr kann, bei uns einzuziehen?"

„Das können wir doch immer noch tun.", hatte er sie zu beruhigen versucht und mit seiner rechten Hand sanft ihren linken Arm gedrückt, denn ihm waren die Tränen, die sich in den Augen seiner Frau gesammelt hatten, genauso wenig entgangen wie das drohende Brechen ihrer Stimme.

„Sei doch froh, dass sie von sich aus eine so tolle Lösung für ihre Zukunft gefunden hat. Und ganz ehrlich, sie wirkte nicht unglücklich auf mich, als sie uns von ihrem Vorhaben erzählt hat."

Er hatte über den Rückspiegel einen Blick auf ihre beiden mittlerweile selig schlafenden Kinder in ihren Sitzen auf der Rückbank geworfen und seine Stimme aufmunternd angehoben.

„Komm, lass uns die Zeit, die wir mit unseren Kindern verbringen dürfen, ohne tagtäglich auf die Generation über uns schauen und auf sie Rücksicht nehmen zu müssen, so lange es geht genießen. Es kann so schnell vorbei sein."

„Klar haben wir es am schönsten, wenn wir nur für uns wohnen können. Trotzdem,", hatte sie hilflos mit den Schultern gezuckt, „sie hat sonst niemanden außer mir, außer uns. Und sie war immer für mich da."

„Das bist du doch auch für sie. Und es ist von keiner Seite aus eine Tür zugeschlagen worden.

Gräm dich nicht und sieh es positiv. Sie will sich räumlich verkleinern, sie will selbständig bleiben und sie hat sehr konkrete Vorstellungen davon, wie das alles aussehen soll. Das ist doch lobenswert. Wir sollten sie einfach bei der Suche nach einer passenden Wohnung unterstützen und ihr beim Umzug und beim späteren Eingewöhnen helfen, so gut wir eben können."

Und hatte, als er die Zweifel aus dem Gesicht seiner Frau nicht hatte schwinden sehen, hinzugefügt. „Wir können ja bei Gelegenheit ganz in Ruhe mit ihr darüber reden, wie sie sich wünschen würde beziehungsweise vorstellen könnte zu leben, wenn sie einmal nicht mehr in der Lage sein sollte, sich alleine zu versorgen."

Gemeinsam hatten sich die beiden Frauen, immer wieder auch unterstützt von Thomas, auf die Suche nach einem Käufer für das Haus gemacht und sich parallel dazu nach einer Wohnung, die Johannas Anforderungen genügte, umgesehen.

Esthers Elternhaus sollte schließlich das neue Heim einer netten, jungen, vierköpfigen Familie werden. Es hatte sofort gegenseitige Sympathie zwischen den beiden Seiten geherrscht, und so waren sich Esther und Johanna nach dem ersten Besichtigungstermin mit den Hofers gleich einig darüber gewesen, dass diese wunderbar in ihr altes Zuhause passen würden.

Vor allem die 6-jährige Inka Hofer hatte Johannas Herz bei ihrer ersten Begegnung sofort erobert, hatte sie sie doch an die kleine Esther erinnert und sie davon träumen lassen, dass das fröhliche Mädchen, wenn es durch das Haus rennen oder im Garten spielen würde, so wie es einst ihre eigene Tochter getan hatte, dass dieses Kind, zusammen mit seinem kleinen Bruder Niklas, das Haus zu altem Leben erwecken könnte.

Johanna selbst hatte eine geradezu perfekte Eigentumswohnung für sich gefunden.

Die 3,5-Zimmerwohnung mit Dachterrasse, Garage, Lift und Kellerraum sowie dem angeschlossenen Hausmeisterdienst für die Gemeinschaftsanlagen hatte alle Anforderungen erfüllt, die Johanna an ihr neues Zuhause gestellt hatte, und auch ihre Lage hatte wenig zu wünschen

übrig gelassen. Sie war für Esther mit
dem Auto von ihrem künftigen neuen Heim
in circa zwanzig Minuten zu erreichen,
und Johannas alte Heimat lag zwar in einer anderen Richtung, aber in ungefähr
gleicher Fahrdistanz. Und auch die Bus-
verbindungen waren annehmbar gewesen.

12

„Gräm dich nicht.", hatte Thomas damals zu ihr gesagt.

Doch, sie hatte sich immer wieder gegrämt, trotz der für die nähere Zukunft geschaffenen, ideal erscheinenden Lebensbedingungen für sie alle.

Johannas Schritt aus dem, für eine einzelne Person, deutlich zu großen Haus hinein in eine kleinere, altersgerechte Wohnung hatte sie zwar auf Kurs zu einer möglichst langen Selbständigkeit gebracht, und die Hilfe von Frau Tuchner, die Johanna seit deren Umzug all die Jahre ein paar Stunden die Woche im Haushalt zur Hand gegangen war, hatte unterstützend auf ihre Eigenständigkeit gewirkt, aber sie hatte sich auch weiterhin auf dem Weg durch ein Leben alleine befunden.

Allein bis zum Ende.

Oder allein, bis es allein nicht mehr ging. Bis man aufgeben musste. Bis man von fremder Hilfe abhängig war.

Diese Aussichten konnten nicht nur schön sein, hatte sich Esther von Zeit zu Zeit innerlich geplagt.

Wenn sie selbst das seltene Vergnügen hatte, alleine zu Hause zu sein, dann konnte sie es genießen, aus der Leere des Hauses heraus die vielschichtigen Geräusche der sie umgebenden Nebenschauplätze des Lebens einzufangen, die sonst im Alltagstreiben untergingen.

Das Werbeprospekt, das leise in den

Briefkasten, der im Innern des Hauses vom Windfang aus zu leeren war, rutschte. Die Elster, die ohne Scheu auf dem Balkongeländer landete und mit ihren Krallen ein dumpfes Klack, Klack, Klack erzeugte, wenn sie auf dem metallenen Handlauf hüpfte.

Die Kirchenglocken, die zum Gottesdienst riefen.

Wie wäre es, wenn sie sich eine Auszeit von ihrem umtriebigen Leben, das ihr ihre Familie bescherte, nehmen und sie sich ganz alleine irgendwohin zurückziehen würde, hatte sich Esther einmal gefragt, als sie in der Stille des verlassenen Hauses da gesessen und in die Umgebung gelauscht hatte?

Wie viele Tage würde sie wohl die Wahrnehmung all dieser Nebenwelten als eine bereichernde Erfahrung begreifen können, wie lange würde sie sie als eine Möglichkeit, ein wenig mehr zu sich selbst zu finden, begrüßen wollen?

Nach welcher Zeit würde sie, umgekehrt, diese Eindrücke nur noch als Zeichen von Einsamkeit deuten können?

Das Surren des Kühlschranks, das Ticken der Küchenuhr, das leise Aufprallen des Falters gegen die Fensterscheibe.

Welche Art von Signalen hatten sie Johanna gesandt?

Umso mehr hatte Esther nach dem Umzug ihrer Mutter die befreiende Feststellung gemacht, dass diese den Kontakt zu den Freunden aus ihrem alten Umfeld durch regelmäßig stattfindende, gegenseitige

Besuche hatte aufrecht erhalten können, wenn die Treffen auch mit den Jahren aufgrund der altersbedingten, nachlassenden Mobilität ihrer Teilnehmer stetig weniger geworden waren und der Kreis der Mitwirkenden sich dabei aus natürlichen Gründen genauso kontinuierlich verkleinert hatte.

Noch mehr hatte Esther sich gefreut, dass Johanna in ihrer neuen Umgebung ohne offensichtliche Mühe bald Anschluss gefunden hatte. Zumindest war aus der zehn Jahre jüngeren Frau Wagner im Erdgeschoss nach kurzer Zeit Doris geworden.

Tatsächlich hatte Esther nur wenige Wochen, nachdem ihre Mutter ihr und Thomas ihre Zukunftspläne unterbreitet hatte, das Gespräch mit ihr zum `Was wäre wenn?` gesucht, der Frage, die sie seither umgetrieben hatte. Um sich dadurch rechtzeitig Klarheit zu verschaffen, mit welchen Lösungen, die im Falle einer Hilfsbedürftigkeit Johannas aus deren Sicht als annehmbar zur Wahl stünden, sie sich auseinanderzusetzen hätte.

„Es kommt ja darauf an, in welchem Zustand ich wirklich wäre, in dem ein Alleinleben nicht mehr machbar oder vertretbar wäre. Ob ich nur, in Anführungsstrichen, ein wenig tattrig wäre, nicht mehr gut gehen oder sehen könnte, oder ob ich zum Beispiel gefüttert und gewaschen werden müsste." Johanna hatte ein paar Mal geschluckt, als sie das gesagt hatte.

„Ob ich also grundsätzlich bei euch leben könnte, weil ich Hilfe bräuchte, die sowohl vom zeitlichen Umfang als auch von den Anforderungen her nicht zu belastend wäre, oder ob ich besser in ein Heim ginge, weil eine Pflege für euch nicht zumutbar wäre. Ich könnte ja auch bettlägerig werden, oder auf einen Rollstuhl angewiesen sein. Alles könnte passieren. Man kann eigentlich erst darüber entscheiden, was zu tun ist, wenn man tatsächlich weiß, welches Problem man lösen muss.

Auf keinen Fall könnte und möchte ich aber von dir verlangen, dass du dich für mich aufopferst. Du hast schließlich auch ein Recht auf dein eigenes Leben und auf eines mit deiner Familie. - Und diese auf eines mit dir."

Sie hätte es wissen müssen! Eigentlich hatte sie es gewusst.

Dass alles in der Schwebe bleiben würde. Weil alles in der Schwebe war. Weil die Hoffnung, dass man nie gezwungen sein würde, sich konkret Gedanken zu diesem Thema machen zu müssen, weil es für einen selbst nämlich nie aktuell würde, weil diese Hoffnung nicht nur unwahrscheinliches Wunschdenken sein könnte, sondern sich tatsächlich bewahrheiten würde.

Was es in ihrem Fall schließlich auch getan hatte.

Und sie hatte eigentlich auch gewusst, dass die Natur ihrer Mutter es dieser verboten hatte, in diesen Fragen langfristige, unüberschaubare Zusagen von ihr, ihrem Kind, zu erlauben. Zu erbitten. Gar einzufordern.

Mit „Ich hoffe, ich bin bis neunzig geistig und körperlich noch auf der Höhe und wache dann eines Morgens einfach nicht mehr auf." hatte Johanna vielmehr für den Moment eine weitere Vertiefung des Gesprächs unterbunden.

„Wer wünscht sich das nicht.", hatte Esther knapp entgegnet. Unglücklich darüber, dass sie in der Klärung ihres Anliegens keinen Schritt voran gekommen waren, sie diese einfach vertagt hatten.

Und das, wie sich zeigen sollte, bis in Johannas Tod hinein.

13

Esther sah auf ihre Armbanduhr. Verzog das Gesicht, atmete tief durch. Sie sollte sich wirklich an die Arbeit machen!

Sie ging langsam durch die Zimmer und sah sich um.

Die Wohnung war ihr natürlich vertraut durch die unzähligen Besuche bei ihrer Mutter, hatte aber nach deren Tod ihr Gesicht deutlich verändert.

Sicher trugen die vollen Kartons und die prall gefüllten Kleidersäcke, die im Flur oder im Schlafzimmer auf dem Boden standen beziehungsweise an einer Wand lehnten, dazu bei, dass sich eine Art von Aufbruchstimmung in den Räumen hatte breitmachen können. Aber keine von erwartungsfroher, gespannter Natur, so, wie sie sich etwa während der letzten Reisevorbereitungen für einen Urlaub aufbauen konnte, durch geöffnete, halb volle Koffer, durch aus ihren Fächern hervorgezogene Pullover, Wäsche und Strümpfe, verteilt auf Betten oder Boden, oder durch Kleider, Hosen und Blusen, die irgendwo, über Bügel gestreift, an den Griffleisten von Schränken hingen, und die allesamt darauf warteten, von ihren aufgeregt hin und her eilenden Besitzern als Urlaubsgarderobe ausgewählt oder eben zurückgelassen zu werden.

Es war viel mehr eine Stimmung, die sich vom fehlenden Alltag und vom ausgelöschten Leben, von einer bevorstehenden Auflösung näherte.

Esther blieb in der Küche stehen, um die Umgebung ganz bewusst wahrzunehmen.

Stille.

Überall Stille.

Eine Stille, die nach Mutters letztem Atemzug sogleich Besitz ergriffen hatte von dieser Wohnung.

Eine Stille, die Esther besonders ganz zu Anfang ihrer Verantwortlichkeit für diese Räume als beklemmend empfunden hatte.

Eine Stille, die, nachdem sie die Wohnung von ihrer Verderblichkeit, die ja im Grunde ein Zeichen von Leben war, befreit und sozusagen konserviert hatte, für ihr Empfinden eine Art Ehrfurcht einflößende Museumsatmosphäre verströmt und sie in ihrer Beweglichkeit gehemmt hatte.

Die ihre Schritte verlangsamen und sie auf leisen Sohlen hatte gehen lassen. Die sie hätte flüstern lassen, wenn sie hätte sprechen müssen.

Einzig, es war niemand da.

Ja, die Stille schien wie die Hüterin eines kostbaren Schatzes jeden Schritt und jede Bewegung Esthers stumm und mit reglosem, aufmerksamem und wachem Blick verfolgt zu haben. Als hätte sie Johannas Welt vor unbefugten Eindringlingen und Zugriffen schützen müssen, war sie allgegenwärtig in jedem Winkel gewesen. Wie eine treue, stets verlässliche Dienerin.

Dieses Gefühl des Gehemmt-Seins und auch des Fehl-am-Platze-Seins, hatte sich in seiner anfänglichen Stärke glücklicherweise nicht lange in Esther halten oder sich gar in ihr festsetzen können. Zu ihrer Erleichterung hatte sie nach einigen Wochen bemerkt, dass mit jedem Aufenthalt mehr, den sie in ihrer neuen Rolle in dieser Wohnung absolvierte, die alte Unbefangenheit, mit der sie einst durch die mittlerweile verwaisten Räumen gegangen war, Stück für Stück, und letztlich beinahe bis zur Gänze, in ihr zurückgekehrt war.

Nur die Benutzung des eigenen Schlüssels, mit dem sie sich nun eigenständig Zugang ins Haus und zur Wohnung verschaffen konnte, war bislang für sie eine mal mehr, mal minder hohe Schwelle geblieben, die unbemerkt und automatisch zu überwinden ihr nicht immer gelingen wollte. Gerade so, als wollte diese Stolperfalle sie jedes Mal, wenn sie sich an ihr stieß, zum Aufschauen und bewussten Wahrnehmen der neuen Tatsachen zwingen, um sie damit am Verwinden des Schmerzes darüber, warum sie sich überhaupt in der angezeigten Weise um die Wohnung kümmern musste, zu hindern.

Sie hielt noch einen Augenblick inne und machte sich schließlich auf den Weg ins Schlafzimmer.

Nun doch.

Die zugeschnürten Altkleidersäcke, die sie entlang der Fensterwand aufgereiht hatte, waren mit Kleidungsstücken und

Haushaltstextilien gefüllt, die sie von vornherein ganz sicher an niemanden mehr direkt weitergeben würde: abgetragene Jacken, Röcke, Blusen, Kleider, Pullover und Hosen, ausgeleierte Strümpfe und sämtliche Unterwäsche sowie das ganze Sortiment an Schuhen mit ihren speziell angefertigten Einlagen, dazu noch ausge-bleichte Bettwäsche und im Lauf der Jah-re dünn gewordene, fadenscheinige Hand- und Duschtücher.

Sie könnte, sie sollte das alles heute endlich einmal in ihr Auto packen, um auf dem Nachhauseweg an einem entspre-chenden Container anzuhalten und sie einzuwerfen.

Dagegen war der überwiegende Teil, wenn nicht gar alles, des Inhalts der großen Pappschachtel, die sie vor sich auf dem Boden stehen sah, und die ge-füllt war mit Handtaschen sowie diversen Werbegeschenken mit unterschiedlichsten aufgedruckten Firmenlogos, von der Geld-börse über den Stoffbeutel bis hin zum Schlüsselanhänger oder dem Regenschirm, wohl ein Fall für die Mülltonne.

Die Vorstellung widerstrebte ihr zwar, dass eine solche Menge an grundsätzlich noch verwendbaren Dingen direkt auf dem Abfall landen sollte, aber wohin sonst damit?

Sie jedenfalls wollte hiervon nichts behalten, dachte Esther entschieden, wollte genauso wenig wie es ihre Mutter getan hatte beispielsweise mit einem Schirm auf die Straße gehen, auf dem eine Schere zu sehen und die Aufschrift `Friseurteam Fuller` zu lesen waren, und es verbot sich von selbst für sie, jemanden etwas anzubieten, womit sie sich selbst nicht zeigen wollte, nur um es loszuwerden.

Also weg damit und Strich drunter!

Sie wandte sich der Kommode zu, zog die oberste Schublade heraus.

Von den sorgfältig zusammengelegten Halstüchern, die sich in ihrer Vielfalt aus einfarbigen bis bunt gemusterten Stücken zuoberst präsentierten, könnte sie sich vorstellen, das eine oder andere selbst zu tragen.

Sie hatte die Knöpfe der Schublade bereits in den Händen, um diese wieder zuzuschieben, als sie stoppte.

Wie oft wollte sie eigentlich noch `nur` schauen und das Sortieren und Ausräumen auf ein unbestimmtes anderes Mal verschieben?

Sie wählte drei Halstücher aus, ein gelb-weißes, ein mittelblaues und eines mit fließend ineinander übergehenden Lilatönen, und legte sie auf die Kommode, um sie später mit nach Hause zu nehmen. Den gesamten Rest stopfte sie in einen Altkleidersack.

Sie drückte die geleerte Schublade zu und öffnete die nächste.

Die Hüte und Wintermützen, die nun eine Etage tiefer zum Vorschein kamen, nahmen ohne weitere Prüfung denselben Weg wie die vielen Halstücher eben. Abgesehen davon, dass sie nicht zu ihrem

Typ passten, schüttelte es Esther von jeher bei der Vorstellung, sich etwas auf ihren Kopf zu setzen, selbst wenn sie es zuvor gewaschen oder gereinigt hatte, was schon anderer Leute, selbst ihrer eigenen Mutter, Haare bedeckt hatte, worunter sich gar Schweißperlen auf fremder Kopfhaut gesammelt hatten.

In dieser Hinsicht war sie etwas empfindlich.

Die unterste Schublade war bereits leer.

Sie band den Kleidersack zu und stellte ihn zu den andern. Wieder einer mehr, konstatierte sie zufrieden.

Sie öffnete alle Türen des Schranks und ging, der besseren Übersicht wegen, zwei, drei Schritte zurück.

Sein Inhalt hatte sich durch ihre Arbeit, die sie in den vorangegangenen Wochen an dieser Stelle geleistet hatte, deutlich gelichtet.

Von Johannas Kleidung fanden sich in den Fächern nur noch jene Pullover und Strickjacken wieder, die fast neu oder wenig getragen und von guter Qualität waren, und über der Kleiderstange hingen neben zwei Jacken und einem Mantel nur noch die Sonntagskleider, wie ihre Mutter die besseren Stücke, ob nun Röcke, Blusen, Hosen oder Kleider, genannt hatte.

Sonntagskleider, Sonntagsschuhe, Werktagskleider, Werktagsschuhe.

Das war die klare Einteilung ihrer Garderobe gewesen, als sie noch Kind gewesen war, schweifte Esther mit ihren Gedanken ab.

Sie erinnerte sich an ihr schickes Kleid aus fliederfarbenem Ausbrennerstoff. Oder an jenes aus dunkelblauem Samt.

An das cremefarbene mit Trompetenärmeln. Oder an das hellgrüne mit Rüschen. Alles Sonntagskleider.

Und an ihre schwarzen Lackschuhe. Ebenfalls für Sonn- und Feiertage, Ausflüge und Besuche. Nur dafür.

Der Ostersonntag hatte in diesem Zusammenhang eine ganz besondere Rolle gespielt. Sie hatte ihm nach dem Winter regelrecht entgegengefiebert, diesem Stichtag.

Denn er war nicht nur der Tag des Eiersuchens und der Schokoladenhasen gewesen, sondern auch der Tag, an dem sie zum ersten Mal im Jahr Kniestrümpfe, die neuen Sonntagsschuhe, das von ihrer Mutter geschneiderte neue Sonntagskleid, oder sogar ein neues Kostüm, hatte tragen dürfen. Zum österlichen Festgottesdienst.

Wie stolz war sie, kerzengerade und erhobenen Hauptes, zwischen den Klassenkameradinnen in der Kirche in der ihrer Klassenstufe zugewiesenen Holzbank gesessen, hatte den Stoff des Rocks oder Kleids glattgestrichen und verstohlen nach links und rechts auf die ebenfalls zum ersten Mal vorgeführten neuen Garderoben der andern Mädchen geäugt.

Dieser Kirchenbesuch war einem gesellschaftlichen Höhepunkt im Jahresablauf ihrer jungen Leben gleichgekommen.

Mandarinen nicht vor dem Nikolaustag, Lebkuchen und Weihnachtsgebäck nicht vor dem ersten Advent. Kniestrümpfe frühestens ab Ostern.

Und heute? Esther schnaubte etwas abschätzig durch die Nase.

Erdbeeren an Weihnachten, Spekulatius im September. Freizeitschuhe und Jeans an sieben Tagen die Woche. In die Schule. Zur Arbeit. Ins Theater. Ins Restaurant.

Dem Leben die Spitzen genommen. Geschehnisse, Ereignisse, Anlässe, gleich welcher Bedeutung, auf ein ähnliches Niveau, das der Alltäglichkeit gebracht, den Verlust von Wertigkeiten zugelassen, bedauerte Esther diese Entwicklung.

Sie war immer sehr geschmackvoll gekleidet gewesen, ihre Mutter, die gelernte Schneiderin, hatte Stilsicherheit in der Auswahl ihrer Garderobe, in Schnitt und Farbe, bewiesen.

Überhaupt hatte sie viel Wert auf ein gepflegtes Äußeres gelegt, war einmal im Monat zum Friseur gegangen, um ihre kurzen, zuletzt silbergrauen Haare nachschneiden zu lassen, hatte sich bei dieser Gelegenheit auch immer die Augenbrauen zupfen und die Fingernägel maniküren lassen, entsann sich Esther mit einem Lächeln.

Sie trat wieder näher an den Schrank, streckte ihre rechte Hand aus und strich verträumt mit den Fingerkuppen über das bordeauxrote Kleid, in dem sie ihre Mutter vergangene Weihnachten zum letzten Mal gesehen hatte.

Daneben das hellgraue Kostüm und die brombeerfarbene Bluse. Teile, die Johanna gerne zusammen getragen hatte.

Sie erinnerte Esther an ihren eigenen Geburtstag vor drei, vier Jahren. Daran, wie sie, Maria und ihre Mutter, die in genau dieser Kombination gekleidet gewesen war, noch eine Weile gemütlich plaudernd am Tisch zusammengesessen waren, nachdem sich die nachmittägliche Kaffeerunde, zu der sich wie jedes Jahr einige ihrer Freundinnen eingefunden hatten, aufgelöst hatte.

Drei Frauen, drei Generationen.

Esther wurde es schwer ums Herz, als sie an diese einträchtigen, niemals mehr wiederkehrenden Momente dachte.

Das blaugrundige, kleingeblümte Sommerkleid aus feinem glatten Stoff. Wie gut hatte es ihrer Mutter gestanden!

Wie bei einer Fotoschau zog ein Bild nach dem andern an ihr vorbei.

Lange und nachdenklich hielt Esther ihren Blick auf den geöffneten Schrank gerichtet.

Die Kleider in seinem Innern wirkten aufgrund der mittlerweile übersichtlichen Bestückung ein wenig verloren. Zurückgelassen. Aufgegeben.

Was sie ja auch waren.

Ergeben und geduldig schienen sie, man möchte beinahe sagen, so, wie sie über ihren Bügeln akkurat aufhängt waren, in

111

würdiger Haltung der Dinge zu harren, die auf sie zukommen würden.

Was sollte sie nur mit ihnen machen?, fragte sich Esther und zuckte mit den Schultern.

Sie konnte sich dieser Kleider, die ihre Mutter nur dann hervorgeholt hatte, wenn sie sich für einen Anlass abseits des Alltags hatte zurecht machen wollen, das konnte genauso gut ein Geburtstag wie auch ein normaler, routinemäßiger Arztbesuch gewesen sein, und die das Gesicht ihrer Mutter ebenmäßiger und frischer als sonst hatten erscheinen lassen, beinahe so, als wäre es leicht gepudert worden, sie konnte sich dieser Kleider nicht einfach wie einer leidigen Last entledigen, konnte sie nicht leichthin in den Altkleidersack stopfen, wie sie es mit anderen gewöhnlichen Teilen getan hatte.

Sie konnte sie aber auch nicht an eine Bekannte oder an eine soziale Einrichtung in der Gegend, die beide Verwendung dafür gehabt hätten, weitergeben. Hätte es nicht ertragen, einer anderen Frau in Mutters türkisfarbenem Kleid auf der Straße, im Café oder beim Einkauf zu begegnen, oder noch schlimmer, jemanden darin arbeiten zu sehen, was einer Geringschätzung seines von Johanna verliehenen Werts gleichgekommen wäre.

Das konnte sie sich nicht vorstellen. Das wollte sie sich nicht vorstellen.

Hängen lassen war aber auch keine dauerhafte Lösung. Keine Lösung für eine

Auflösung, stellte sie trocken fest, einen kurzen Moment erheitert über ihren Hang zum wortwitzigen Reimen, der sie, wie jetzt, unvermittelt befallen konnte.

Was also sollte sie tun?, ließ sich die Frage nicht ins Abseits drängen, denn die Verursacher für ihr aktuelles Problem starrten sie unbewegt und direkt an.

Unbewegt, nahm sie das Wort auf. Unbewegt und leblos.

Leblose Hüllen, mehr waren sie eigentlich nicht, versuchte sie sich auf dieser nüchternen Ebene einer befriedigenden Antwort zu nähern.

Hüllen, von ihrer Mutter abgestreift wie die Haut einer Larve bei deren Verwandlung zur Libelle. Beides zurückgelassen beim Wechsel von einem Raum zum andern, von der Endlichkeit zur Ewigkeit, vom Wasser zur Luft.

Im Sommer konnte Esther bisweilen die farbig schillernden Libellen beobachten. Und sie mochte den Anblick, wenn sie in ihrem Garten über dem kleinen Teich dort schwebten. Über dem Wasser, das ihr einstiger Lebensraum gewesen war. Über den Grashalmen, die das Teichufer säumten und an denen manchmal noch ihre abgelegten Häute hafteten.

Esthers Blick ging durchs Zimmer, streifte die Kleider.

Sie drehte sich langsam zum Fenster, sah zum Himmel hinauf.

Eine ganze stille Weile lang.

Umgeben vom Gestern, Heute und Morgen.

14

Über den Weg, den die Sonntagsgardero-
be nehmen sollte, wollte sie sich im
Klaren sein, wenn sie die Wohnung heute
verlassen würde, entschied sie entschlossen, als sie sich wieder dem
Schrank zugewandt hatte. Wenigstens über
dessen grobe Richtung.

Sie war ein wenig verärgert über ihre
Mutter. Nahm es ihr übel, dass sie sich
zu selten dazu hatte durchringen können,
sowohl Kleidung als auch Hausrat einer
kritischen Prüfung zu unterziehen und
sich zu fragen, was sie schon lange
nicht mehr getragen oder gebraucht hatte. Was sie folglich entbehren, wovon
sie sich, ohne dass es ihr wirklich fehlen würde, trennen konnte.

Sie selbst hatte für sich, als sie irgendwann die Übersicht über ihre Garderobe in ihrem Kleiderschrank verloren
hatte, die Regel aufgestellt, für jedes
neue Kleidungsstück ein altes, mindestens eines, wegzuräumen, und zwar konse-
quent. Und nicht, weil das ausgemusterte
eigentlich noch tragbar war und ihr noch
passte, es halbherzig irgendwo ganz hinten im Fach oder unten auf dem Boden im
Schrank zwischenzulagern, für Eventuali-
täten, die es nicht geben würde.

Die entbehrungsreichen Kriegs- und
Nachkriegsjahre, in denen Überfluss ein
Fremdwort gewesen war, ja, in denen man
hatte froh sein müssen, wenn man überhaupt das Notwendigste zum Leben bekom-

men hatte, hatte ihre Mutter gerne als Grund dafür angegeben, warum sie sich schwer getan hatte, sich von Brauchbarem, auch wenn es längst nicht mehr benutzt und unbeachtet irgendwo im Dunkel von Schubladen oder Fächer verschwunden war, zu verabschieden.

Obwohl Esther die Einstellung ihrer Mutter prinzipiell hatte nachvollziehen können, hätte sie sich bei deren Umzug vom Haus in die Wohnung gewünscht, damals, als so oder so jedes Teil in die Hand hatte genommen werden müssen, dass sie ihre Haltung während dieser Phase aufgegeben, sie wenigstens ein wenig mehr gelockert hätte, als sie es letztlich, und das wohl auch nur gezwungenermaßen, aufgrund des zukünftig beschränkteren Raumangebots nämlich, getan hatte.

So hätte sie es jetzt einfacher gehabt, ergänzte sie bitter in den unvergessenen Worten ihrer Mutter.

Und wir beide damals auch, fügte Esther im Geiste noch an, als sie sich der aufreibenden Dispute zu genau dem Problem des Wegwerfens oder Behaltens zwischen ihr und ihrer Mutter in jenen Wochen des Aufbruchs entsann.

„Für diese Tischdecke hast du überhaupt keinen Tisch in der entsprechenden Größe. Die liegt seit Jahr und Tag in der Schublade und vergilbt. Tu sie doch weg.", hatte sie ihrer Mutter einst vorgehalten.

„Die habe ich von Irmgard zur Hochzeit geschenkt bekommen. Den Hohlsaum hat sie von Hand gemacht." Johannas Stimme hatte beim Sprechen ein wenig gezittert. „Die behalte ich auf jeden Fall. Ich habe ja kaum ein Andenken an meine Schwester."

„Warum willst du das alte Sofakissen noch mitnehmen?", hatte sie ihre Mutter ein andermal geradezu um Rechenschaft gefordert, als diese das Streitobjekt in eine große Tüte, deren Inhalt für die neue Wohnung bestimmt gewesen war, gestopft hatte.

„Weil es genau zwischen meinen Rücken und die Lehne passt.", hatte ihre Mutter sich gereizt verteidigt.

„Das lebt sicher schon im Innern.", hatte Esther leicht angewidert zurückgegeben und sich geschüttelt. „Du hast wahrscheinlich noch genügend andere neuere Kissen, die gleich groß sind."

„Das hier bin ich aber gewohnt. Und das, was da vielleicht drin ist, hat mich bisher nicht gestört, und dich übrigens auch nicht. " Und hatte, nach einem Moment des Überlegens, triumphierend hinzugefügt: „Wenn ich nicht umziehen würde, hättest du vermutlich auch die nächsten Jahre keinen einzigen Gedanken an dieses Kissen verschwendet."

Dem hatte Esther nichts entgegen zu setzen gehabt. Hätte von ihr sein können. Mutters Tochter.

Die reich mit Spitzen verzierten, gestärkten und akkurat gebügelten Bezüge für die Paradekissen, wer würde sie, da ihre Mutter es nicht einmal mehr tat, später noch benutzen wollen?

Sie, Esther, sicherlich nicht. Und ihre Kinder?

Die würden vermutlich in zwanzig Jahren mit dem Begriff Paradekissen nicht einmal mehr etwas anzufangen wissen.

Die unzähligen Aufbewahrungsdosen, das Heer von Sammeltassen, die ineinander gestapelten, vorrätigen Blumenübertöpfe, alles hatte Esther ihrer Mutter wie Ausschussware vorgehalten, die es im neuen Heim nicht mehr brauchte, wenigstens nicht im bisherigen Umfang.

Sie hatte nicht gezählt, natürlich nicht, wie oft sie Johannas entschiedenes, beinahe trotziges „Das kommt mit!" mit einem genervten „Was willst du denn noch damit?" oder „Wann hast du das das letzte Mal benutzt?" und schließlich mit dem finalen „Wirf`s doch bitte weg!" kommentiert hatte.

Aber es war oft gewesen.

Und in Anbetracht dessen, dass sie diese Entscheidungen im Grunde gar nichts angegangen waren, eindeutig zu oft.

Was hatte, umgekehrt, ihre Mutter denn zu ihren Andenken anzumerken, zu kritisieren oder zu nörgeln gehabt, die sie, Esther, damals aus ihrem Elternhaus unter all ihren persönlichen Überbleibseln aus ihrer Kindheit ausgewählt hatte, um genau sie, aus welchem Grund auch immer, in ihr weiteres Leben hinüberzuretten?, tauschte Esther ihrer beider Plätze im Geist.

Wie zu ihrem alten, ziemlich verbrauchten, klassischen Monopolyspiel? Das, so weit verbreitet wie es seinerzeit schon in den Haushalten gewesen war, nicht eine Spur von Seltenheitswert besessen hatte und ganz einfach durch eine neue, aktualisierte Ausgabe hätte ersetzt werden können. Was sie auch später getan hatte. Nicht nur der neuen Euro-Währung wegen, ihr altes Spiel stammte ja aus D-Mark-Zeiten, was ihm nachträglich sogar noch den Hauch von etwas zunehmend Rarem verliehen hatte, sondern weil das Spielgeld eben nicht mehr vollständig, die Ränder der Karten fransig und der Karton des Spielfeldes brüchig geworden waren. Trotz dieses Zustandes hatte sie ihr altes Spiel, nachdem sie eine überarbeitete Ausgabe davon gekauft hatte, nicht aus dem Verkehr gezogen. Vielmehr lag es im Wohnzimmerschrank in einem Fach. Ganz hinten zwar, aber es lag da, zusammen mit anderen, neueren Brettspielen. Unbenutzt. Überflüssig.

Oder zu ihren zerlesenen Lieblingsbüchern, Pippi Langstrumpf, Max und Moritz oder Heidi, die nun in einer Schachtel im Keller ihres Hauses lagerten und die sie längst hätte ins Altpapier wandern lassen können, auch, weil sie sie selbst einer ehemals elfjährigen Maria nicht mehr guten Gewissens hatte zu lesen geben können, nachdem die Rechtschreibung reformiert worden war?

Nichts hatte sie gesagt. Mit keinem Wort hatte ihre Mutter die Zusammensetzung ihrer persönlichen Auswahl kommentiert, dachte Esther beschämt.

Mit einem „Mach wie du willst!" hatte sich Esther schließlich, der Reibereien müde, sie hatten ja auch nicht zu einem Erfolg in ihrem Sinne geführt, kritische Äußerungen zu Mutters Entscheidungen verkniffen und sich weitestgehend aus ihnen herausgehalten, wenngleich es für sie selbstverständlich gewesen war, dass sie ihrer Mutter, unterstützt von Thomas, so gut sie gekonnt und soweit es Johanna erbeten und zugelassen hatte, bei den Vorbereitungen zum Umzug tatkräftig zur Seite gestanden hatte. Hatte, sich immer wieder selbst zur Zurückhaltung ermahnend, möglichst kommentarlos Wäsche, Geschirr und Bücher ein- und verpackt, hatte leere Kartons gebracht, volle transportsicher verschlossen, hatte gefüllte Müllsäcke mit dem Auto weggefahren und leere besorgt.

Hatte vor allem auch versucht, Johanna organisatorische Dinge abzunehmen. Hatte die Handwerker besorgt, die die neue Wohnung gestrichen oder einen Boden verlegt hatten, genauso wie sie sich um die Ummeldung des Telefons und der Zeitung oder um die Spedition für den Umzug gekümmert hatte.

Hatte manchmal einen Kuchen für eine Kaffeepause gebacken.

Hatte das tägliche Telefonat mit ihrer Mutter zu keiner Zeit vernachlässigt.

Hatte sich, kurzum, darum bemüht, ihr gewohntes Miteinander auch in jenen tur-

119

bulenten Tagen aufrechtzuerhalten.

Was ihr aus ihrer Sicht gelungen war.

Trotzdem sie, Mutter und Tochter, in dem, was den Umzug betraf, letztlich friedlich zusammengearbeitet hatten, hatte ihr Miteinander nicht jene Tiefe erreicht, wie sie sich Esther im Innersten für sich gewünscht hätte.

Als der Hausverkauf besiegelt gewesen war, hatte sie sich, noch bevor die erste Kiste gepackt oder die erste Schublade geleert worden war, im Stillen erträumt, dass es dabei für ihre Mutter und sie auch einen als intensiv erlebten gemeinsamen Abschied von dem geben würde, was so lange ihrer beider Heim gewesen war. Was sie, Esther, auch nachdem sie dort ausgezogen war und ihre eigene Familie gegründet hatte, immer noch als ein Zuhause betrachtet hatte.

Sie hatte sich vorgestellt, wie sie und ihre Mutter, während ihre beiden kleinen Kinder in der Obhut von Thomas, seiner Familie oder einer ihrer Freundinnen wären, einträchtig über Stunden und Tage hinweg die Schränke ausräumten, den Inhalt miteinander durchsahen, wie sie gemeinsam entschieden, was behalten und worauf künftig verzichtet werden sollte. Wie sie durch Bücherreihen gingen und Alben durchblätterten, bevor sie alles in Schachteln versorgten, wie sie Teller und Tassen, Gläser und Vasen in altes Zeitungspapier wickelten, wie sie einen Karton nach dem andern mit dem geschützten Gut füllten.

Wie sie sich dabei, sentimental auf ihre gemeinsamen Jahre in diesem Haus zurückblickend, bei einzelnen Gegenständen von den Erinnerungen an besondere Ereignisse, amüsante Begebenheiten oder bestimmte Personen, die sie damit in Verbindung brachten, treiben ließen und darüber die Zeit und den eigentlichen Zweck ihrer Zusammenkunft vergaßen.

Doch zu dieser Intensität und Dichte, zu diesem Auskosten, so, wie es sich Esther erträumt hatte, war es nicht gekommen.

Natürlich hatten sie sich gemeinsam erinnert.

Aber eher nebenbei. Meistens jedenfalls. Während der Arbeit, und ohne diese wirklich zu unterbrechen.

„Weißt du noch, wie du immer, wenn wir Besuch zum Essen hatten, auf den Gong im Flur geschlagen hast, um alle zu Tisch zu rufen?", hatte Johanna einmal an ihre Tochter gewandt gefragt, als sie das angesprochene, tellergroße Metall mit dem dazu gehörenden Filzschlegel von der Wand abgehängt und in den Händen gehalten hatte, um alles einzupacken.

Und sie, Esther, hatte lachend geantwortet: "Und das, obwohl eh schon alle im Zimmer waren."

Dann hatte sich Johanna, nach einem beiderseitigen, kurzen, rückbesinnenden Innehalten, aber schon wieder betriebsam ihrer Beschäftigung, dem Einwickeln dieses Gongs in Zeitungspapier, zugewandt, und Esther hatte es ihr gleichgetan und die vor ihr stehende Kiste noch vollends mit Büchern gefüllt.

Eines sonnigen Apriltages war dann alles geschafft gewesen und Johanna hatte den Schlüssel für die Birkenstraße 35 an Familie Hofer weitergereicht, und Wehmut, Vernunft und Zuversicht hatten sich in diesem Moment in ihrem Innern einen Wettstreit ohne wahren Sieger geliefert.

Der endgültige Abschied von ihrem Elternhaus war für Esther weit weniger schmerzhaft gewesen, als sie befürchtet hatte, dass er sich, wenn sie zum letzten Mal die Haustür dort hinter sich schließen würde, anfühlen müsste.

Als es soweit gewesen war, war es eben so. Überraschenderweise.

Einige Abschiedstränen waren zwar über ihr Gesicht gekullert. Aber wenige. Zu wenige, um sich zu einem schmalen, salzigen Rinnsal zu verbinden, das minutenlang beständig die Wangen herunter lief.

Sie waren im Gegenteil so schnell, wie sie sich gebildet hatten, wieder versiegt. Genauso schnell, wie sich das beengende Gefühl in ihrer Brust wieder gelöst hatte.

15

Johannas Wohnung war, ausgenommen der Küche, in die sinnvollerweise eine maßgefertigte Einrichtung eingepasst worden war, weitestgehend mit Möbeln aus ihrem Haus, aus Platzgründen natürlich nicht mit allen, ausgestattet worden, zumal manche Stücke erst wenige Jahre zuvor erworben worden und beinahe wie neu gewesen waren. Somit hatte ein wenig alte Vertrautheit in die zunächst fremden Räume mit hinüber transportiert werden können.

Trotzdem war es in der neuen Umgebung nicht mehr wie daheim gewesen. Die Grundrisse der Zimmer waren anders, dadurch auch die Anordnung der Möbel, und die Wohnfläche insgesamt war deutlich geschrumpft.

Die bisherige großzügige Aufteilung, eine Funktion, ein Raum, hatte deshalb auch nicht mehr im bisherigen Maß aufrechterhalten werden können. Künftig hatte es zum Beispiel ein Wohnzimmer mit Essecke oder ein Arbeitszimmer mit einem Gästebett darin gegeben.

Und Esthers Zimmer war aufgelöst worden.

Ihr Zimmer.

Gerade in der Anfangszeit nach dem Umzug hatte sie es vermisst, hatte ihr sein bloßes Vorhandensein gefehlt.

Das Zimmer, das von klein auf das ihre gewesen war und das ihr als Rückzugsgebiet während all ihrer Entwicklungsstufen bis hin zur erwachsenen jungen Frau gedient hatte.

Jenes Zimmer, das im alten Haus bis zum Schluss für sie bereit gestanden hatte als dem Ort, an dem sie die Erinnerungen an ihre Kindheit so hatte wachrufen können, dass sie sie zum Mädchen Esther zurückgeführt hatten.

Etwa durch ihr Tagebuch, das sie in ihrem Nachttischchen versteckt hatte. Oder durch Astrid, der blond gelockten Puppe im gepunkteten Kleid auf dem kleinen roten Kinderstuhl, die auch Esthers ganze Schulzeit hindurch hatte im Zimmer bleiben dürfen, am Ende halb hinter einem Vorhang versteckt, und die, als Esther dann wegen des Studiums nicht mehr zu Hause gewohnt hatte und nur noch zu Besuch gekommen war, von Johanna, als diese den Raum einmal gelüftet und abgestaubt hatte, in einem Anflug von Sentimentalität ihren ursprünglichen Platz wieder zurückerhalten hatte. Am Fuß von Esthers Bett.

Oder durch eines der vielen Jungmädchenbücher im Regal. Hanni und Nanni.

Wo alles an seinem vertrauten, festen Platz in der richtigen Umgebung war.

Dieser Ort war mit der Aufgabe des Hauses verschwunden.

Verschwunden wie das Gefühl des Heimgehens.

Denn Wochen nach dem Umzug ihrer Mutter war Esther aufgefallen, dass sie, ganz unbewusst, Thomas oder ihren Kindern gegenüber nur noch von „Ich fahre zu Mama." oder „Ich fahre zu Oma." gesprochen hatte.

Heim zu ihr, das war Vergangenheit.

Esthers Blick glitt über die Möbel des Schlafzimmers, das für ihre Mutter der privateste Bereich in der ganzen Wohnung gewesen war. Blieb am Bett hängen.

Das Bett, ein Einzelbett, hatte sich auch nach all den Jahren, die es dort stand, in ihrer Wahrnehmung noch immer nicht als ein harmonischer Bestandteil des Raums in dessen Gesamtbild einfügen können, wirkte in ihren Augen bis heute ein wenig verloren.

Für sie war es eine der auffälligsten Veränderungen gewesen, die der Umzug ihrer Mutter mit sich gebracht hatte.

Die Trennung vom Ehebett. Und, aus ihrer Sicht, auch vom Elternbett.

Die Rückkehr vom Wir zum Ich, von der Witwe zur alleinlebenden Frau.

Hatte sie ganz bewusst ihr bislang gültiges Erscheinungsbild im alten Haus am sinnbildlichen Nagel hängen lassen, um es in der neuen Wohnung durch ein zeitgemässeres zu ersetzen?

Um damit auch ebenso bewusst diese Wohnung einzig zu der ihren zu machen?, stellte sich Esther einmal mehr Fragen, die nur noch mit Vermutungen beantwortet werden konnten.

Esther sah sich erneut um. Nun war es ihre Wohnung.

Alles, wirklich alles, was sich hier drin befand, war mit Mutters Tod öffentlich für sie geworden.

Es gab keine Schubladen, keine Fächer, keine verschlossenen Schachteln mehr, vor denen sie Halt machen sollte, so, wie sie es für den Umgang mit Dingen aus dem Privatbereich eines Menschen von klein auf gelernt hatte und fest in ihr verankert war.

Der Gedanke an die vollkommene Offenlegung dessen, was

diese Wohnung beherbergte, war ihr unangenehm. Was würde sie finden?

Bilder, Briefe, Zeugnisse, Dokumente?

16

Nachdem sie Mutters Garderobe zum wiederholten Male durchgesehen hatte, fasste sie den Entschluss, bis auf einige wenige Stücke, die ihr besonders gut gefielen, vier Kleider, drei Blusen, zwei Jacken und einen Pullover, alles in stabile Kartons zu verpacken und sie bis auf Weiteres in der Wohnung zu lassen. Um sie zu spenden, irgendwohin weit weg, wenn es einen Aufruf dazu gäbe, von dem sie glaubte, dass die Teile für seinen Zweck geeignet wären.

Jetzt, da sie sich zu dieser für sie vertretbaren Verwendung für die gut erhaltene Kleidung durchgerungen hatte, ging ihr die Arbeit schnell von der Hand. Ein Karton nach dem andern füllte sich mit den sorgfältig zusammengelegten Pullovern und Blusen, Röcken, Kleidern, Hosen und dem Mantel, wurde verschlossen und mit den Angaben zum Inhalt beschriftet. Schließlich reihte sie all die Kisten im Schlafzimmer, entlang der freien Wandflächen, nebeneinander auf dem Boden.

Esthers begutachtender Blick, den sie über ihre getane Arbeit gleiten ließ, wurde am offenen Schrank mit seinem nunmehr verschwindend geringen Inhalt von genau zehn Kleidungsstücken gestoppt.

Waren die Teile nun auserwählt oder nicht gewählt?

Noch drinnen oder nicht draußen?, sprangen ihre Gedanken zwischen schwarz oder weiß, halbleer oder halbvoll, Last oder Freude, hin und her.

Und was sollte überhaupt mit dem ganzen Mobiliar passieren? Dem sperrigen Schrank, der alten Kommode, dem seniorengerechten Bett?, überlegte sie.

Nein, sie wollte gar nicht darüber nachdenken, raufte sie sich im Geiste die Haare.

Sie wusste noch nicht einmal, was mit der Wohnung an sich geschehen, ob sie sie vermieten oder verkaufen sollte.

Sie war froh, dass eine Entscheidung darüber keine Eile hatte, denn sie war auf das Geld aus einem wie auch immer gearteten Erlös aus der Wohnung nicht notwendigerweise angewiesen. Sie hatte es bisher ja auch nicht besessen.

Überdies hatte Maria kürzlich angedeutet, dass sie sich vorstellen könnte hier einzuziehen, wenn sie ihr Studium abgeschlossen haben und eine Referendarstelle in der Nähe finden würde.

Darüber hätte sich ihre Mutter sicherlich gefreut.

Neben dem Bett stand ein einfacher Nachttisch, mit einer Schublade oben und einer Klapptüre darunter.

Johannas Nachttischchen.

Sie wusste in etwa, was sie darin vorfinden würde, hatte es aber nur selten selbst geöffnet, und dann auch nur auf Geheiß ihrer Mutter. Etwa, wenn diese richtig krank gewesen war und das Bett hatte hüten müssen, was aber so gut wie nie vorgekommen war. In solchen Fällen hatte sie ihre Tochter schon mal gebeten, ihr den Handspiegel und den Kamm aus der Schublade zu reichen. Und das letzte Mal, das sie das getan hatte, lag auch schon Jahre zurück.

Esther zog das Schubfach langsam auf.

Neben den angesprochenen Utensilien sowie einem Lippenbalsam und einer kleinen Tube Handcreme, sprangen vor allem die ordentlich aufeinander und ein wenig versetzt gelegten, sorgfältig gebügelten, weißen Stofftaschentücher, rundherum verziert mit von Johanna selbst gehäkelter Spitzenbordüre, ins Auge.

Kleine Meisterwerke, dachte Esther bewundernd.

Auch sie hatte in der Grundschule im Handarbeitsunterricht, als dieser noch so geheißen hatte und ausschließlich von den Mädchen besucht worden war, während die Jungen ersatzlos frei gehabt hatten, auch sie hatte dort einmal eine solche Arbeit anfertigen müssen. Mit dünnem Garn, sie hatte sich für ein rosa meliertes entschieden, und einer feinen Häkelnadel.

Sie hatte ihr frühes Werk noch bei sich zu Hause, deshalb konnte sie sich sein Aussehen so genau vergegenwärtigen, würde es weit hinten in einer der Schubladen ihrer Schlafzimmerkommode finden, irgendwo zwischen den anderen, mit bunten Blumenmotiven bedruckten Taschentücher, die sie als Mädchen so gerne gesammelt hatte und die seit ihrem Einzug in das Haus zugegebenermaßen unbenutzt an genau diesem Ort lagen und ein trauriges, unbeachtetes Dasein fristeten.

Sie wusste, dass sie sie wegwerfen sollte, so lange, wie sie schon auf deren Gebrauch verzichtet hatte. Aber sie hatte es aus irgendeiner sentimentalen Regung heraus noch nie fertiggebracht, diesen endgültigen Schritt, etwa im Zuge eines Großputzes, bei dem sie ihr unweigerlich in die Hände gefallen waren, zu tun.

Und mit dem Argument, dass es eigentlich sehr viel angenehmer war, sich die Nase mit Taschentüchern aus Baumwolle zu putzen anstatt mit solchen aus Zellstoff, hatte sie auch stets eine willkommene Begründung zu ihrer fehlenden Entschlossenheit auf Lager.

Nur, dass sie es nicht tat. Sie benutzen.

Neben dieser Sammlung befand sich eine offene, kleine, flache, mit glänzender Futterseide ausgeschlagene Schmuckschachtel, die gefüllt war mit zwei Goldketten, eine mit und eine ohne Anhänger, einem Paar schlichter Perlenohrstecker und der dazu passenden Perlenkette, einem weiteren Paar kleiner, goldener Ohrringe sowie einem goldenen Fingerring mit einem kleinen Brillanten.

Es waren die Stücke, die ihre Mutter am liebsten getragen hatte und die sie darum wohl hier, wo sie am schnellsten auf sie hatte zugreifen können, aufbewahrt hatte.

Sie schob die Schublade zu, riss die klemmende Klapptür darunter mit einem Ruck auf und sah ins Innere des Schränkchens hinein.

Richtig, da war die weinrote Schatulle.

Sie zog sie mit beiden Hände heraus, setzte sich damit auf den Bettrand, stellte sie neben sich hin und öffnete ihr Schnappschloss.

Drei Colliers, drei Ringe, zwei Armbänder und fünf Paar Ohrstecker, Johannas Schwäche in Sachen Schmuck. Zwei Broschen, eine Damenarmbanduhr, zusätzlich zu der, die ihre Mutter stets getragen und die Esther bereits an sich genommen und zu Hause versorgt hatte, sowie Steinketten aus Onyx, Tigerauge und Amethyst vervollständigten die Auswahl.

Sie nahm eine der feingliedrigen Ketten in die Hand, die mit den kleinen, kunstvoll eingefassten roten Steinen.

Wie hatte sie es als Kind genossen, und für ihren damaligen Geschmack hatte ihre Mutter ihr dieses Vergnügen viel zu selten gegönnt, mit dieser Schatzkiste an den Tisch oder, was sie noch lieber getan hatte, auf den Fußboden zu sitzen, und die Schmuckstücke vor sich auszubreiten.

Mit leuchtenden Augen hatte sie sie bewundert, hatte sich vorsichtig einen der für ihre Mädchenfinger eine Spur zu großen Ringe angesteckt, hatte die dünnen Kettchen auf den Handteller gelegt und das zarte Kitzeln ihrer fließenden Bewegungen genossen, wenn sie sie langsam durch ihre gespreizten Finger hatte gleiten lassen.

Wie eine Prinzessin hatte sie sich in solchen Momenten gefühlt.

Und als sie die filigrane Kette wieder behutsam in die Schatulle einräumte, spürte sie, dass noch immer ein Hauch des alten Zaubers über ihr lag.

Alles Goldschmuck, stellte sie fest.

Was ihr nicht neu, aber für sie bisher unerheblich gewesen war, da es sich um den Schmuck ihrer Mutter gehandelt hatte.

Ob ich den überhaupt tragen werde?, fragte sie sich skeptisch.

Sie bevorzugte Silberschmuck, weil er ihr ihrer Meinung nach am besten stand.

Aber vielleicht änderte sich das mit zunehmendem Alter, stellte sie Mutters Schmuck, der ihr für sich gesehen gut gefiel, eine lebendige Zukunft in Aussicht.

Wenn die tragbare Mode für sie eine andere wäre als heute, eine, zu der Gold genauso gut passte wie Silber, vielleicht sogar noch besser.

Wenn ihr Gesicht, das nicht mehr faltenfrei sein würde, es jetzt schon nicht mehr war, räumte sie ehrlicherweise ein, wenn im Grunde ihr ganzes Äußeres sich zu dem einer Frau reiferen Alters, oder noch weiter, zu dem einer betagten Frau, gewandelt haben würde.

Wenn sie, so malte sie es sich aus,

ähnlich ihrer Mutter, einmal die gepflegte Erscheinung einer älteren Dame abgeben würde, dann wäre der Goldschmuck vielleicht das perfektionierende i-Tüpfelchen in diesem Bild.

Und vielleicht wäre sie dann sogar dafür bereit, auch die beiden Broschen, eine ovale und eine nadelförmige, zu tragen. Was sie im Moment noch nicht war. Ihres uralten Bildes im Kopf wegen. Dass nämlich Frauen, die eine Brosche an ihre Bluse oder ihren Pullover gesteckt hatten, egal, ob diese nun golden oder silbern war, dunkel gekleidet waren und zu einem Knoten am Hinterkopf gezüchtigte, graue Haare hatten.

Erneut zog sie die Schublade auf, klaubte den Schmuck aus der kleinen Schachtel und fügte ihn dem in der Schatulle bei, so viel freien Platz hatte diese noch, schloss das Schubfach wieder, klappte den Deckel der Kassette zu, nahm diese in beide Hände, trug sie in den Flur und legte sie in den Korb, den sie mitgebracht und dort abgestellt hatte, um darin die Kleinigkeiten, die sie mit zu sich nach Hause nehmen wollte, zu sammeln.

Sie kehrte ins Schlafzimmer zurück.

Sie kniete sich neben die nach vorn geöffnete Klappe des Nachttischs und nahm den vergilbten, DIN-A4 großen Papierumschlag, der nicht besonders dick war, der aber auch nicht nur ein Blatt zu enthalten schien, und der zwischen der Schmuckschatulle und der Rückwand des Fachs gesteckt hatte und nun nach vorne gerutscht war und einsam im Halbdunkel des Schränkchens lag, in die Hand und richtete sich wieder auf.

Das Kuvert war alt, denn seine Oberfläche fühlte sich mürb an, und sein einstiges Weiß hatte seine Frische längst verloren.

Er war ihr nie aufgefallen, wenn sie bei ihrer Mutter im Schlafzimmer gewesen war und diese Klappe zufälligerweise offen gestanden hatte, und von seiner grundsätzlichen Existenz hatte sie nichts gewusst.

Gleichwohl hielt sie es für gut möglich, dass der Umschlag bereits den Umzug hierher mitgemacht hatte und seinen Platz dafür nicht einmal hatte verlassen müssen.

Sie drehte ihn auf seine Vorderseite um.

`Briefe von Anton`,

stand dort in einer Handschrift geschrieben, die sie sofort ihrer Mutter zuordnen konnte.

Ihr Herz begann schneller zu schlagen, denn mit so einem Fund hatte sie nicht gerechnet.

Mit Briefen von Anton, ihrem Vater.

Der Umschlag war nicht zugeklebt. Esther spähte hinein. Erkannte verblichene, an manchen Stellen am Rand leicht ausgefranste, beschriebene Blätter.

Sie mussten über vierzig Jahre alt sein, sollte es sich tatsächlich um Briefe ihres Vaters handeln.

Vorsichtig zog sie einen Bogen heraus. Wahllos. Den, den sie am besten zu fassen bekommen hatte. Betrachtete ihn.

Alte deutsche Schrift! Gestochen schön, die Zeilen gleichmäßig niedergeschrieben.

Sie hatte diese Art von Schrift im Deutschunterricht in einer Unterrichtseinheit zwar einmal lernen, ihre Kenntnisse nach Abschluss aber nicht mehr anwenden müssen.

Es würde folglich einige Anstrengungen brauchen, um dieses geradezu kunstvoll anmutende Geschnörkel lesen zu können.

Sie setzte sich aufs Bett, den Blick festgeheftet auf das Blatt in ihrer Hand. Es war ihr fast ein wenig feierlich zumute.

„*Meine geliebte Hanni,*", entzifferte sie. „*Wie soll ich die Zeit ohne Dich nur aushalten?*", kombinierte sie weiter. „*Seit ich Dich zuletzt in meinen Armen hielt,…*"

Sie stoppte peinlich berührt.

Kam sich vor, als stünde sie regungslos und mit angehaltenem Atem im Schutz der Dunkelheit hinter einem Busch verborgen und würde zwei Liebende, die sich ihres Alleinseins sicher waren, heimlich belauschen.

Sie ließ den Brief auf ihren Schoß sinken und lächelte.

Ein Liebesbrief an ihre Mutter.

Hanni.

Ja, jetzt, wo sie den Namen gelesen hatte, hörte sie wie durch Watte hindurch die Stimme ihres Vaters, von deren Klang sie noch eine Ahnung hatte, wie er ihre Mutter rief.

„Hanni."

Die Hanni mit dem gewellten, halb langen Haar und der klaren Haut.

Das war alles lange her, dachte sie voller Melancholie.

Diese Wände hatten nur noch Johanna gehört und gesehen.

3. Juni 1942, las Esther oben auf dem Briefbogen. Keine Ortsangabe.

Sie durchsuchte das große Kuvert nach Briefumschlägen, die durch einen Poststempel oder eine Absenderadresse einen Hinweis darauf hätten geben können, wo die Briefe einst abgeschickt worden waren, konnte jedoch keinen einzigen finden. Es gab nur Papierbögen, alle dicht beschrieben auf der Vorder- als auch auf der Rückseite.

Verfasst irgendwo inmitten eines grausamen Kriegs.

Sie steckte ihre Hand in den Umschlag und schob sorgsam die darin übereinander liegenden Briefe so zu einem Bündel zusammen, dass sie sie schließlich mit einem Griff langsam herausziehen konnte. Legte sie auf ihren Schoß. Blätterte sie durch.

Alle begannen sie mit Anreden wie *„Liebste Hanni"*, *„Geliebte Hanni"*, oder *„Meine liebe Hanni"* und endeten durchweg mit *„In Liebe Dein Anton"*.

Und das, was in den ihr ungewohnten Schriftzügen dazwischen stand, scheute sich Esther zu versuchen, es vollständig zu entschlüsseln. Erschloss sich jedoch aufgrund einzelner Worte und Ausdrücke, die sie auf Anhieb zu erkennen glaubte, dass von Glück, Liebe, Hoffnung und Zukunft erzählt wurde.

Das genügte ihr.

Die Briefe hatten sie überrascht.

Ihr Vater war ihr damals als ein ruhiger, besonnener, sachlicher Mensch ins kindlichen Gedächtnis eingegangen und nicht als ein Mann vieler und auch keiner blumiger, zärtlicher oder gar leidenschaftlicher Worte, wie sie sie in den Zeilen vor sich vermutete.

Aber sie hielt hier auch keine Briefe eines Vaters in den Händen, sondern die Briefe eines jungen Mannes an die von ihm geliebte Frau.

Briefe von Anton an Hanni.

1942.

Waren es jene Jahre mit einer ungewissen Zukunft gewesen, suchte Esther nach einer zusätzlichen Erklärung für die sie überraschende Beredsamkeit ihres Vaters, die ihm diese Fülle an Worten entlockt hatten? Mit denen er all das hatte ausdrücken wollen, was er seiner Hanni noch unbedingt einmal hatte sagen und ihr auf den Weg durch ihr Leben, gerade auch für den Fall, dass sie es ohne ihn weiterführen müsste, hatte mitgeben wollen? Wo er seinen lieben Gruß am Ende des Briefes, von dem er nicht hatte ausschließen können, dass es für lange Zeit sein letzter, vielleicht sogar sein letzter überhaupt an sie hätte sein können, immer zu früh ganz unten auf das Blatt hatte hinquetschen müssen, weil es jedes Mal immer noch irgendetwas, was ihm am Herzen gelegen war, zu sagen und anzufügen gegeben hätte?

Hatte er deshalb, nachdem er mit seiner Hanni, und später dann auch mit ihr, ihrer beider Tochter, im ersehnten, gemeinsamen Leben, einem Leben in Frieden, angekommen war, um so mehr, sich selbst genügend und sparsam mit Worten, in sich ruhen können, so, wie Esther ihn, sogar schon als ein Kind, in seiner Persönlichkeit wahrgenommen hatte? Weil nämlich alles für ihr Zusammenleben Wesentliche schon längst zwischen den beiden gesagt und geklärt worden war?

Und weil er gespürt hatte, dass sie, die kleine Tochter, weniger großer Worte von ihm bedurft hatte denn seiner ganzen Liebe? Einer Liebe, deren Quell, wie die Wirklichkeit später zeigen sollte, nach allzu kurzer Zeit hatte versiegen und die für das ganze restliche Leben seiner Tochter hatte genügen müssen.

Esther fühlte sich trotz einiger Bedenken dazu verleitet, über diese Briefe in ihres Vaters Gefühls- und Gedankenwelt einzudringen.

Verwarf, als sie das zuoberst liegende Blatt des dünnen Bündels vor sich liegen hatte, dieses Vorhaben aber schnell, und ehrlicherweise auch bereitwillig, wieder, weil sie die Zeilen, die ihr Vater einst verfasst hatte, nicht so einfach herunterlesen konnte.

Die Buchstaben hatten sich, so kam es ihr vor, wie zu einer Geheimschrift verbunden, hatten sich gar unabsichtlich dazu verbündet, denn sie waren geschrieben worden, noch bevor der Wandel zu einer vereinfachenden Schrift, so, wie man sie heute kannte, vollzogen war.

So, wie ihn Mutters Schrift durchlaufen und sich danach soweit der moderneren Schreibweise angeglichen hatte, dass auch sie, Esther, sie ohne Mühe hatte lesen können.

Und sie war natürlich auch an sie gewöhnt gewesen, räumte sie ein.

Ihre lückenhafte Kenntnis der Schrift sicherte den Briefen, die nur für die Augen ihrer Mutter bestimmt gewesen waren, gewissermaßen den Schutz zu, nämlich bis zu ihrer möglichen Entschlüsselung, die durch ein stures Vergleichen und Übertragen von alt nach neu letztlich nicht schwierig sein würde, voreilig, neugierig, unüberlegt, von ihr oder einem andern Finder, aber wer hätte das in diesem Fall sein sollen?, gelesen zu werden, versuchte sie ihrem Unvermögen eine höhere Bestimmung zu verleihen.

Und im Innern war sie froh über diese Hürde, deren Überwindung auf dem Weg in ein unbekanntes Stück Vergangenheit ihrer Eltern sie gezwungenermaßen auf einen späteren Zeitpunkt verschieben konnte.

Denn sie war nicht vorbereitet gewesen auf ihren Fund, auf Briefe, die mit

„*Liebe Hanni*" begannen und mit „*In Liebe Dein Anton*" endeten, richtig gesammelt und an einem sicheren Ort vor einem zufälligen, unerwünschten Zugriff durch andere verwahrt.

17

Sie wusste wenig über ihre Mutter aus der Zeit, als sie noch Johanna Häussler geheißen hatte.

Hatte auch keine Ahnung, ob Anton vielleicht ihre erste große Liebe gewesen war. Ob sie lange heimlich für ihn hatte schwärmen müssen, bis er so, wie sie es sich ersehnt hatte, aufmerksam auf sie geworden war, oder ob umgekehrt er ihr Herz hatte erobern müssen. Ob sie viele Freunde gehabt hatte, bevor sie die Liebe ihres Lebens getroffen hatte.

Was für eine Art von jungem Mädchen ihre Mutter wohl gewesen war, überlegte Esther.

Zurückhaltend, kontrolliert, so, wie sie sie selbst kennengelernt hatte? Oder verwegen und kess?

Esther musste lachen. Johanna, ihre Mutter, als heißer Feger! Mit zerzausten wilden Haaren, roten Lippen und dem verführerischen Blick eines Vamps?

Warum nicht?

Früher, als sie selbst Heranwachsende gewesen war, hatte ihre Mutter ihr gelegentlich aus ihrer eigenen Jugend erzählt. Und wenn sie das getan hatte, hatte sie gerne Vergleiche zwischen dem Einst und Jetzt gezogen.

Esther hatte die Worte ihrer Mutter damals als an sie gerichtete Vorhaltungen der besseren Lebensverhältnisse, in denen sie hatte groß werden dürfen, aufgefasst.

Entsprechend genervt hatte sie reagiert, wenn ihre Mutter zu ihrem „Früher, als wir noch…." angesetzt hatte,
hatte versucht, die Ausführungen
schnellst möglich mit einem „Du kommst
immer mit früher! Ich kann nichts für
früher..." zu beenden.

Es war ihr zuwider gewesen, sich diese, in ihren jugendlichen Ohren, ermü-
dende Leier anzuhören über den langen
Fußmarsch zur Schule und später wieder
nach Hause, weil es keinen Schulbus und
erst recht keinen Fahrdienst seitens der
Eltern gegeben hatte. Darüber, dass man
als Kind kein eigenes Fahrrad, schon gar
kein Kinderfahrrad, für sich alleine besessen hatte, sondern es mit anderen Fa-
milienmitgliedern hatte teilen müssen.
Darüber, dass man nicht viele Kleider,
und darunter kaum neue, gehabt hatte,
dass man vielmehr die abgelegten Röcke,
Blusen, Pullover, Hosen und Strümpfe,
wenn nötig auch ausgebessert, gestopft
und abgeändert, von älteren Geschwistern
oder Kusinen widerspruchslos hatte auf-
tragen müssen. Darüber, dass man sich
als Kind über eine Tafel Schokolade zum
Geburtstag gefreut und diese für sich
allein als ein richtiges Geschenk genügt
hatte. Oder darüber, dass man als junges
Mädchen ohne Diskussion jeden Sonntag-
morgen zur Kirche gegangen war, egal,
wie lange die vorangegangene Nacht gedauert hatte, wie lange man auf dem
Tanz, der gelegentlich direkt im Ort
oder in der näheren Umgebung veranstal-

tet worden war, geblieben war. Der Christenpflicht wegen, und, was Esther als stärkeren Grund vermutet hatte, der Leute wegen.

Denn genau dieses Argument, das in ihren Augen kein stechendes war, hatte ihre Mutter damals, als sie, Esther, in ein Alter gekommen war, in dem sie selbst samstagabends gerne länger unterwegs gewesen war, für einen zwingenden sonntäglichen Kirchenbesuch ins Feld geführt:

Was würden die Leute sagen, und was würden sie über die Autorität der Mutter denken, denn auch das war eine große Sorge der alleinerziehenden Johanna gewesen, wenn sie, Esther, nachts herum schwärmte und am nächsten Morgen im Bett liegen und ausschlafen würde, anstatt zur Messe zu gehen?

Wer abends feiern kann, kann auch am nächsten Morgen aufstehen und die Kirche besuchen!

Wie oft hatte sie diesen Spruch gehört!, seufzte Esther.

Wie und wo war es aber letztlich dazu gekommen, dass aus Anton und Johanna ein Paar geworden war?

Da die beiden im selben kleinen, beschaulichen Ort aufgewachsen waren, war Esther davon ausgegangen, dass sie sich schon im Kindesalter begegnet sein mussten. Vielleicht waren sie in jungen Jahren schon ein Stück des Wegs zur Schule gemeinsam gegangen. Und irgendwann war es dann um die beiden geschehen, hatten sie sich ineinander verliebt.

Diese Vorstellung bot sich ihr für das Zueinanderfinden ihrer Eltern an, und sie hatte sie wohl seit jeher auch so in sich getragen.

Aber sie würde nie erfahren, denn sie konnte nun niemanden mehr danach fragen, wann, und ob überhaupt, es den einen entscheidenden Blick nach unzählig vielen gewöhnlichen zwischen ihnen gegeben hatte. Den Klick, ab dem sich Hanni und Anton mit vollkommen andern Augen angesehen hatten.

Auf dem Pausenhof? Oder abends auf der Kirmes, als die hübsche Johanna mit dem schmucken Anton getanzt hatte?

Oder waren sich Anton und Johanna doch erst mit sechzehn oder siebzehn Jahren zum ersten Mal bewusst begegnet und dabei dem unfassbaren ersten Blick erlegen?

Ihre Eltern als Paar. Als Mann und Frau. Ein ungewohntes Bild für sie.

Für sie waren die beiden während der kurzen Zeit, die sie alle drei miteinander hatten teilen dürfen, immer nur Mama und Papa gewesen. Und das waren sie für sie geblieben, wenn sie an beide zusammen dachte.

Vater und Mutter. Eltern.

Ratlos blickte sie auf die Briefe, die auf ihrem Schoß lagen.

Was sollte sie mit ihnen tun?

Zurücklegen, lesen, mit nach Hause nehmen, wegwerfen, ging sie die Möglichkeiten für sich durch. Keine überzeugte sie.

Am liebsten wäre es ihr gewesen, wenn ihre Mutter eine Notiz auf dem Umschlag hinterlassen hätte.

`Erst nach meinem Tod öffnen.`

`Bitte ungelesen vernichten.`

`Für Esther.`

Irgendetwas, woraus eindeutig hervorgegangen wäre, wie sie sich den Umgang mit diesen vertraulichen Briefen, in andern Händen als den ihren, wünschte.

Egal was.

Aber eine solche Weisung gab es nicht.

Zugegeben, der Gedanke, sich mit dem Lesen der Zeilen wie in eine innige Umarmung von Hanni und Anton zu schmuggeln und so Worte ihres späteren Vaters zu belauschen, wie sie sie aus seinem Munde nie gehört hatte, war verlockend.

Sie schloss die Augen.

Eine Sprache, durchzogen von Liebkosungen und Zärtlichkeiten. In welchem Ausmaß hatte der junge Anton sie für sich zugelassen?

Würde sie in den Briefen Ähnlichkeiten zu sich selbst, Antons Tochter, erkennen können?

In der Art, sich auszudrücken, in der Weise, die Welt und das Leben zu sehen?

Es gab niemanden mehr, der zu ihr sagen konnte: „Genau wie dein Vater.". Egal, worum es sich handelte.

Wie sie Auto fuhr. Die Augen aufschlug. Im Sessel saß. Ein Problem anpackte. Einen Satz formulierte.

So, wie es ihre Mutter getan hatte,

wenn auch nur sehr selten.

„Jetzt lachst du wie dein Vater.", zum Beispiel.

Vorbei.

Hatte ihre Mutter ihr diese Briefe gar gezielt als wegweisende Marken hinterlassen, die sie, Wort für Wort, näher zu dem Menschen Anton bringen sollten?

Auf Schnitzeljagd zu ihrem Vater?

Sollte sie das Ausharren dieser Botschaften, ihr jahrelang geduldiges Warten darauf, von Antons und Johannas gemeinsamer Tochter aus der Dunkelheit dieses Schränkchens endgültig ans Tageslicht befördert zu werden, nicht dadurch würdigen, dass sie die Chance ergriff und sie sich auf diese Entdeckungsreise einließ?

Sie öffnete die Augen.

Die Halstücher auf der Kommode. Die Schachteln auf dem Boden. Die Kleidersäcke im Flur.

Sie hatte Schubladen, Fächer und Schränke durchgesehen, hatte deren Inhalte begutachtet, beurteilt und sortiert, hatte somit einige Punkte ihrer Aufgabenliste abgearbeitet.

Sie betrachtete die Briefe.

Dieser Teil des Nachlasses war von anderer Qualität.

Sie schüttelte langsam den Kopf.

Jetzt nicht, entschied sie.

Behutsam steckte sie die Briefe in den großen Umschlag und legte ihn dorthin zurück, wo er seit vielen Jahren Schutz gefunden hatte.

Drückte die Klapptür fest zu.

Qual oder Segen?

Schmerzhafte Erinnerungen oder kostbare Habseligkeiten?

Welcher Art waren die Empfindungen ihrer Mutter gewesen, wenn sie sich Antons Worten und Gedanken, die ihre Ursprünglichkeit seit der Niederschrift unversehrt, in ihrem Aussehen nur ein wenig verblasst, auf dem Papier überdauert hatten, gestellt hatte?

Oder hatte sie sie vielleicht nie mehr gelesen, nie mehr lesen wollen, hatte sie seit Jahrzehnten gar nicht mehr aus dem Kuvert herausgezogen? Hatte es ihrer Mutter vielleicht einfach nur genügt, dass sie als ein Andenken an ihn vorhanden gewesen waren? Greifbar. Verfügbar. Und hätten, wenn nötig, gelesen werden können?

Wo waren überhaupt Hannis Antworten?, fiel Esther mit einem Mal deren Fehlen auf. Im Umschlag waren sie definitiv nicht.

Vielleicht würde sie sie ja noch irgendwo finden.

Vielleicht hatte sie ihre Mutter aber auch vernichtet. Vielleicht hatte ihr Vater sie gar nicht aufbewahrt. Vielleicht hatte er gar keine bekommen, weil es ihr nicht möglich gewesen war, ihm zu antworten.

Vielleicht hatte er seine Briefe gar nie abgeschickt, hatte sie nur geschrieben und gesammelt und sie irgendwann seiner Hanni überreicht. Sozusagen als

Nachtrag seiner Gefühle. Das würde sowohl die fehlenden Briefumschläge und als auch die fehlenden Antworten erklären.

Vielleicht, vielleicht.

Es würden viele unbeantwortete Fragen an ihre Mutter in ihr zurückbleiben, das wurde Esther in diesem Moment einmal mehr bewusst.

Aber das wäre auch der Fall gewesen, wenn ihre Mutter noch zehn Jahre länger gelebt hätte. Selbst, wenn sie gewusst hätte, wie viel Zeit ihr noch bliebe, um an deren Leben teilzuhaben, hätte sie nach Johannas Tod immer Wissenslücken über deren Leben beklagt.

Man konnte ein anderes Leben nicht ausschöpfen.

Man konnte nur sein eigenes Leben vollenden.

Mit dem Schlafzimmer war sie so gut wie durch, stellte sie, sich wieder auf ihre eigentliche Aufgabe konzentrierend, zufrieden fest.

Sie stand auf und ging in die Küche. Griff sich aus der Kiste Mineralwassers, die fast noch ganz voll war, eine Flasche heraus, schraubte sie auf und setzte sie direkt an den Mund. Langsam nahm sie ein paar Schlücke daraus, verschloss die Flasche wieder und stellte sie auf dem Küchentisch ab.

18

Esther betrat das Wohnzimmer und steuerte auf die Schrankwand, einer Komposition aus offenen und geschlossenen Fächern, zu. Ihr wollte sie sich als nächstes widmen.

Sie öffnete sämtliche Türen des großen Möbelstücks, ging einige Schritte zurück, stand, wenn man von den in den Raum ragenden Türflügeln absah, wie vor einem gutgefüllten, riesigen Setzkasten.

Überlegte eine Weile.

An welcher Stelle wollte sie beginnen einzugreifen, um mit ihren beiden Händen die bewährte Ordnung aufzubrechen?

Die Bücher, die unauffällig schwarzen, schmalen Ordner, in die Unterlagen wie Garantiebescheinigungen genauso abgeheftet waren wie ein bunter Querschnitt zusammengetragener Zeitungsausschnitte, von Kochrezepten über Reiseberichte bis hin zu Strickmustern, sowie die Foto- und Briefmarkenalben die auf den Regalen verteilt standen, schied sie schnell als erste Ansatzpunkte für ihre heutige Arbeit hier aus.

Sie wollte jetzt weder durchblättern noch lesen, wollte kein Papier aussortieren oder neu ordnen. Genauso wenig mochte sie sich im Moment Gedanken machen über die Zukunft der, wenn man ehrlich war, doch eher überflüssigen, aber dekorativen und an und für sich hübschen Kleinigkeiten, der Vasen, Döschen, Schälchen und Kerzen.

Blieb das Geschirr.

Tassen, Teller und Gläser, die man hervorholen, Stück für Stück anschauen und einem Da oder Dort zuteilen musste. Die Art von Beschäftigung, die im Augenblick für sie passte.

Sie griff nach einer von mehreren großen, rechteckigen Plastikboxen, die sie bei einem ihrer vorherigen Besuche samt einem großen Stapel alter Zeitungen, einiger Abfalltüten, Plastikbeutel und Pappkartons auf dem Fußboden abgestellt hatte. Begann zu sortieren.

Alles Porzellan, das eine Beschädigung aufwies, auch wenn es nur eine kleine abgeschlagene Ecke oder ein feiner Haarriss war, sowie die Gläser, die ihren Glanz verloren hatten, trüb zu werden begannen oder einen Kratzer hatten, sollten in den Kisten landen, deren nächstes Ziel der Entsorgungshof sein würde. So war der Plan, den sie sich schon vor einiger Zeit für einen ersten Durchgang durch Mutters Geschirr zurechtgelegt hatte.

Sie nahm aus einem der Fächer einen zuvorderst stehenden Stapel Speiseteller heraus, trug ihn zum nahen Esstisch, kontrollierte ein Teil nach dem andern auf mögliche Makel, bildete einen neuen Turm mit den unversehrten Teilen und ließ die ausgemusterten Stücke in die Kiste wandern. Auf gleiche Weise verfuhr sie mit den ineinander gestellten Schüsseln und Tassen und weiteren Stößen von Tellern unterschiedlichster Größe, die sich ihr in den offen stehenden Schränken zur Prüfung anboten, räumte zwischendurch immer wieder das für gut befundene Geschirr vom Tisch in die Schränke zurück. Schob es eng zueinander, bildete dadurch neue, kleine Freiflächen.

Sie wollte sich zunächst einen ungefähren Überblick zu der Menge an verbliebenem Porzellan und Gläsern verschaffen, um sich dann in Ruhe durch den Kopf gehen zu lassen, was sie letztendlich behalten wollte. Deshalb nahm sie auch in Kauf, sie, die sie viel Wert auf effektives Arbeiten legte und dieses ihrer Meinung nach auch ganz gut beherrschte, dass sie manches zweimal, einmal zuviel, in die Hand nehmen, dass sie die Fächer ein weiteres Mal leeren musste.

Sie hatte sich zudem fest vorgenommen, dass sie parallel zu ihrer Arbeit hier ihre Schränke zu Hause durchforsten und deren Inhalt nach den gleichen Kriterien, wie sie sie hier anlegte, prüfen und sortieren wollte. So könnte sie einigermaßen sicherstellen, dass sie das Geschirr, das aus dieser Wohnung zu ihr nach Hause wandern würde, neben ihrem eigenen vernünftig unterbringen könnte, so dass ihre Schränke nicht zu lieblosen Aufbewahrungsorten für zusammengetragenes und -geschobenes Porzellan und Glas degradiert würden.

Und weil man es im Leben grundsätzlich ab und zu machen sollte, das Sichten,

Einteilen und Ordnen, das Entscheiden über bewahren und sich trennen, schloss sie ihre Gedanken ab.

Nachdem sie zwei große Boxen gefüllt hatte, nicht ganz voll zwar, sondern nur gerade soweit, dass sie sie gut allein aus der Wohnung tragen konnte, stellte sie sich unter den Rahmen der offenen Wohnzimmertür, um das Ergebnis ihrer Arbeit zufrieden genießen zu wollen.

War ein wenig enttäuscht darüber, als sie mit diesem Abstand sah, dass die Lücken, die sie in den Inhalt der Wohnwand als deutlich erkennbar gerissen zu haben glaubte, im Vergleich zur Ausgangslage kaum sichtbar waren.

Ihr Blick richtete sich beinahe vorwurfsvoll auf die beiden vollen Kisten auf dem Boden, hatten sie ihr doch einen andern Fortschritt vorgegaukelt.

Zwei waren nur ein kleiner Anfang, mehr nicht.

Der Erfolg war genauso wenig sichtbar wie nach dem ersten abgenommenen Kilogramm von zwanzig angestrebten. Wo die Traumfigur in genauso weiter Ferne schien wie mit dem Kilogramm mehr zuvor, zog sie eine ihrer Parallelen.

Nur, dass sie ihrem Ziel, der Auflösung der Wohnung, mit allem, was sie hier tat, näher kommen und es irgendwann auch erreicht haben würde. Was im andern Fall, wie man wusste, nicht gewährleistet war.

Vasen, Schalen und Tortenplatten, die nicht unbedingt ihrem Geschmack entsprachen und auch keinen höheren Erinnerungswert für sie hatten, einen Großteil des nicht mehr vollständigen Geschirrs, ausgenommen jenem mit dem Goldrand sowie dem bunt geblümten Kaffeeservice, das immerhin noch zehn komplette Sätze von Ober- und Untertassen und Kuchentellern vorwies, füllten die Kisten Nummer drei und vier.

Und dann waren da noch die Sammeltassen, die sich im Schrank breit gemacht hatten.

Sie ließ ihren Blick über die Begleiter vergangener Tage schweifen.

Bunt schon an sich als dreiteilige Einheit aus Kaffeetasse, Unter- und Kuchenteller, kunterbunt erst recht, wenn sie sich, wie hier, in ihrer Gesamtheit darboten. Keine war wie die andere gemustert. Gestreift, geringelt, verschnörkelt, getupft, geblümt, in kräftigen Grün-, Blau- oder Rottönen genauso wie in dezentem Beige oder pastellfarbenem Rosa, sogar ein schwarzgrundiges Exemplar mit roten, blauen und weißen Punkten und einem Silberrand war vertreten.

Mit welcher Sorgfalt hatte ihre Mutter früher, wenn Gäste eingeladen waren, die Kaffeetafel mit diesen einzelnen, aus dem vorhandenen Angebot liebevoll ausgewählten Gedecken und komplettiert mit einem separaten, in sich einheitlichen dreiteiligen Satz aus Kaffeekanne, Milchgießer und Zuckerdose hergerichtet und in ein Meer aus sich harmonisierenden Farben und Formen verwandelt.

Sie waren ein beliebtes Geschenk für Frauen gewesen. Weil man sie im Haushalt immer gebrauchen konnte.

„Davon hat man nie zuviel!", glaubte sie ihre Mutter noch zu hören, wenn sie, ehrlich erfreut darüber, ihrer Sammlung ein weiteres Exemplar hatte hinzufügen dürfen.

Benutzt hatte Johanna sie übrigens schon lange nicht mehr. Sie hatten nur noch einem einzigen Zweck, dem, auf den schon ihr Name hinwies, gedient: gesammelt zu werden.

Sie selbst hatte früher ebenfalls Sammeltassen besessen. Wie die meisten Mädchen hatte sie einige davon, neben den obligatorischen Hortensien, zur Erstkommunion geschenkt bekommen, oder auch zum Geburtstag.

Und sie hatte sie stolz gehütet für später. Hatte sie auch tatsächlich als junge Studentin anstelle eines Kaffeeservices verwendet. Hatte für Thomas und sich damit den Tisch gedeckt.

Hatte sich aber dann davon getrennt, nachdem sie beide nach ihrer Hochzeit ihren Hausstand Schritt für Schritt erweitert und sich unter anderem auch schönes, einheitliches Ess- und Kaffeegeschirr geleistet hatten, so wie es zu einem richtigen, auch jungen, Haushalt dazu gehört hatte.

Sie trug die Einzelgedecke zum Esstisch. Alle.

Eigentlich schade, dass sie kein einziges Stück aus ihrem Besitz aufgehoben hatte, bedauerte sie angesichts der prächtigen Vielfalt, die sie vor ihren Augen aufgebaut hatte und die sie ein wenig sentimental werden ließ, ihren einstigen endgültigen Schritt.

Sammeltassen.

Sie zogen sich hinter den verschlossenen Türen von Geschirrschränken und Glasvitrinen allmählich aus dem bewegten Leben zurück. Und der Begriff würde, folgerte Esther weiter, als eine Konsequenz daraus von immer weniger Menschen der kommenden Generationen in den Mund genommen werden und sich als ein Bestandteil ihres aktiven Wortschatzes halten können.

Er würde vielmehr zwischen Wählscheibe, Griffel, Pauspapier oder Lochkarte im Reich der verstummten Wörter seinen Platz finden, mit seinen Leidensgenossen sprachlos darauf wartend, wer sich als nächstes zu ihnen gesellen würde.

Vielleicht Straßenkarte, in Zeiten der Navigationsgeräte?

Sie hatte sich als Andenken zwei sehr gegensätzliche Exemplare aus dem breitgefächerten Angebot ihrer Mutter ausgesucht. Eines mit lediglich einem breiten, wie eine durchbrochene Bordüre wirkenden Goldrand, der die einzige Zier auf dem feinen, weißen Porzellan darstellte, das andere mit in satten Farben gehaltenen Blumen, die über die ganze zartgrüne Oberfläche aller drei Teile verstreut waren.

Sie rückte ihre winzige Auswahl an den Rand des Tisches.

Bescheiden nahm sie sich aus, stellte sie angesichts des beeindruckenden Rests daneben fest. Ihr Blick schweifte langsam über die von ihr aussortierten Teile.

Jedes war auf seine Art besonders. Mal war es die Form, mal die Farbe, mal das Muster, das deren jeweils eigenen Charme ausmachte. Sie geriet ins Wanken, war verleitet, doch noch der einen oder anderen Rarität Aufnahme in ihrem Haus zu gewähren.

Nein, gebot sie sich schnell selbst Einhalt.

Es sollten Andenken sein und eine gewisse Einzigartigkeit besitzen. Da wären zwei Exemplare gerade richtig. Außerdem wollte sie das über die Jahre von ihrer ganzen Familie gemeinsam geschaffene Bild ihres Zuhauses nicht zu stark von Andenken, die hauptsächlich doch nur die ihren waren, durchsetzen, so dass es in den Augen ihres Mannes und ihrer Kinder verfremdet erschien.

Die beiden Sammeltassen, irgendwo auf dem Regal im Wohnzimmer als Einzelstücke, mit ein wenig Luft nach allen Seiten, präsentiert, das wäre zu vertreten, daran würden sich auch die anderen Familienmitglieder als einer Erinnerung an Johanna erfreuen können. Das wäre dann aber auch genug.

Und immerhin hatte sie die Sammeltassen, wenn auch nicht mit ihren eigenen, originalen Stücken von einst, in ihr Leben zurückgeholt und ihre Entscheidung von damals gewissermaßen rückgängig gemacht.

Hatte sich die Freiheit zum Ja oder Nein, zum Bewahren oder Aufgeben dieser Kindheitserinnerungen zurückerobert.

Sie wickelte die Porzellantassen und - teller, die sie für sich ausgesucht hatte, gut in Zeitungspapier ein, verstaute sie in einem neuen Karton, auf dessen Oberseite sie mit Filzstift `Sammeltassen` vermerkte.

Den großen Rest packte sie, so, wie sie waren, in eine gesonderte, leere Kiste.

Sie holte sich die zuvor angebrochene Flasche Mineralwasser aus der Küche und kehrte ins Wohnzimmer zurück. Die Beine und der Rücken taten ihr vom langen Stehen weh. Sie ließ sich in den Fernsehsessel fallen.

Sich auch nur einen Moment auf dem bequemeren Sofa auszustrecken, das konnte sie noch nicht.

Dort hatte sie ihre Mutter gefunden.

Durstig setzte sie die Flasche auch dieses Mal wieder direkt zum Trinken an den Mund an, nahm gierig ein paar Schlücke daraus und betrachtete dabei erneut die Wohnwand mit ihren weit geöffneten Türen. Jetzt war erkennbar, dass sie ein Stück vorangekommen war, stellte sie zufrieden fest.

Und die vollen Kisten, die vor ihr auf dem Fußboden standen, waren eindrucksvoller Beleg dafür.

Ein paar Kilogramm verloren, eine Kleidergröße weniger, schloss sie an ihren Vergleich von vorher an.

Sie sah auf ihre Armbanduhr. Wahrscheinlich waren Thomas und die Kinder inzwischen alle zu Hause. Sie sollte sich auf den Weg machen.

Sie war zu bequem, um die Wasserflasche zurück in die Küche zu bringen, stellte sie stattdessen auf dem Couchtisch vor sich ab. Fürs nächste Mal.

Sie stand auf und warf im Vorbeigehen nochmals einen Blick auf die vollen Kisten. Eigentlich hätte sie sie gleich aus der Wohnung mitnehmen und wegbringen sollen, und endlich auch die Altkleidersäcke, dann hätte sie sich noch ein wenig erfolgreicher, was den Fortschritt ihrer Arbeit betraf, fühlen können. Aber sie war zu müde, wollte nichts mehr schleppen.

Sie nahm sich vor, das alles zu erledigen und Luft in der Wohnung zu schaffen, bevor sie sich hier erneut ans Werk machen würde.

Auf dem Weg zur Wohnungstür streifte ihr Blick die Kommode im Schlafzimmer. Wenigstens das wollte sie noch zu Ende gebracht haben: Sie ging hinein und schnappte sich die drei Halstücher, die sie für sich ausgesucht hatte und die auf der Kommode auf sie warteten, legte sie über die Schmuckschatulle im Korb, den sie schließlich in die Hand nahm, um damit die Wohnung zu verlassen.

19

Wie sie vermutet hatte, war die ganze Familie bei ihrem Eintreffen zu Hause.

Sie erkannte das, als sie die Haustür hinter sich geschlossen hatte, auf einen Blick an den vielen Straßenschuhen, die auf dem Boden im Windfang einigermaßen ordentlich nebeneinander standen und beim Betreten des Hauses von ihren jeweiligen Trägern gegen Hausschuhe, wenn überhaupt, denn manchmal bewegte sich der eine oder andere auch in Strümpfen oder barfuß im Haus, getauscht worden waren. Überdies war der Großteil der Fächer und Ablagen des offenen Garderobenschranks, wie üblich, wenn alle da waren, belegt mit Taschen, Schlüsseln und Geldbeuteln, und die Kleiderstange der Garderobe war vollgehängt mit Jacken.

Esther atmete beim Anblick dieses von vielen Händen geschaffenen Kunterbunts tief durch.

Das war eigentlich nicht das Bild, von dem sie hier empfangen werden wollte.

Sie mochte es nämlich gerne aufgeräumt und übersichtlich in ihrem Zuhause.

Das galt auch für den Eingangsbereich, besonders für diesen, da er ja vor allem auch einem Besucher einen ersten, nicht selten bleibenden Eindruck von der Ordnung im gesamten Haus vermittelte. Aber im Moment, wo noch so viel Leben im Haus herrschte, sah sie keine Chance, diese Ordnung dauerhaft so herzustellen, wie sie sich das vorstellte.

Mit höchstens ein oder zwei Paar Schuhen auf dem Boden, sorgsam nebeneinander gestellt, die Auto- und Hausschlüssel griffbereit in einer kleinen Schale auf dem Schränkchen vor dem Spiegel aufbewahrt, ihre Alltagshandtasche in einem der offenen Fächer möglichst unauffällig an eine Seitenwand gerückt, im Winter ein Paar Handschuhe und die dazu passende Mütze ordentlich daneben gelegt, zur Auflockerung ein Familienbild oder eine kleine Porzellanfigur in ein ansonsten leeres Fach gestellt.

In der Art.

So, wie bei Brigitte und Achim, einem Ehepaar aus ihrem Bekanntenkreis, deren beide Töchter mittlerweile im Ausland lebten und arbeiteten und nur noch ganz selten zu Besuch zu ihren Eltern kamen.

Bei ihnen sah man, seit sie nur noch zu zweit zu Hause wohnten, so gut wie nie irgendetwas unaufgeräumt herumliegen, mehr noch, schien jedes einzelne Stück in diesem Haus an genau seinem einen, ausgewählten Platz zu stehen.

Immer, Esthers Eindruck nach.

Meistens bewunderte sie diese Ordnung.

Manchmal kam sie ihr aber auch befremdlich vor. Dann nämlich, wenn sie das Leben, den Atem zwischen den Wänden vermisste, wenn sie sich fühlte, als ginge sie durch die Räume eines Musterhaus.

Sollte sie diesen Zustand wirklich herbeisehnen?, fragte sie sich dann, und wusste dabei doch die einzige für sie richtige Antwort.

Nein, sollte sie nicht, und wollte sie nicht.

Irgendwann käme sie so oder so, diese Reduktion.

Von sechs auf zwei, vom `Wir alle` zum `Wir beide`. Irgendwann zum Ich, für wen von ihnen beiden auch immer.

Von laut auf leise. Von bunten Farben auf gedeckte Töne. Von Betriebsamkeit auf Gemächlichkeit.

Denn das war der Lauf des Lebens.

Und eine alte Weisheit.

Das Bild von Johanna, wie sie alleine und sich im Raum des sie umgebenden Treppenhauses verlierend, vor ihrer Wohnungstür stand, um sie, ihre Tochter, mit einem strahlenden Lächeln zu empfangen, wenn sie sie besuchte, schoss ihr wie ein schmerzhafter Blitz durch den Kopf.

Sie stellte ihren Korb im Windfang ab, streifte ihre flachen Ballerinas von den Füssen und schlüpfte in ihre Hausschuhe, die auch sie zugegebenermaßen, wie alle andern, dort stehen hatte, ging einige Schritte weiter und sah durch die halb offene Tür am Ende des Flurs, dass Thomas in seinem Arbeitszimmer mit dem Durcharbeiten einiger Akten, so nahm sie es aus der Ferne jedenfalls an, befasst war.

Sie war es gewohnt, dass er sich als selbständiger Steuerberater hie und da noch Arbeit mit nach Hause brachte.

Aber immerhin, er war da.

Er drehte sich, als er sie gehört hatte, auf seinem Schreibtischstuhl in ihre Richtung um.

„Hallo Esther.", rief er erfreut. „Hast du`s für heute geschafft?".

Sie ging zu ihm hin und begrüßte ihn mit einem Kuss auf den Mund.

„Hallo Thomas. Ja, und ich bin ganz zufrieden mit dem, was ich erledigt habe. Aber es gibt schon noch viel Arbeit, bis ich fertig bin."

Sie legte ihm eine Hand auf die Schulter. „Und du hast noch zu tun?"

„Ja, ich möchte bis morgen noch eine Sache durcharbeiten. Ich werde wahrscheinlich noch eine Weile brauchen."

Er sah sie bedauernd an.

„Tut mir leid."

Sie nickte verständnisvoll, kannte das ja.

„Schon in Ordnung. Ich sag mal den Kindern hallo. Bis nachher."

Julian, mit sechzehn Jahren das jüngste ihrer vier Kinder, traf sie in der Küche an, als er gerade die Kühlschranktür zudrückte.

„Hallo Julian.", begrüßte sie ihren, seinen nassen Haaren nach zu urteilen, frisch geduschten Sohn.

„War das Training gut?"

„Ja, war ok. Wir haben zur Abwechslung mal einen Waldlauf gemacht.", entgegnete er. „Bin ganz schön ins Schwitzen gekommen."

Er setzte sich auf seinen Platz an den Tisch und biss in sein mit Essiggurken garniertes Salamibrot, das er sich gerichtet hatte. Er begann, sich in einen Artikel seiner vor ihm liegenden Fußballzeitschrift zu vertiefen. Betont offensichtlich zu vertiefen. Ein deutliches Zeichen an Esther, sich am besten weiterer mütterlicher Fragen an ihn zu enthalten. Erst recht solcher nach der Schule, Stunden, nachdem er sie verlassen und nach Erledigung der leidigen Hausarbeiten auch für den Rest des Tages mit ihr abgeschlossen hatte.

Esther wusste mit diesem Verhalten umzugehen, denn Julian hatte sich schon als kleiner Junge eindeutig als ein Morgenmensch in der Hinsicht entpuppt, dass seine Gesprächsbereitschaft im Lauf des Tages immer weiter abnahm. Und die Pubertät, in der sich ihr Sohn zweifelsohne noch befand, hatte keine abschwächende Wirken auf diesen Wesenszug gezeigt. Im Gegenteil, glaubte Esther ihren Beobachtungen nach urteilen zu können.

„Bis zum Mittag ist für mich das meiste am Tag gesprochen.", hatte er vor noch nicht allzu langer Zeit einmal bemerkt.

Esther versuchte, ihrem Sohn in diesem Punkt dahingehend entgegenzukommen, dass sie nach Möglichkeit sparsam mit Fragen und Worten an ihn umging, wenn der Tag schon etwas älter war.

Heute fiel ihr das leicht. Sie konnte sich entspannt zurücknehmen, denn sie hatte nichts Notwendiges oder Dringendes mit Julian zu besprechen.

Und plaudern konnten sie ein andermal.

Wenn es besser passte.

Sie spürte, dass sie erschöpft war.

Sie ging an das Spülbecken, wusch sich die Hände und setzte sich, nachdem sie sich Leitungswasser in ein Glas gefüllt hatte, schräg gegenüber ihres Jüngsten an den Tisch. Trank das Glas leer und blätterte in der Tageszeitung, die sie sich von Thomas` Platz geschnappt hatte.

Einige Minuten verrannen in beiderseitig bemüht stummer Eintracht.

Nichts ist so alt wie die Nachrichten von gestern, dachte Esther, als sie so die Seiten vor sich überflog. Und die Neuigkeiten des Tages, die man am Morgen beim Frühstück schon lesen konnte, waren am Abend ähnlich alt und verbraucht. Sie faltete die Zeitung zusammen und erhob sich.

Nahm das Gurkenglas, das auf der Arbeitsfläche neben dem Herd stand und das Julian versäumt hatte, in den Kühlschrank zurückzustellen, in die Hand, um das nachzuholen. Bemerkte, dass das Glas so gut wie leer war, schraubte es auf und fischte sich mit Daumen und Zeigefinger die letzte im Essigsud schwimmende Gurke heraus. Aß sie mit Genuss. Sie liebte Essiggurken, vor allem, wenn sie so knackig waren wie diese.

Wieder etwas erledigt, dachte sie nur und schüttete die Flüssigkeit aus dem Glas in das Spülbecken.

„Bis dann.", sagte sie wie beiläufig und mit einem wohlwollenden Lächeln in

Richtung ihres Sohnes, nachdem sie das Gurkenglas ausgespült und es zum Trocknen mit der Öffnung nach unten auf die Abtropffläche der Spüle gestellt hatte.

Wie lange würde es wohl dauern, bis sie alle Vorräte, die sie von ihrer Mutter übernommen hatten, weggegessen, bis sich auch diese Spuren in ihrem Zuhause verloren hatten?, dachte sie dabei.

Seine Augen starr auf die Zeitschrift gerichtet, Julian war ja am Lesen, erwiderte er ihren Gruß mit der Andeutung eines Kopfnickens und einem gebrummeltem Etwas, das sich wie Ciao anhörte. Immerhin.

Und mit dem sicheren Gefühl, dass sie beide wussten, dass sie sich grundsätzlich mochten, verließ Esther die Küche.

Nachdem im Wohnzimmer niemand anzutreffen war, vermutete sie die anderen Kinder in deren Zimmern ein Stockwerk höher.

Sie ging die Treppe hinauf. Die Türen zu sowohl Marias als auch Julians Reich waren geschlossen, die der anderen Räume angelehnt.

Esther klopfte an die Zimmertür ihrer 24-jährigen Erstgeborenen und trat auf deren aufforderndes „Ja" ein.

Maria saß mit einem Buch vor sich an ihrem Schreibtisch und war am Lernen. Sie studierte Germanistik und Geschichte für das Lehramt an Gymnasien und strebte den Abschluss innerhalb des nächsten Jahres an.

Im Augenblick waren Semesterferien,

oder korrekt ausgedrückt, vorlesungsfreie Zeit, was Fabian, der ältere der beiden Söhne und ebenfalls Student, vor allem dann unterschieden wissen wollte, wenn er sich während dieser Zeitspanne intensiv auf eine Prüfung vorzubereiten hatte.

Maria als ein mit der Heimat verwurzelter Familienmensch nutzte diese Zeiten gerne für einen längeren Aufenthalt als nur übers Wochenende zu Hause. Schließlich konnte sie, so wie jetzt, auch hier für ihr Studium arbeiten und sich nebenbei noch ein wenig wie früher umsorgen lassen. Dass sie manchmal erst nach 14 Tagen wieder abreiste, war deshalb nichts Außergewöhnliches.

Maria setzte sich in ihrem Bürostuhl gerade hin und lächelte ihre Mutter an.

„Hi Mama."

„Hallo Maria. Wie steht`s, hast du noch viel zu lernen?", richtete sie die einfallslose Frage an ihre Tochter und ärgerte sich sogleich still darüber.

„Schon noch einiges. Und du?"

„Mir reicht´s für heute. Ich habe bei Oma richtig was weggearbeitet. Ich mache heute nicht mehr viel, vielleicht noch Wäsche zusammenlegen. Mal sehen." Sie nickte ihrer Tochter zu und setzte nach einem „Ich will dich auch nicht weiter vom Arbeiten abhalten." ihren Gang fort.

Martina saß, mit ihren orangefarbigen Kopfhörern über den langen, dunkelbraunen Haaren, vor dem Computer und wippte mit den Füßen zur Musik, die nur in ihre

Ohren drang.

Die 18jährige Gymnasiastin winkte ihrer Mutter erfreut zu, als diese unter dem Türrahmen in ihr Gesichtsfeld trat. „Hallo Mama!", rief sie mit lauter Stimme. Esther formte ihren Mund zum „Hallo" so übertrieben, dass ihre Tochter den Gruß notfalls auch ohne ihn zu hören erkennen konnte, winkte kurz mit der Hand und ging zum nächsten Zimmer.

Fabian, 21jährig und Informatikstudent, weilte zufälligerweise ebenfalls gerade zu Hause.

Er liebte sein eigenständiges Studentenleben fernab der Heimat und kam deshalb nicht so oft, vielleicht alle vier, sechs Wochen einmal, und dann auch nicht so lange wie Maria, durchschnittlich zwei, drei Tage am Stück, zu Besuch, obwohl ihm sehr wohl an einem guten Kontakt zu seinen Eltern und Geschwistern gelegen war. Aber mittels der modernen Medien konnte er diesen auch aus der Ferne aufrecht erhalten.

Auch er saß vor seinem Computer und schien sich mit irgendjemandem in einer Unterhaltung zu befinden.

„Grüß dich, Mama.", rief er ihr munter zu und strahlte sie aus seinen dunkelbraunen Augen an. „Wie geht`s?"

Esther lächelte.

Fabians sonniges Gemüt erwärmte ihr Herz jedes Mal aufs Neue. Er war ganz selten schlechter Laune. Und er hatte die beneidenswerte Gabe, unbefangen auf die Menschen, egal, welchen Alters, zu-

zugehen und sie mit ein paar netten Worten zu erfreuen.

Esther hatte ihren Sohn schon oft dafür bewundert.

„Alles soweit in Ordnung.", erwiderte Esther.

Ihre Müdigkeit schwand.

„Kommst du klar mit Omas Sachen?", erkundigte er sich mit offenkundig ehrlichem Interesse.

„Ich denke schon. Es ist allerdings nicht so einfach zu entscheiden, was man mit all den Dingen im Einzelnen machen soll." Esther verdrehte gekünstelt die Augen. „Ich habe mir das Ausräumen anfangs zwar arbeits- und zeitintensiv, aber insgesamt doch leichter vorgestellt. Aber ich krieg das schon hin. Es hat ja keine Eile." Sie lehnte sich salopp an den Türrahmen.

„Du weißt, ich helfe dir gerne, wenn du willst. Du musst nur sagen, wann genau, damit ich mir das einrichten kann.", sagte er, seine Aufmerksamkeit nun zwischen ihr und seinem Bildschirm aufteilend und von hier nach dort hin und her blickend.

„Das ist nett von dir, vielen Dank." Sie stellte sich wieder gerade hin.

„Starke Männerarme zum Tragen brauche ich ganz sicher irgendwann mal. Ich melde mich dann bei Zeiten."

„Ok.", beendete er die Unterhaltung mit höflichem, aber abschließendem Ton und einem charmanten Lächeln und wandte sich vollends dem Computer zu.

„Bis dann.", verabschiedete sich Esther beschwingt.

Nachdem sie einen prüfenden Blick in die beiden zwar nicht sonderlich großen, aber mit dem Notwendigsten ausgestatteten Badezimmer, die sie sich damals in weiser Voraussicht auf ihre geplanten vier Kinder gleich von Anfang an hatten einbauen lassen, um spätere, vor allem morgendliche Rangeleien zwischen den Geschwistern über die Dauer ihrer jeweiligen Aufenthalte darin im Rahmen zu halten, geworfen und sich davon überzeugt hatte, dass sie sich sowohl dort als auch in Julians Zimmer, dessen Tür sie kurz für einen begutachtenden Rundumblick geöffnet hatte, nicht gerechtfertigt über Unordnung beklagen konnte, ging sie wieder einen Stock tiefer.

Ihr Blick fiel auf den Korb, den sie mit den Dingen, die sie aus Johannas Wohnung mitgebracht hatte, im Flur zurückgelassen hatte.

Sie nahm die Schmuckschatulle und die Halstücher an sich, ging damit in ihr Schlafzimmer und schloss die Tür hinter sich.

Die Halstücher wollte sie vor dem ersten Tragen nochmals durchs Wasser ziehen und ließ sie deshalb in den Wäschekorb fallen.

Die Schmuckschatulle verstaute sie im Innern des großen Kleiderschranks auf dem Boden. Zunächst einmal. Sie wusste im Moment keinen Ort hier im Schlafzimmer, wo sie sie sonst und endgültig aufbewahren könnte, denn in der Kommode, wo ihre eigene war, war kein Platz mehr.

Irgendwann, wenn Mutters Schmuck und ihr eigener zusammengeführt und zu einer neuen Einheit verschmolzen sein würden, wenn der Schmuck sozusagen geschluckt sein würde, schoss es ihr erheiternd wortwitzig durch den Kopf, dann würden auch die beiden Kassetten, sofern sie überhaupt beide bräuchte, zusammen an einem Platz stehen.

Aber das war jetzt nicht die vordringlichste ihrer Aufgaben.

Sie wechselte das T-Shirt, ließ sich rückwärts aufs Bett fallen, streckte Arme und Beine weit von sich, legte ihren Kopf in den Nacken, so dass ihr Gesicht zur Decke zeigte, als würde sie es wärmenden Sonnenstrahlen entgegen halten und schloss die Augen.

Das Gefühl, in ihrem Heim genau jetzt von den wichtigsten fünf Menschen in ihrem Leben umgeben zu sein, erfüllte sie mit schlichtem Glück.

20

Am nächsten Morgen stieß sie beim Abstauben ihres Schlafzimmers auf ihre Ohrringe, die sie seit ihrem letzten Tragen einige Tage zuvor noch auf der Ablage über ihrem Bett liegen hatte. Sie nahm sie in die Hand und verräumte sie in der kleinen, offenen Schachtel in der oberen Schublade des halbhohen Schränkchens, das neben ihrem Bett stand.

Wie bei Mama, dachte sie, als sie auf die wenigen Schmuckstücke, ihre gebräuchlichsten, blickte.

Der gleiche Ort für die gleichen Dinge.

Ihr Nachttischchen. Ohne Klapptür allerdings, dafür mit einer zweiten Schublade.

Sie zog diese auch sogleich auf, obwohl sie nichts daraus benötigte. Betrachtete deren ihr wohlbekannten Inhalt. All ihre Strümpfe in ihrer ganzen Pracht!, stellte sie trocken fest und schob die Schublade wieder zu.

Eine gutlaufende Schublade, wie sie bemerkte. Eine Schublade, die einem erlaubte, sie ohne einen Widerstand zu öffnen. Die einem, wenn man erst einmal begonnen hatte, sie herauszuziehen, die Chance zu einem Zögern, zu einem Innehalten, zu einer Umkehr und zum Abbruch des Vorhaben durch ihre Leichtläufigkeit im Grunde gar nicht bot, so dass die Zur-Schau-Stellung ihres Inhalts kaum mehr zu verhindern war. Musste sie in diesem Fall auch nicht.

Musste keinen Schutz gewähren für ganz persönliche Briefe, gar amouröser Natur. So, wie eine klemmende Klapptür dies tat. Ihre Strümpfe konnte wahrhaft jeder sehen.

Wann hatte sie eigentlich zuletzt einen vertraulichen, nur für sie bestimmten und an sie gerichteten Brief erhalten?, wanderten ihre Gedanken zu ihrem Fund in Mutters Nachttisch.

Sie musste weit in der Zeit zurückgehen.

Mit Barbara hatte sie einen regen Briefwechsel unterhalten, als diese vor vielen Jahren zusammen mit ihrem Mann berufsbedingt im Ausland gelebt hatte. Esther konnte sich noch gut an manchen Brief ihrer Freundin erinnern, in dem diese ihr Herz ausgeschüttet hatte, als es um deren Ehe nicht zum Besten gestanden hatte.

Auch Alexandra hatte sich ihren Liebeskummer von der Seele schreiben müssen, weil sie beide sich aufgrund ihrer verschiedenen Studienorte nicht ständig und nicht dann, wenn es notwendig gewesen wäre, hatten sehen und direkt sprechen können.

Und außerdem?

Briefe von Thomas an sie, Liebesbriefe, gar bündelweise, hatte es nicht gegeben.

Sie waren von Anfang an nie lange, nie so lange getrennt gewesen, als dass sie eine Sehnsucht mit Briefen hätten lindern müssen. Sie hatten, wenn sie sich nicht hatten treffen können, lieber miteinander telefoniert.

Überdies waren sie bereits ein Jahr nach ihrem Kennenlernen zusammengezogen. Unverheiratet. Hatten eine sogenannte Schrägstrichehe geführt.

Schrägstrichehe, hielt Esther das Wort fest. Kannte man den Ausdruck heute eigentlich noch?

Würden ihre Kinder wissen, wirklich wissen, was sich hinter diesem Begriff verbarg, ohne sich über die Aufschlüsselung der Wortkombination möglicher Bedeutungen nähern zu müssen und dabei vielleicht auch auf die richtige zu treffen?, fragte sie sich, obgleich sie die Antwort zu kennen glaubte.

Vermutlich wartete die Schrägstrichehe im Reich der aussterbenden Wörter auf die Ankunft der Sammeltasse, resümierte sie daher.

`E. Korte/Th. Winter` war bei ihnen an der Klingel und am Briefkasten zu lesen gewesen.

Damals hatte diese weder vor dem Gesetz noch vor Gott besiegelte Lebensgemeinschaft noch nicht zu einer alltäglichen, gemeinhin akzeptierten Lebensform gehört. Was darum beide Elternseiten in helle Aufregung versetzt hatte, der guten Sitten und der Leute wegen.

Sie konnte sich noch gut an deren Widerstände gegen ihre wilde Ehe entsinnen.

Was, wenn es nicht funktionierte mit

ihnen beiden?

Welcher Mann würde sie noch nehmen?, hatten sich sowohl ihre Mutter als auch Thomas` Eltern um sie, die junge Frau, gesorgt.

Gleichwohl hatten Thomas und sie sich mit der unnachgiebigen Standhaftigkeit der jungen Generation gegen die vermeintlich veraltete Moral und damit über die überholten Vorbehalte ihrer Eltern hinweggesetzt. Und auch gegen die unangebrachte Einmischung in ihr volljähriges eigenes junges Leben.

Sie warf einen Blick in den Spiegel, der ihr gegenüber an der Wand hing, und der Schalk zwinkerte ihr aus ihren eigenen Augen zu.

Sie hätte ein gefallenes Mädchen werden können! Wie verwegen! Hätte sie lange Haare gehabt, hätte sie sie jetzt kühn in den Nacken geworfen. So strich sie nur ihre kurzen, hellbraunen, leicht gelockten Haare mit gespritzten Fingern wie mit einem riesigen Kamm von den Schläfen weg nach hinten. Blinzelte sich vergnügt an.

Glück gehabt, Esther, dachte sie amüsiert.

Immer noch verheiratet mit dem ersten Mann und obendrein noch vier wohlgeratene, eheliche Kinder mit ihm.

Wie langweilig!, war ihr ironisches Urteil zu ihrem eigenen Werdegang, betrachtet aus der heutigen Zeit.

Aber immerhin der Schande entronnen!, schmunzelte sie.

Vor Thomas? Esther grub sich durch ihr Gedächtnis.

Doch, Armin aus ihrer Klasse hatte ihr nach Unterrichtende im Gedränge der im Schulflur herausströmenden Schüler dreimal, glaubte sie sich zu entsinnen, verstohlen einen Liebesbrief zugesteckt, das hatte sie völlig verdrängt.

Sie mussten beide um die 13 Jahre alt gewesen sein.

Ihre Erinnerungen an Armins Werben waren nicht von romantischer Natur, auch nicht bezüglich seiner Werke an sich, denn sie hatte seine Gefühle nie erwidert. Vielmehr waren ihr seine unbeholfen leidenschaftlichen Worte, mit denen er ihr Herz zu erobern versucht hatte, peinlich und unangenehm gewesen, und sie war ihm und seinen erwartungsvollen Blicken ausgewichen, wo immer es möglich gewesen war.

Irgendwann hatte er dann begriffen, dass seine Bemühungen nicht fruchten würden.

Da sie gelernt hatte, dass man keine Briefe wegwarf, hatte sie auch seine Briefe zunächst aufbewahrt, nicht gesammelt, wohlgemerkt, und unter all den andern, die sie auf dem normalen Postweg erhalten hatte, in der abschließbaren Kassette versteckt, die sie in einer der Schubladen ihres persönlichen Schreibtisches ganz nach hinten geschoben hatte.

Dort waren sie liegengeblieben, um nicht zu sagen, vergessen worden, bis sie im Rahmen von Mutters Auszug aus dem

175

Haus auch ihr altes Kinderzimmer hatten auflösen müssen.

Sie hatte sie schließlich in kleine Schnipsel zerrissen und anschließend in den Müll geworfen.

Dabei war Post zu erhalten für sie als Kind und Heranwachsende immer etwas Aufregendes, Wichtiges gewesen.

Mit welchem Eifer hatte sie als Schülerin, wie viele ihrer Klassenkameraden auch, Brieffreundschaften zu Gleichaltrigen gesucht und, einmal zustande gekommen, diese dann auch sehr gewissenhaft gepflegt. Solche ins Ausland waren besonders begehrt gewesen, denn sie hatten die, im Vergleich zu heute viel schwerer zu erreichende, große, weite Welt ins Kinder- und Jugendzimmer gebracht, hatten einem allein durch diesen grenzübergreifenden Kontakt einen Hauch von Weltgewandtheit verliehen.

Es hatte ihr Spaß gemacht, die Orte, aus denen die fernen Freundinnen kamen, auf der Landkarte zu suchen. Und sie hatte sich angestrengt, alsbald deren vollständigen Adressen auswendig auf die Briefumschläge schreiben zu können.

„Unsere Generation verschickt fast keine Briefe mehr.",

hatte kürzlich eine junge Kandidatin in einer der vielen Quizsendungen im Fernsehen ihr Unvermögen entschuldigt, eine Postleitzahl mit der Anfangsziffer 5 nicht ansatzweise einer der Regionen Schleswig-Holstein, Nordrhein-Westfalen oder Bayern zuordnen zu können.

„Und wenn, dann merkt man sich die Adresse nicht. Und schon gar nicht die Postleitzahl." Sie hatte gleichgültig mit den Schultern gezuckt.

„Heute hat man die Kontakte alle abgespeichert."

Papier unnötig. Postadresse unnötig.

Email-Adresse oder Mobilfunknummer unter `Kontakt` gesichert, das genügte.

Und so schrieb man sich nun, und Esther durfte sich selbst davon nicht gänzlich ausnehmen, indem man eine Tastatur bediente und danach auf Absenden drückte, und man las die eingegangenen Nachrichten, indem man auf den Bildschirm oder das Display starrte.

Und das im Prinzip zu jeder Zeit und an jedem Ort.

Liebes-Emails! Wie nüchterne Dokumente, unparfümiert, schob sie spaßig in Gedanken nach, in einem Ordner, bestenfalls in einem separaten, abgelegt?

Oder einfach nach dem Datum des Eingangs in die andere Korrespondenz eingereiht? Zwischen Geschäftsbriefen, Einladungen, Reklamationen, Rechnungen?

Was für eine nüchterne Vorstellung!

Wann waren ihre Brieffreundschaften von damals eigentlich eingeschlafen?, kehrte sie in ihre Schulzeit zurück. Und warum? Wann hatte sie zuletzt Post von Marie Mourras aus Frankreich, aus der Bretagne, jetzt wusste sie tatsächlich den Ort nicht mehr, erhalten?

Es musste anfangs der Oberstufe gewesen sein.

Briefe.

Mit einem richtigen Tintenfüller geschrieben, auf Briefpapier in zartrosa, hellblau oder lindgrün, mit einem kleinen Muster am Rand und passenden, gefütterten Umschlägen für die Anschrift. Zu ihrer Zeit zählte eigentlich jedes Mädchen eine Briefkassette mit schönem Briefpapier zu seinem Besitz. Es war sowohl für den Schenkenden als auch für den Beschenkten ein beliebtes Präsent gewesen.

Weil man immer Verwendung dafür gehabt hatte. Weil noch viel geschrieben worden war.

Auch sie hatte viel geschrieben. An Freundinnen, Kusinen oder Tanten. Hatte sich um ein schönes Schriftbild ohne Tintenkleckse bemüht, was für sie jedes Mal eine große Herausforderung bedeutet hatte. Deshalb hatte sie nicht selten für einen einzigen Brief mehrere Papierbögen verbraucht, bis sie einen sauberen, nicht irgendwo mit Tinte verschmierten Brief zustande gebracht hatte.

Und mit der Schreibmaschine zu schreiben, um diese Probleme zu umgehen, hatte sie gelernt, war zu unpersönlich für private Korrespondenz.

Daher hatte sie zwangsläufig immer einen Überschuss an beigen oder pastellfarbenen Kuverts besessen, die zu nichts mehr Richtigem zu gebrauchen gewesen waren und die sie nach Jahren, wenn sie nicht mehr glatt und wie neu ausgesehen hatten, schließlich weggeworfen hatte. Denn diese Umschläge mit normalem, weißen Schreibpapier zu einem Brief zu kombinieren, wirkte genauso, wonach es auch aussah: zusammengeschustert.

Das hatte man nur im Notfall getan.

„Liebe Tante Anna! Wie geht es Dir? Mir geht es gut. .."

Der immer gleiche Beginn von gefühlt 95 von 100 Briefen, wenn man von den unterschiedlichen Anreden absah, dachte sie in Erinnerungen schwelgend. Tante Anna hatte ihre Briefe stets sehr liebevoll und ausführlich beantwortet.

Sie hatte sie gemocht, ihre Großtante Anna, um genau zu sein.

Mit einem hellen `Bing` riss eine SMS ihre Aufmerksamkeit an sich, ließ sie sogleich ganz automatisch nach dem Handy auf der Kommode greifen, obwohl sie eine Gegnerin der allzeitigen Verfügbarkeit durch das beständige Kontrollieren eintreffender Nachrichten, die einen auf den verschiedenen, heutzutage üblichen Wegen erreichten, war und dem unmittelbaren Reagieren darauf. Sie erlaubte sich daher auch, wenn sie sich dieser Form des Eingriffs in ihr Leben entziehen wollte, ein, zwei Tage lang den Posteingang ihrer Mails nicht zu überprüfen oder das mobile Telefon nicht ständig bei sich zu tragen, und wenn, es dann auch einmal ausgeschaltet zu lassen.

Sie fand, dass sie heute durch die beinahe lückenlose Erreichbarkeit als

Mensch nicht wichtiger oder unentbehrlicher war als früher, als sie nur über ein Festnetz mit seinem einen, einzigen Standort telefonisch zu fassen gewesen war, oder, wenn sie sich außer Haus aufgehalten hatte, eben nicht.

`Klaus joggt schon wieder! Bin nicht gut drauf. Können wir reden? LG Petra.`

„Ach Petra!", stöhnte Esther leise, als sie den Hilferuf ihrer Freundin gelesen hatte, deren Mann seiner Midlife-Crisis, die ihn nach Petras Aussagen voll erwischt hatte, offensichtlich einmal mehr durch besessenes, stundenlanges Laufen zu entfliehen versuchte. Im wahrsten Sinn des Wortes.

Womit ihre Freundin ihre Mühe hatte damit umzugehen und sich auch nicht auf ein Später, wenn die Phase vorbei wäre, verständnisvoll vertrösten wollte.

`Rufe dir gleich zurück, LG Esther.`, antwortete sie prompt, war ihr doch klar, dass sich Petra in keiner guten Verfassung befand und ihre unmittelbare Aufmerksamkeit als Freundin und geduldige Zuhörerin benötigte.

Und bei solchen ernsten Angelegenheiten zog sie das Telefongespräch, wenn ein Treffen nicht spontan möglich war, Petra wohnte eine knappe Autostunde entfernt, den anderen Formen der modernen Kommunikation vor, fühlte sie sich dem Gesprächspartner mit seiner Stimme direkt in ihrem Ohr so am nächsten.

Drückte auf `Senden`.

Mit einem Rauschen trat ihre Antwort

den Rückweg an.

Wurde währenddessen sie das Handy auf seinen Platz zurücklegte, denn sie würde übers Festnetz mit Petra telefonieren, wahrscheinlich schon gelesen.

Was ihr in diesem Fall recht war.

Es war Mittwoch.

Warum war Klaus nicht bei der Arbeit?, fragte sie sich ein wenig beunruhigt. Vielleicht hatte er Urlaub, zerstreute sie ihr ungutes Gefühl. Sie würde gleich mehr erfahren.

Während ihr ihre Kaffeemaschine eine große Tasse Kaffee zubereitete, schnappte sie sich eine volle Flasche Mineralwasser aus dem Kühlschrank, denn ihre fernmündliche Sitzung konnte lange dauern, und ging damit ins Wohnzimmer. Dort nahm sie im Vorbeigehen das Telefon, das auf einer kleinen, an der Wand befestigten Konsole stand, von seiner Ladestation, streifte dabei mit ihrem Blick den kleinen Notizzettel, der dort schon seit geraumer Zeit lag und auf dem die Telefonnummer von Dr. Monika Trautmann, geb. Müller, die sie tatsächlich über Susanne herausbekommen hatte, notiert war. Sie sollte ihre ehemalige Klassenkameradin endlich einmal anrufen, seufzte sie, aber sie hatte, wenn es ihr eingefallen war, nie den Kopf dazu gehabt. So wie jetzt.

Sie legte das Telefon auf die Sitzfläche des Sofas, während sie die Wasserflasche auf dem Couchtisch neben einer angebrochenen Schachtel Schokoladenkekse, die hier eigentlich nichts zu suchen hatte, abstellte.

Sie holte bei deren Anblick denn auch tief Luft und schnaubte verärgert durch die Nase, wollte die Schachtel schon in die Hand nehmen und in der Schublade für Süssigkeiten im Wohnzimmerschrank, dort, wo sie hingehörte, verschwinden lassen, als sie gedankenversunken innehielt.

Es war die letzte der zwei Packungen, die ihre Mutter noch bei sich im Küchenschrank vorrätig gehabt hatte.

Etwas Süßes zum zweiten Morgenkaffee wäre jetzt gar nicht schlecht, entschied sie milde lächelnd und legte die Keksschachtel, deren innere Verpackung sie soweit herauszog, dass ihr ganzer, noch verbliebener Restinhalt sichtbar wurde, auf den Couchtisch, um sich während des bevorstehenden Telefonats daraus bedienen zu können.

In der Küche goss sie einen kleinen Schuss Milch in ihren heißen Kaffee und rührte ihn mit einem kleinen Löffel kurz um, schnappte sich ein Trinkglas aus dem Schrank und ging, die Tasse in der einen Hand, das Glas in der anderen, ins Wohnzimmer zurück. Sie schubste mit dem Fuß die Tür hinter sich zu, um ungestört zu sein und das auch allen Mitbewohnern, es waren allerdings nur noch die beiden studierenden Kinder im Haus, zu signalisieren. Sie stellte Kaffeetasse und Glas auf den Tisch und schob den einzigen Sessel in diesem Raum dicht an die Couch, auf die sie sich schließlich setzte. Mit einem Sofakissen zwischen ihrem Rücken und der Lehne gequetscht und die Beine lässig auf der Sitzfläche des Sessels liegend, machte sie sich bereit für das mehrstündige Gespräch, auf das sie sich einstellen musste. Eine Dauer, die bei ihr und Petra auch in weniger angespannten Zeiten nicht unüblich war.

Sie nahm das Telefon in die Hand und suchte sein Adressbuch durch. `Oma Johanna`, tauchte auf einmal auf. Es versetzte ihr einen Stich ins Herz, als sie das las.

Sie sollte den Eintrag löschen.

Löschen!

Nein, das konnte sie noch nicht, stellte sie fest und schluckte schwer. Wählte das unmittelbar darauf folgende `Petra` aus und tippte auf `Anrufen`.

Sie verfolgte den Aufbau der Verbindung und das anschließende Tuten des Freizeichens über den Hörer am rechten Ohr, beugte ihren Oberkörper währenddessen nach vorn und streckte ihre freie Hand nach der Kaffeetasse aus, nahm einen Schluck daraus und stellte sie zurück. Warf einen Blick Richtung der offenen Packung. Vier große Kekse waren noch drin. Sie griff nach einem, schüttelte ihn frei von Bröseln und biss hinein.

„Hallo Petra, jetzt habe ich Zeit. Erzähl erst mal!", begrüßte sie ihre Freundin, beim Sprechen bemüht, sich ihren halb vollen Mund nicht anhören zu lassen.

Während sie der aufgeregten Stimme am andern Ende lauschte, ließ sie ihre Augen durchs Zimmer wandern, wie man es manchmal so tat beim Telefonieren, wenn man nicht ganz bei der Sache war. Ihr Blick blieb am Couchtisch hängen.

Die restlichen drei Kekse wirkten in ihrer halb leeren Schachtel geradezu jämmerlich verloren und wie im Stich gelassen.

Was sie im Grunde auch waren, dachte sie, bevor sie ihre Aufmerksamkeit nun voll und ganz und endgültig auf Petras Ausführungen bündelte.

Wie sie es sich vergangenes Mal beim Verlassen von Johannas, ihrer, Wohnung vorgenommen hatte, hatte sie, bevor sie ihre Arbeit wieder aufnehmen wollte, die fertig gepackten Altkleidersäcke und Kisten zur nahe gelegenen Entsorgungsstelle gebracht.

Nach ihrer Rückkehr steuerte Esther das Wohnzimmer an, um dort die zuletzt unterbrochene Arbeit fortzusetzen.

Musste am Schlafzimmer vorbei. Erspähte durch seine geöffnete Tür den Nachttisch. Verlangsamte ihre Schritte, blieb kurz stehen.

Später, dachte sie nur, den Blick auf die geschlossene Klapptür gerichtet, und setzte ihren Gang fort.

Auf einmal wurde sie sich des leisen Widerhalls ihrer Schritte in den sie umgebenden, sich leerenden Räumen gewahr, und es war in diesem Moment weniger das Gefühl der Freude über die inzwischen nicht nur sichtbaren, sondern nun sogar hörbaren Erfolge ihrer Auflösung, das sie dabei erfüllte, als vielmehr das von Wehmut und Schmerz über das nahende Ende einer Ära.

Als sie schließlich das Wohnzimmer betrat, konzentrierte sie ihre Aufmerksamkeit ganz auf den Inhalt der Schrankwand.

Den Stapel Essteller und den doppelten Dreiersatz ineinander gestellter Schüsseln vom guten Geschirr mit dem Goldrand, das sie sich als eine neutrale Ergänzung zu ihrem eigenen Porzellan vorstellen konnte und deshalb behalten wollte, würde sie problemlos in ihren Schränken zu Hause unterbringen können, das hatte sie schon ausgelotet.

Sie packte die Teile mit flinken, gewandten Handgriffen in eine neue, leere Kiste, dazu noch jeweils sechs schöne, einer Serie zugehörigen neueren Wein- und Biergläser, die wirklich zu schade waren, um nicht weiter verwendet zu werden.

Die übrigen guten Bleikristallgläser mit ihren eingeschliffenen Längsmustern, die ihre Mutter, seit Esther denken konnte, in ihrem Besitz gehabt hatte, und die dadurch, dass schon etliche aus ihrem ursprünglichen Bestand bereits zu Bruch gegangen waren, eher wie zusammengetragen und denn wie eine komplette Einheit wirkten, das bunt geblümte Kaffeegeschirr und die Bowlegläser mitsamt der Bowleschüssel, die wegen ihrer ausladenden Formen schwer zu stapeln waren und daher viel Platz zum Verstauen beanspruchten, sah sie dagegen noch in keinem Schrank bei sich zu Hause, aber ebenso wenig im Altglas- beziehungsweise Keramikcontainer. Und so stand sie einmal mehr vor der leidigen Frage, die sich wie ein roter Faden durch die Schränke, ja durch die ganze Wohnung zu ziehen schien: Wohin mit all dem?

Immer und immer wieder, seufzte sie ernüchtert.

Kam sich vor wie ein Hamster im Rad.

Um sich von dieser Ratlosigkeit nicht lähmen zu lassen, ging sie in die Küche, schnappte sich ein Geschirrtuch vom Haken an der Wand und legte es sich über die Schulter, nahm einen neuen, dünnen Wischlappen aus einer Schublade und hielt ihn unters laufende Wasser, drückte ihn aus und kehrte mit beiden Tüchern ins Wohnzimmer zurück. Tat das, was nicht falsch sein konnte, aber hier zugegebenermaßen auch nicht mehr nötig war: Sie rieb die freien Stellen der Schrankböden zuerst feucht aus und trocknete sie anschließend mit dem Geschirrtuch nach, rückte anschließend all das, was auch dieses Mal nicht auf seinen weiteren Weg, wohin auch immer, gebracht werden konnte, dicht zueinander. Teilte durch diese räumliche Konzentration des Geschirrs ein Fach höchstens noch in einen vollen und einen leeren Bereich ein, zwei Fächer hatten überhaupt nichts mehr vorzuweisen.

Mit freudlosem Blick begutachtete sie ihr Werk.

Aufgeräumt. Teils ausgeräumt.

Aber eben noch nicht ganz, führte sie sich mit Nachdruck ihre mangelnde Entschlussfreudigkeit selbst vor Augen.

Warum musste sie sich beim Loslassen so schwer tun?

Bei welchen Gegenständen wurde sie denn unwillkürlich in die Zeit in ihrem Elternhaus zurückversetzt oder an ein bestimmtes Erlebnis mit ihrer Mutter oder mit ihrem Vater erinnert?

Bei der blau-weiß gepunkteten Porzellandose mit Deckel, in der sie die einzeln eingewickelten Sahnebonbons, die ihr Tante Irmgard immer mitgebracht hatte, gehortet hatte.

Oder bei der alten Kaffeemühle aus Holz, mit der Kurbel zum Bewegen des Mahlwerks oben auf dem Gehäuse, mit der sie als Kind ab und zu die Kaffeebohnen hatte zerkleinern dürfen, um anschließend voller Stolz das in der kleinen Schublade unten in der Mühle gesammelte Kaffeemehl in die Dose für das Pulver zu schütten.

Bei der kleinen Vase mit der Aufschrift `Gruß aus Freiburg`, den ihre Großeltern Häussler aus einem Urlaub mitgebracht hatten.

Bei wenigem.

Also könnte sie sich doch ohne viele Bedenken vom Großteil der Dinge hier verabschieden.

Andernfalls würde sie Gefahr laufen, spann sie den Faden weiter, nach Johannas Tod neben ihren persönlichen Kleinoden vielem, zu vielem, aus der Masse der alltäglichen Dinge, sei es nun ein Serviettenring, ein Wecker, ein Bild oder ein Kleid, eine, sie möchte fast sagen, künstlich aufgewertete Bedeutung beizumessen, die sie dazu zwingen würde, mehr als sie, als ihr Haus, als ihre Familie, auf Dauer ertragen konnte, zu behalten.

Und das nur, weil ihr anhand von Mutters gegenständlichen Erinnerungen einmal mehr vor Augen geführt wurde, was `gezählt sein` bedeutete.

Verabschieden, griff sie das Wort nochmals auf.

Sich verabschieden, sich trennen, tat man doch ständig, sinnierte sie. Wie nebenbei. Leichthin. Automatisch.

„Auf Wiedersehen, Mama, bis heute Mittag." „Ja, bis dann. Machs gut in der Schule." „Bis morgen, einen schönen Feierabend." „Bis nächste Woche."

Der Abschied gehörte zum Alltag. Zumindest, was diesen `bis-Abschied`, ein Lächeln huschte ihr übers Gesicht, betraf. Jenen Abschied, auf den ein zeitlich absehbares Wiedersehen folgen würde.

Und dann gab es den Abschied von einem Lebensabschnitt.

Die Schulentlassung. Den Junggesellenabschied. Die Verabschiedung aus dem Arbeitsleben in den Ruhestand.

Eine Tür schloss sich hinter einem, eine andere öffnete sich vor einem. Gab den Weg frei für neue Erfahrungen. Studienanfang, Einstieg ins Berufsleben, Arbeitsplatz- oder Wohnortwechsel, Rentnerdasein, Leben als Mann und Frau, Gründung einer Familie durch die Geburt eines Kindes.

Schließlich der Abschied vom Leben.

Johannas Abschied in die Ewigkeit.

Der Abschied, der ihr gerade noch gegenwärtiges Leben durch den Tod vollendet hatte.

Vom Präsens ins Perfekt. Vom ˋsie lebtˋ zum ˋsie hat gelebtˋ.

Ja, sie hat gelebt, bekräftigte sich Esther stumm mit feucht-glänzenden Augen, und sie hat ihre Spuren hinterlassen.

Und mit den Erinnerungen, die sie bis an ihr Lebensende von ihrer Mutter in sich tragen würde, würde sich das für sie auch nicht ändern.

ˊMutter hatte gelebtˋ, nein, diese Sichtweise, dessen war sie überzeugt, würde sie nie bekommen. Hatte sie für ihren Vater während all der Jahre seit seinem Tod ja auch nie gehabt.

Sie lächelte. Im Gegenteil. Gerade die Briefe aus dem Nachttisch hatten ihr seine Stimme ins Ohr zurückgebracht und ihn insgesamt wieder ein Stück näher zu ihr.

Vater hat gelebt.

Ihre Eltern haben gelebt.

Wann zog man es selbst als durchaus möglich und nicht mehr nur als sehr hypothetisch in Betracht, kehrte Esther in ihren Überlegungen auf den Hauptweg zurück, dass ein Bis-Abschied, diese Wortschöpfung!, ein Lebewohl sein könnte?

Wann blieb nach einem unbekümmerten, locker daher geredeten „bis demnächst", „bis in vier Wochen", „bis nach den Ferien" im Innern ein unausgesprochenes „falls.." oder „wenn nicht noch.." zurück, aus der Erfahrung heraus, dass sich das Schicksal, das ein Leben bestimmte, auf keinen andern als seinen eigenen Plan einließ?

Vor einer großen Reise vielleicht. Einer langen Trennung. Oder bei einer schweren Krankheit.

War sie nicht auch von einem `falls` getrieben, wenn sie Tage vor Urlaubsbeginn sich selbst, und ihre Familie, damit verrückt machte, das Haus bis zur Abreise auf Hochglanz bringen zu wollen? Abzustauben, Teppiche zu saugen, Böden zu wischen, die Betten frisch zu beziehen, alle angefallene Wäsche zu waschen, zu bügeln und zu versorgen, die leeren Pfandkisten und das Altglas wegzubringen. Wenn Zeit blieb, auch noch den Hof zu fegen und im Garten das Unkraut, das immer Saison zu haben schien, zu jäten und verblühte Blumen abzuschneiden.

Falls, neben dem, dass sie bei der Rückkehr aus den Ferien von einem gepflegten, sauberen, aufgeräumten Zuhause empfangen werden wollte, entspannt und erholt, wie sie dann hoffentlich wäre, falls es daneben in ihrer Abwesenheit passieren könnte, dass das Haus, außer von Sonja, ihrer Nachbarin, die, wenn alle Familienmitglieder ausgeflogen waren, nach der Post und ab und zu nach den Blumen sah, dass das verlassene Haus noch von andern Personen betreten werden müsste.

Falls etwas Unvorhergesehenes geschehen wäre. Im Haus selbst. Oder mit ihnen. Wofür es viele Möglichkeiten geben könnte. Worüber sie gar nicht im Einzelnen nachdenken wollte.

Und sie wollte, sollte der Fall eintreten, ihr Haus darauf vorbereitet haben. Auf ein geordnetes Hinterlassen. Auf eine fremde Inbesitznahme. Eine vorübergehende, bestenfalls. Eine dauerhafte, im schlechtesten Fall.

Und wenn sie sich auch innerlich gegen die Vorstellung eines solchen Szenarios sträubte, wusste sie doch, dass sie ihn nicht ausschließen durfte. Den Fall, dass das `bis wir wiederkommen` sich irgendwann nicht mehr bewahrheiten könnte.

22

„Einen schönen Tag noch, Esther."

„Dir auch, Mama. Bis dann."

So hatten sie sich verabschiedet. Wie immer. Bis zum nächsten Tag, hatten sie beide angenommen. Und dann hatte Johanna wenig später die unsichtbare Grenze von der einen zur andern Welt überschritten. Hatte das `bis` Lügen gestraft.

Esther hatte sich mehr als einmal hintersonnen, warum sie nach diesem letzten Telefonat nicht gleich zu ihrer Mutter in die Wohnung gefahren war, so dass sie den Arzt noch hätte rufen oder mit ihr das Krankenhaus aufsuchen, das Endgültige vielleicht hätte herauszögern können.

Denn irgendein ungutes Gefühl hatte nach ihrem Gespräch in ihr zu schwelen begonnen, das sie schließlich dazu getrieben hatte, am Nachmittag nochmals zum Telefon zu greifen, um bei ihrer Mutter nachzufragen, wie es ihr ginge. Das sie, nachdem ihr Anruf nicht entgegengenommen worden war, weil Johanna vielleicht gerade im Bad gewesen oder ein paar Schritte im Freien gegangen sein könnte, plötzlich in solche Unruhe versetzt hatte, dass sie das Ergebnis eines neuerlichen Versuchs, einige Minuten später, gar nicht erst hatte abwarten wollen, sondern sie sich sofort auf den Weg zu ihr gemacht hatte.

Was hatte diese Besorgnis in ihr ausgelöst?

Immer wieder war sie im Geiste ihre

letzte, kurze Unterhaltung durchgegangen, hatte nach Signalen gesucht.

Es war eigentlich ein ganz gewöhnliches Gespräch gewesen. Über ihrer beider Mittagessen, über das Wetter, über den Krimi vom vorigen Abend im Fernsehen.

Johannas Stimme hatte nicht so frisch geklungen und ihre Art zu sprechen war nicht so lebhaft wie sonst gewesen, das war richtig. Aber das hatte sich durch ihr, vermeintlich, leichtes Unwohlsein erklärt, wie viele harmlosen Male zuvor auch, wenn sie sich nicht ganz auf der Höhe gefühlt hatte.

Aus dieser Vergangenheit heraus hatte es keinen Anlass für sie, Esther, zu einem unmittelbaren Handeln gegeben, durfte sie sich selbst von der Schuld, an jenem Tag gefehlt zu haben, freisprechen.

Und dennoch, das `hätte ich doch`, `hätte ich nicht` verfolgte sie bis zum heutigen Tag, würde es vielleicht ihr ganzes Leben lang tun.

Und so blieb ihr nur, sich auf die Hoffnung zu stützen, dass Johannas Hinübergleiten in die Ewigkeit sich für sie nicht vom normalen, sanften Wegdämmern in den üblichen Mittagsschlaf unterschieden hatte.

Mit dieser Aussicht hatte man sie auch über den unerwarteten Verlust ihrer Mutter in der ersten Zeit nach seinem Eintreten hinweg trösten, ihm etwas Gutes abringen wollen. Dass alles schnell und friedlich vonstatten gegangen war und sie überdies ein gesegnetes Alter hatte erreichen können.

„Im Grunde ist es ihr gut gegangen." „Sie hat sicher nichts gespürt."

Aber genau das quälte Esther immer wieder: Wer konnte wissen, dass sie nichts gespürt, sich nicht vor dem nahenden Tod, als er sich ihr zu erkennen gegeben hatte, gefürchtet hatte? Allein deshalb wäre sie gerne in deren letzten Stunde bei ihrer Mutter gewesen, hätte den Arm um sie gelegt, hätte sie mit beruhigenden, leisen Worten, mit Worten des Danks, des Trosts, auf ihrem letzten Weg begleitet.

Das letzte Mal ein bisschen Wärme spenden. Das letzte Mal auch ihre Wärme spüren. Das letzte Mal sich aneinander festhalten. Das letzte Mal sich in die Augen blicken.

Dieses bewusste letzte Mal erfahren zu haben, das hätte sie sich gewünscht.

Dieser Abschied von ihrer Mutter fehlte ihr.

Ihr Blick ging langsam durch den Raum, in dem es in den letzten Minuten kälter geworden zu sein schien.

Sie sah herumstehende Kisten, gefüllte als auch leere, sah geöffnete Schränke mit teilweise geräumten Fächern, sah Sofa, Sessel, Tisch und Stühle, so, wie sie schon seit Jahr und Tag da standen.

Sah das Bild eines Nebeneinanders von Vergangenheit, Gegenwart und Zukunft, von Bleiben, Aufbruch und Abschluss.

Sah eine Momentaufnahme, quer durch ein Leben hindurch.

Sah sich verloren mittendrin.

Unbehütet.

Sie kämpfte gegen den Kloß in ihrem Hals an, schluckte schwer.

Unbehütet.

Sie, die sie doch selbst vierfache Mutter war, selbst umsorgte und behütete, sie, die in Thomas einen verlässlichen Partner an ihrer Seite wusste, sie hatte sich nach dem Tod ihrer Mutter so schrecklich unbehütet und alleine gefühlt.

So, als sei ein schützendes Dach über ihr weggeflogen. So, als sei auf einmal alles leer über ihr.

Behüten.

Ein schwaches Lächeln schimmerte auf ihrem Gesicht.

Behüten.

Ein schönes, ein empfindsames Wort, begab sie sich auf einen ihrer Ausflüge ins Reich der Wörter.

Behüten. Behütet durchs Leben gehen. Wie fürsorglich das klang! Tränen stiegen ihr in die Augen.

Be-hütet.

Ein Spiegelbild tauchte im Geiste vor ihr auf. Eines, wie es ihr, wenn sie sich für einen kalten Wintertag draußen zurecht machte, gegenüberstand.

In Hut, Mantel oder Jacke, Hose oder Rock und Schuhen oder Stiefeln gab sie nicht nur äußerlich eine vollständige, gut behütete, in sich harmonisch wirkende Erscheinung ab, sie fühlte sich dann wirklich auch so.

Und nun?

Nun hatte sie keine Eltern mehr. Und, folgerte sie im Umkehrschluss, sie war keine Tochter mehr.

Sie stockte einen Moment.

Natürlich war sie immer noch die Tochter von Anton und Johanna Korte, fand sie ihren Weg aus dieser erschreckenden Vorstellung zu den reinen Tatsachen zurück. Sie würde es auf ewig genauso bleiben wie die beiden ihre Eltern blieben. Ihr Stammbaum würde es für alle Zeiten belegen.

Aber sie war nicht mehr `meine Tochter`.

Niemand konnte das mehr über sie oder zu ihr sagen, so, wie sie die lebende Johanna nicht mehr als `meine Mutter`, oder entsprechend einen lebenden Anton, schon lange nicht mehr, als `meinen Vater`, vorstellen konnte.

Vorbei. Vergangen. Abgeschlossen.

Dass sie einen nahen Menschen verloren hatte, hatte man rein aufgrund ihres Erscheinungsbilds nur kurze Zeit wirklich erkennen beziehungsweise vermuten können. Die schwarzen Hosen, Röcke und Jacken, die dunklen Pullover und Blusen als äußeres Zeichen der Trauer hatte sie schon einige Tagen nach der Beerdigung behutsam begonnen durch das eine oder andere Kleidungsstück in gedeckten Farbtönen zu ersetzen, mehr hätte sie am Anfang an sich selbst nicht ertragen, um nach einigen Wochen dann ganz zu ihrer normalen Kleidung zurückgekehrt zu sein.

Ihr offensichtliches Leben hatte somit seinen alten Gang wieder aufgenommen, hatte die in diesem Zusammenhang oft zitierten Weisheiten bestätigt.

Der Tod gehört zum Leben. So ist der Lauf der Welt. Wir müssen alle einmal gehen. Das Leben geht weiter.

Redensarten, hundertmal gehört, millionenfach gelebt.

Für jeden einzelnen Betroffenen umzusetzen eine ganz eigene Herausforderung.

Ja, das Leben ging weiter.

Für sie.

Und das Leben ihrer Eltern durch sie.

Den Staffelstab von einem zum nächsten reichen.

Von der Mutter zum Kind. Vom Vater zum Kind.

Die Zukunft, die Liebe, die Hoffnung, den Sinn des Seins.

Maria, Fabian, Martina, Julian.

Unzählige solcher, sich über die Generationen verzweigender Linien umspannen die ganze Welt.

In sich gekehrt stand sie eine Weile einfach nur da, bevor sie leise das Zimmer verließ.

Sie betrat das kombinierte Arbeits- und Gästezimmer. Sie hatte ihm seit Johannas Tod kaum Beachtung geschenkt, hatte gleich, nachdem sie für alles zuständig geworden war, die einzige Pflanze dort, den Weihnachtskaktus, zu sich nach Hause mitgenommen und sonst lediglich hie und da das Zimmer gelüftet.

Gegenüber der Schlafcouch, die sich normalerweise, so wie jetzt, als Sofa präsentierte und im Bedarfsfall ausgezogen als Gästebett dienen konnte, stand ein schmaler, einfacher, weißer, zweitüriger Kleiderschrank. Die eine Hälfte war ausgestattet mit einer Kleiderstange, die andere mit vier Einlegeböden. Übers Eck ein Tisch mit Johannas Nähmaschine und einem Stuhl davor, mit ein wenig Abstand daneben ein Sekretär.

Das stets aufgebaute Bügelbrett mit Dampfbügeleisen stand im Raum, nahe dem Sofa.

Die Arbeit hier war beruhigend überschaubar.

Im Schrank hing neben einigen leeren Kleiderbügeln lediglich ein dicker, weißer Frotteebademantel in einer Einheitsgröße, geeignet sowohl für Damen als auch für Herren.

„Für alle Fälle.", hatte Johanna einmal gesagt. Falls einmal ein Übernachtungsgast einen bräuchte, um nachts oder am Morgen, noch nicht richtig angezogen, ins Badezimmer gehen zu können.

Esther musste lächeln. Wie oft hatte Johanna Besuch bei sich beherbergt? In den letzten Jahren überhaupt nicht mehr, davor zwei, drei Mal im Jahr, wenn es hoch kam. Hin und wieder eines der Enkelkinder, sehr selten einmal eine Freundin oder Bekannte.

Wie Margot, zum Beispiel, die zusammen mit ihrem Mann einst in der Nachbarschaft von Johanna in der Birkenstraße gelebt hatte und die, nachdem ihr Mann verstorben war, zur Familie ihres erwachsenen Sohn nach Österreich gezogen war. Für die wenigen Male, die sie danach noch in ihre alte Heimat zurückgekehrt war, um ihre Freunde wiederzusehen, hatte sie dann gerne von Johannas Angebot, während ihres Aufenthalts bei ihr zu wohnen, Gebrauch gemacht. Aber der letzte dieser Besuche lag schon etliche Jahre zurück, denn Margot lebte inzwischen, an Demenz erkrankt, in ihrer eigenen Welt, hatte die Erinnerungen an die Birkenstraße und die Kortes nicht mehr in ihrem Gedächtnis halten können.

Im Übrigen waren in den oberen Fächern des Kleiderschranks nur etwas Bettwäsche für das Gästebett sowie einige kaum benutzte, daher wie neu wirkende, beige und rote Hand- und Duschtücher und dazu farblich passende Waschlappen für den Besuch bereit gelegt. Auf dem zweituntersten Brett befand sich eine rechteckige, offene Schachtel, die in ihrem umgedrehten Deckel stand und dadurch, dass Johanna das Nähen schon lange nicht mehr als Broterwerb, sondern eher im Umfang einer Freizeitbeschäftigung betrieben hatte, eine mittlerweile haushaltsübliche Menge an Baumwollbändern, Knöpfen, Nähseide, Nadeln und Scheren enthielt. Esther konnte schnell übersehen, dass sie sogar den gesamten Inhalt in ihrem eigenen Nähkasten zu Hause mit unterbringen konnte, würde sie wirklich alles behalten wollen.

Was erledigt ist, ist erledigt, zwang sie sich zu den wenigen Schritten, nach denen sie sich um diese winzige Angelegenheit in dieser Wohnung dann nicht mehr zu kümmern hatte, verschloss die Schachtel mit ihrem Deckel und stellte sie in den Flur neben ihren Korb, den sie auch dieses Mal mit dabei hatte.

Den Bügeltisch, die Nähmaschine, das Bettzeug, das im Bettkasten der Couch verstaut war, die neuwertige Frotteeware, für alles würde man Verwendung finden, befand Esther, da ihre Kinder eines nach dem andern flügge wurden und einen eigenen kleinen Hausstand gründen würden. Also konnte man es sich wenigstens in einem Fall ersparen, ein neues Bügeleisen oder gar eine neue Nähmaschine zu kaufen.

Obwohl, Nähmaschine? Keines ihrer Kinder konnte nähen, zeigte auch kein Interesse daran, diesen Missstand, den sie wahrscheinlich nicht als solchen empfanden, zu beenden.

Und bügeln?

„Das T-Shirt ist glatt genug.", hörte sie nicht nur Julian sagen. Auch Maria war dieser Meinung.

So drohte dem Inventar hier vorerst eine ungewisse Zukunft.

Sie stand vor dem alten Schreibsekretär aus, sie überlegte, Nussbaum?, den es schon in ihrem Elternhaus gegeben hatte.

Esther drehte den Schlüssel der Klapptür um, öffnete sie und zog sie langsam in die Horizontale, musste dabei einen Schritt rückwärts gehen.

Kleine Fächer, gefüllt mit Briefumschlägen, Postkarten, Briefmarken, Briefpapier, Schreibblöcken unterschiedlicher Größen, Kugelschreiber in vielerlei Farben, beherrschten das Bild.

Alles, was irgendwie mit privater Post zu tun hatte, war hier aufbewahrt worden. - Einmal abgesehen von Antons Briefen im Nachttisch.

Esther griff nach dem DIN-A5 großen, grün eingebundenen Notizbuch, das ein wenig aus seinem Fach herausragte und das sie als die Adressensammlung ihrer Mutter erkannte, und blätterte sich durch die fein säuberlich geführten Aufzeichnungen von Namen mit den dazugehörigen Anschriften, Geburtstagen und Telefonnummern hindurch.

Horst und Maria Lauffer, Marlis Volg, Else und Eugen Neumann, Peter und Anna Zauner, Sophie Beier, Karl Huber.

Die Namen sagten ihr alle etwas.

Mit Sophie hatte sie gerade erst vor wenigen Tagen telefoniert. Sophie und Johanna hatten sich vor rund 15 Jahren kennengelernt, als sie beide an einer für Senioren organisierten Gruppenreise nach Rom teilgenommen hatten. Es hatte sich in der Folgezeit eine nette Freundschaft zwischen den beiden Frauen entwickelt, begünstigt auch dadurch, dass sie nicht allzu weit voneinander entfernt gewohnt hatten, und auch Esther mochte die lebensfrohe kleingewachsene Frau mit den hellen Augen. Sie nahm sich fest vor, die Verbindung zu ihr nach Mutters Tod nicht abreißen zu lassen und sie hin und wieder mit einem Besuch zu erfreuen.

Die Verbindungen zu den Neumanns, den Lauffers und den Zauners, sowie den Maiers, den Langners und den Glasers, deren Adressen ebenfalls in diesem Heft zu finden waren, hatten alle darauf basiert, dass die Männer einige Zeit im Krieg oder in Gefangenschaft miteinander verbracht hatten. Die Kontakte hatten die Jahrzehnte überdauert, hatten sich allerdings in den letzten Jahren, dem Alter aller und den Entfernungen, die zwischen ihnen lagen, Rechnung tragend, schließlich aufs Kartenschicken zu Weihnachten und zu Geburtstagen und einem gelegentlichen Telefonanruf beschränkt.

Esther hatte ihnen allen, der Tiefe dieser Beziehungen ihren Respekt zollend und weil es ein Anliegen ihrer Mutter gewesen wäre, eine Todesanzeige geschickt.

An der Beerdigung hatte verständlicherweise keiner teilnehmen können, aber alle, ohne Ausnahme, hatten Esther und ihrer Familie in einem Schreiben ihr Beileid bekundet.

Und einige der hier aufgeführten lebten schon nicht mehr. Marlis Volg, eine Schulfreundin Johannas, zum Beispiel, oder Karl Huber, ein entfernter Verwandter väterlicherseits, sowie auch Eugen Neumann, Anna Zauner und die Lauffers.

Ein Aneinanderreihen gültiger und ungültiger Adressen, ein Durchmischen von Vergangenheit und Gegenwart, dachte Esther, wie sie so die Aufzeichnungen durchging.

Auch sie hätte Mühe damit, zwei sich kreuzende dicke Striche quer über die Namen verstorbener Menschen zu ziehen, mit denen sie sich verbunden fühlte. Über die Orte und Straßen, Telefonnummern und Geburtsdaten, die einst zu ihnen gehört hatten, um damit ihr Leben als erloschen zu kennzeichnen.

Petra, Alexandra oder Bernd auszustreichen, nein, das konnte sie sich nicht vorstellen.

Die Kreuze in diesem Heft hätten im Lauf der Jahre ja auch mehr und mehr sein Bild beherrscht. Hätten Johanna bei jedem Durchblättern durch diese der Wirklichkeit angepassten Korrekturen noch direkter und schonungsloser vor Augen geführt, was grundsätzlich natürlich klar gewesen war, dass sie nämlich innerhalb ihres Bekanntenkreises einem zunehmend überschaubaren Grüppchen noch Lebender angehörte, und dass mit jedem, der aus ihrer Mitte ausscheiden würde, die Wahrscheinlichkeit, dass sie selbst die nächste sein könnte, die künftig fehlen würde, nicht nur geringfügig, sondern in geradezu bedrohlicher Weise sprunghaft steigen würde.

Lebensbedrohlich steigen, dachte Esther in ihrer Art.

Esther versorgte das Notizbuch wieder

an seinem Platz, ignorierte zunächst
einmal den Inhalt der übrigen Fächer,
die weißen Kuverts, die Schreibblöcke,
die vorrätigen Karten für die verschie-
densten Ereignisse, für Hochzeit, Geburt, Tod, Jubiläum, sowie die Briefmar-
kenheftchen oder das dicke, mit einem
Gummi zusammengehaltene Bündel Briefe
und Karten mit Weihnachtsgrüßen, Trauer-
anzeigen, Geburtstagswünschen, Dank-
schreiben, gerichtet an Frau Johanna
Korte.

23

Die Schriftmappe aus braunem, genarbtem Leder, mit einem über drei Seiten umlaufenden Reißverschluss zu verschließen, die Esther im Schreibschrank auf dessen Boden liegen sah, gehörte, seit sie denken konnte, an diesen Platz.

Sie stammte noch aus Vaters Zeiten. Esther konnte sich noch gut daran erinnern, wie er sie herausgenommen, wie er sich mit ihr an den Tisch gesetzt und sie später wieder genau hier an diesen Ort, den wahrscheinlich er für sie ausgesucht hatte, zurückgelegt hatte.

Die Mappe und ihr Aufbewahrungsort. Eine Einheit.

Vielleicht gar eine unangetastete Hinterlassenschaft ihres Vaters an seine Frau, spann Esther ihre Gedanken weiter, denn sie hatte ihre Mutter, wenn sie es sich recht überlegte, die Mappe nie benutzen oder in der Hand halten sehen. Sie hatte einfach immer so wie jetzt da gelegen.

Unbeachtet, jedenfalls von ihr.

Es hatte für sie auch keinen Anlass gegeben, die Mappe hervor zu holen. Sie hatte sich überhaupt selten an diesem Schreibtisch zu schaffen gemacht. Hatte vielleicht einmal eine Briefmarke herausgeholt, oder eine Adresse oder Telefonnummer nachgeschlagen, so, wie es etwa nach Mutters Tod notwendig geworden war.

Denn zuallererst war das hier Mutters

Schreibtisch gewesen.

Esther nahm die Mappe heraus und drehte sie auf die Vorderseite.

DOKUMENTE
ANTON KORTE

stand in goldenen Lettern ins Leder geprägt.

Sie bekam glänzende Augen und ein Lächeln zog über ihr Gesicht, als sie mit den Fingern über die unebene Oberfläche strich.

Ihr Vater hatte damals, durch ihre Kinderaugen, immer so ungeheuer weltmännisch auf sie gewirkt, wenn er diese vornehme Mappe hervorgeholt und sich mit den darin abgelegten Unterlagen beschäftigt hatte.

Ach ja!, seufzte sie sentimental.

Nun nahm sie sie in die Hand, öffnete den Reißverschluss und schlug sie auf.

Im Innern gab es eine Reihe fest eingehefteter, stabiler, durchsichtiger Einschubfächer aus Kunststoff, die mit irgendwelchen Dokumenten belegt waren.

Als Kind hatte der Inhalt der Mappe sie nicht interessiert, war der Anblick ihres edlen Äußeren ihr genug gewesen.

Jetzt war das anders.

Sie stieß beim Durchblättern auf alte Zeugnisse, auf Tabellen und Aufstellungen, die augenscheinlich mit ihrem Elternhaus zu tun hatten, auf alte Rechnungen von Handwerkern und von Käufen für den Haushalt, und auf Briefe. Alte verblichene Briefe. Schon wieder, dachte sie.

Waren das vielleicht die Antworten von Hanni auf Antons Briefe? „Lieber Toni", „Geliebter Anton", „Mein Liebling"?

Möglich, schließlich war es seine Dokumentenmappe gewesen.

Sie griff, neugierig geworden und gleichwohl auch ein wenig aufgeregt und im wiederkehrenden Zweifel ob ihrer Berechtigung, das zu tun, was sie jetzt tat, mit der Hand in das Fach und zog die Briefe, die sie auf diese Weise zu fassen bekam, heraus, ließ die Postkarten, die sich dahinter versteckt hatten, zunächst außer Acht und an ihrem Platz, und legte die Mappe beiseite.

Der erste Brief des kleinen Bündels war an ihre Mutter, an Frau Johanna Korte, adressiert. Auch der zweite. Und all die andern ebenso, stellte Esther nach einer ersten schnellen Durchsicht fest.

Keiner von ihrer Mutter verfasst, keiner an Anton Korte gerichtet. Und keiner an Johanna Häussler.

Sie stammten also alle aus der Zeit nach der Hochzeit ihrer Eltern.

Die Briefe waren mit unterschiedlichen Handschriften geschrieben. Es schien sich um eine Sammlung von normaler Korrespondenz zwischen Freunden und Bekannten zu handeln. Jedenfalls nicht um Liebesbriefe, dachte sie mit einer gewissen Erleichterung. Es würde sie jedenfalls wundern, bemerkte sie nebenbei, wenn es anders wäre. Liebesbriefe von unterschiedlichen Absendern an die verheiratete Frau Korte! In Vaters Dokumentenmappe noch dazu!

Sie zog aus dem zuoberst liegenden Briefumschlag den darin befindlichen beschriebenen Papierbogen heraus.

„Sehr geehrte Frau Korte!", entzifferte Esther die alte Schrift.

„Ich war bis zu meiner glücklichen Heimkehr mit Ihrem lieben Mann zusammen im Lager..."

Esther brach ab und warf einen Blick auf das Datum.

Juni 1947. Da war ihr Vater in russischer Gefangenschaft gewesen.

Sie drehte das Blatt um, suchte auf der Rückseite am Ende der letzten Zeile nach dem Verfasser dieses Schreibens. *„Ihr Hans Langner."*

Hans Langner.

Markante Wangenknochen, hohe Stirn, zurückgekämmtes Haar, ausgeprägte Geheimratsecken, schwarze Hornbrille, groß und schlank von Statur.

Sie konnte sich gut an ihn erinnern, obgleich sie ihn seit der Beerdigung von Eugen Neumann, zu der sie ihre Mutter begleitet hatte, nicht mehr gesehen hatte. Und das war mindestens zehn, zwölf Jahre her.

„Manchmal habe ich monatelang nichts von Anton gehört. Habe nicht gewusst, wo er ist, wie es ihm geht, ob er überhaupt noch lebt. Da war man froh um jede noch so kurze Nachricht über ihn, die man von den Heimkehrern, die mit ihm zusammen in

Russland gewesen sind, bekommen hat.", hatte ihre Mutter einmal zu ihr gesagt.

Bedächtig und mit ernstem Gesicht steckte sie das Blatt Papier wieder in den Umschlag zurück und legte diesen auf die geöffnete Schreibtischklappe.

„Meine liebe Frau Korte!", *„Werte Frau Korte!"*, war der Beginn der nächsten Briefe, aus denen Esther nur die Zeilenbruchstücke *„soll sie recht schön von ihrem Mann grüßen,"*, *„hofft auch auf baldige Heimkehr"*, *„darf ich Ihnen mitteilen, daß es Ihrem lieben Anton gut geht,"* hatte herauspicken müssen, um sich in ihrer Vermutung bestätigt zu sehen, dass es sich hier um genau solche Nachrichten handelte, die in Johanna die Hoffnung auf ein gutes Ende auch für sie und ihren Mann am Leben erhalten hatten.

Diese besonderen, wertvollen Briefe an Mutter in Vaters Dokumentenmappe.

Geradezu ein Sinnbild ihrer Nähe und Verbundenheit, dachte Esther berührt.

Am ganzen Körper angespannt schob sie schließlich alle Briefe wieder zu einem Bündel zusammen und versorgte sie an ihrem Platz in der Mappe.

Außer Frage, sie würde sie lesen. Alle. Und auch die Postkarten. Aber nicht jetzt.

Sie fühlte sich heute nicht bereit dazu.

Von den anderen Dokumenten erweckten nur die Zeugnisse ihres Vaters, drei an der Zahl, ihr Interesse. Die Unterlagen rund ums Haus hielt sie, da es längst in anderen Händen war, wenigstens im Moment für wenig interessant.

Vater als Schüler! Ein fremder Gedanke.

Anton, der Erstklässler. Sie lächelte verträumt.

In ihrer Vorstellung tauchte das verschwommene Schwarz-Weiß-Bild eines kleinen Jungen auf, dessen unscharfe Gesichtszüge denen des jungen Anton, wie sie ihn von einem alten Foto her kannte, glichen.

Der für den Fotografen dastand mit akkurat seitlich gescheiteltem, glatt gekämmtem Haar, Kniestrümpfen und kurzer Hose, mit der Schultüte im Arm, dem ledernen Schulranzen, an dem der kleine Schwamm für das Abwischen der Kreide von der Schiefertafel baumelte, auf dem Rücken und der brav in die Kamera blickte.

Vielleicht würde sie im weiteren Verlauf ihrer Arbeit auf eine derartige Abbildung stoßen, die sie früher möglicherweise schon einmal gesehen und weswegen sie dieses Bild vor Augen hatte.

Vielleicht würde sie aber auch eine Aufnahme entdecken, die ihrem eigenen Einschulungsfoto gleichen würde.

In der Schulbank sitzend, die Schiefertafel „Mein erstes Schuljahr" vor sich auf dem Tisch liegend.

Wann war überhaupt sein erstes Schuljahr gewesen?

Nach ihren Berechnungen vermutlich 1926.

Sie hatte sich nie gefragt, was ihr

Vater für ein Schüler gewesen war. Warum auch? Es hatte nie eine unmittelbare Veranlassung dazu gegeben.

Während der kurzen Zeit, in der ihr Vater sie noch als Schulkind hatte erleben dürfen, war Schule spannend, aufregend und schön und mit all ihrem Neuen viel zu überwältigend für sie gewesen, als dass sie sich mit ihren wenigen Lenzen gefragt hätte, wie das Schülerdasein einst für ihre Eltern ausgesehen hatte.

Und als der Stolz und die Freude, jeden Tag ein wenig mehr rechnen, schreiben und lesen zu können, also nun auch zu den Großen zu gehören, sich gelegt hatten, weil groß zu sein irgendwann normal und nicht nur toll, sondern auch unangenehme Seiten gezeigt hatte, als sich Probleme mit Lehrern, mit dem Unterrichtsstoff, später vor allem mit Physik und Chemie begonnen hatten zu entwickeln und irgendwann auch noch die Pubertät zur zeitweiligen Unlust an der Schule beigetragen hatte, als all diese Schwierigkeiten hatten gelöst werden müssen, war sie längst mit ihrer Mutter alleine gewesen.

So hatte Anton nie ein „Damals, als ich zur Schule ging,.." , anbringen können, weder heiter, noch belehrend oder zur Ordnung rufend, gar mit erhobenem Zeigefinger.

Wo waren eigentlich die Zeugnisse ihrer Mutter? In dieser Mappe waren sie jedenfalls nicht.

Esther ging die in Frage kommenden

Schränke in der Wohnung gedanklich durch, konnte sich im Moment keinen Ort vorstellen, wo sie fündig werden könnte. Glaubte, von allen dafür geeigneten Plätzen zu wissen, womit sie belegt waren.

Vielleicht würde ihr der Zufall helfen. Irgendwann.

Wie beim Nachttisch.

Oder sie waren im Haus der Großeltern Häussler verschwunden, hatten sich aufgelöst, eine Generation vor ihr.

Sie wusste, in Anbetracht ihrer langen gemeinsamen Zeit, erschreckend wenig über die Schülerin Johanna Häussler, stellte sie fest.

Hauswirtschaft, das Kochen, Nähen und Stricken, war eines ihrer Lieblingsfächer gewesen. Und Aufsätze hatte sie gerne geschrieben, das wusste Esther aus Bemerkungen ihrer Mutter.

Und dass Herr Weiser, ihr Lehrer, äußerst streng gewesen war, sich den Gehorsam seiner Schüler notfalls mit dem Stock, mit Verteilen von Tatzen, oder mit Ohrfeigen verschafft hatte.

Sonst war ihr vor allem Mutters Dankbarkeit an ihre Eltern dafür, dass sie im Anschluss an die Volksschule eine Lehre bei Frau Pfeifer, der Schneiderin im Ort, hatte absolvieren dürfen, am eindrücklichsten und nachhaltigsten zum Thema Ausbildung in Erinnerung geblieben. Dass sie nicht, wie viele ihrer Altersgenossinnen, irgendwo in einem Haushalt oder in einer Fabrik als ungelernte

Kraft hatte arbeiten müssen, weil ein Mädchen schließlich so oder so bald heiraten würde, eine Ausbildung deshalb zu teuer und unnötig für sie wäre.

Es sei wie eine Vorsehung gewesen, die sie später in die Lage versetzt hatte, für sich und ihre Tochter sorgen zu können. Das hatte ihre Mutter, wenn die Sprache auf ihre Leistung als Familienoberhaupt gekommen war, immer wieder betont.

In ihrer Erinnerung hörte Esther das Rattern der mit einem Fußpedal durch gleichmäßiges Treten mechanisch angetriebenen Nähmaschine, das später durch ein leiseres Surren der elektrischen Nachfolgerin abgelöst worden war. Geräusche, die von außen in die sonst nächtliche Stille ihres Zimmers eingedrungen waren und die sie viele Abende in den Schlaf begleitet hatten. Denn das war die Zeit gewesen, zu der sich ihre Mutter gerne nochmals zum Arbeiten hingesetzt hatte.

Um etwas in Ruhe fertig zu machen, wie sie ihre Nachtarbeit häufig begründet hatte.

Sie sah ihre Mutter im künstlichen Lampenlicht vor zugezogenen dicken Vorhängen am Tisch vor der Nähmaschine sitzen und unermüdlich ein Stück zugeschnittenen Stoffs an ein weiteres fügen, eine Naht nach der anderen fertigstellen, bis ein Kleid, eine Bluse oder ein Rock daraus entstanden war.

Wortlos, konzentriert.

Allein.

Auf der Flucht vor der Einsamkeit der Nacht?, überraschte sie sich selbst mit diesem plötzlich aufgekommenen Verdacht.

Gewerbeschule. Entlassungszeugnis von Anton Korte.

Esther überflog die Spalte der Noten in den einzelnen Fächern. Gut. Gut. Gut. Hinlänglich-ziemlich gut.

Was war das denn für eine Bewertung!, staunte sie belustigt.

Staatskunde. Was wohl der späteren Gemeinschaftskunde entsprach, einem ihrer ungeliebteren Fächer in der Schule. Da waren ihre Leistungen auch eher hinlänglich gewesen.

„Alles Vererbung.", würde Martina jetzt sagen. „Das sind die Gene, Mama. Du kannst gar nichts dafür, dass du Gemeinschaftskunde und Geschichte nicht gemocht hast."

Geometrie: Ziemlich gut. So wie bei ihr, Vaters Tochter.

Betragen: gut. Fleiß und Aufmerksamkeit: gut. Ein anständiger Junge also, dachte sie lächelnd.

Wieder sah sie das Bild des Erstklässlers mit den sorgfältig gescheitelten Haaren und dem unschuldigen Gesichtsausdruck vor sich.

Sie entdeckte unten auf dem Blatt die Notenskala.

Für Leistungen und Fleiß: sehr gut, gut, ziemlich gut, hinlänglich, ungenügend.

Damit war man mit hinlänglich-ziemlich

gut eher im unteren Mittelfeld angekommen, folgerte sie.

So Lala, Vater!

Du warst also nicht nur ein Muster-
schüler, zeigte Esther amüsiert und gespielt tadelnd ihren erhobenen Zeigefinger in ihrem einseitigen imaginären
Zwiegespräch in Richtung ihres Vaters.

Sie sortierte die Papiere wieder ein,
ging mit der verschlossenen Mappe in der
Hand in den Flur und legte sie neben ihrem Korb auf dem Boden ab.

Ihr Blick ruhte auf der Mappe.

DOKUMENTE
ANTON KORTE

War das, neben ein paar Gegenständen,
die sie als Kind von ihrem Vater geschenkt bekommen hatte und die sie noch
immer hoch in Ehren hielt, den inzwischen quietschenden dunkelroten Locher
oder den kleinen, schwarz-weißen Porzel-
lanhund, beide standen in ihrem Arbeitszimmer, war das, abgesehen auch von den
Briefen an Hanni, die sie als ihren be-
rechtigten Besitz zunächst außen vor
lassen wollte, war das mehr oder weniger
Vaters eigentlicher Nachlass, der ihr
über ihre Mutter, Jahrzehnte nach seinem
Tod, von ihm geblieben war?

Eine braune Ledermappe mit alten Rechnungen und Zeugnissen, mit Postkarten
und mit Briefen, wenn auch gerichtet an
Frau Johanna Korte, die Einblick gewährten in sein Leben während seiner härtes-

ten Jahre.

Möglicherweise würde es so sein.

Eine sehr übersichtliche Ausbeute, stellte sie fest. Eine Ausbeute, die geradezu armselig wirkte, so, wie sie da einsam vor ihr auf dem Boden lag.

Aber so durfte sie nicht denken, rügte sie sich sofort selbst, denken in der Kategorie einer Ausbeute.

Denn dann hätte sie eher eifrig, oder gierig, nach möglichst allen noch vorhandenen Spuren und Überbleibseln ihres Vaters gesucht. Hätte sie zusammengerafft, angehäuft.

Hatte sie aber nicht getan.

Sie war im Verlauf ihrer Aufgabe, der Auflösung der Wohnung ihrer Mutter, und nicht ihrer Eltern, einfach auf die Mappe als im bisherigen Besitz ihrer Mutter gestoßen. Und nun nahm sie sie an sich. Nahm ihre Wiederentdeckung, ihre Wiederwahrnehmung, als ein Geschenk, als eine Bereicherung des Andenkens an ihren Vater, dankbar an.

Armselig?

Sie lächelte, sah auf die Mappe.

Das hier war eine Habseligkeit.

Was für ein schönes Wort!

Esther ging zurück ins Wohnzimmer, setzte sich in ihren Sessel und nahm einen Schluck Wasser aus der Flasche, die noch vom letzten Mal da stand. Sah sich um.

Das war Johannas Welt gewesen. Von ihr eingerichtet, von ihr gelebt, von ihr geprägt.

Außer dem Hochzeitsbild im Flur und einem Bild von Anton im Schlafzimmer und hier im Wohnzimmer, letzteres hing von ihrer Position aus ihr gegenüber an der Wand, war in dieser Wohnung von der gemeinsamen Vergangenheit der beiden auf Anhieb wenig zu entdecken.

Obwohl sie ihren Mann bis zu ihrem Tod geliebt hatte, dessen war sich Esther sicher, schien sich ihre Mutter mit dem Umzug hierher von seiner ständigen Gegenwart tatsächlich befreit zu haben, bestätigte sich Esther in diesbezüglich vorangegangenen Vermutungen.

Befreit?, hakte sie nach.

Durfte sie das so sehen?

Esther lehnte sich im Sessel zurück und ließ ihren Gedanken ungehinderten Lauf.

Sie befand sich eigentlich in einer komfortablen Situation. Sie durfte hier auflösen, ganz so, wie es für sie passte.

Könnte just in diesem Moment aufstehen, die Wohnung verlassen und nach Hause fahren, um ihr Leben für Stunden, Tage, wenn sie wollte, sogar für Wochen, ungeachtet von Johannas zurückgelassener Welt zu führen. Durfte allem entrinnen.

Anders als damals.

Sie und ihre Mutter waren nach Vaters Tod im Haus wohnen geblieben. Natürlich.

Kein Geschirr war aussortiert worden, kein Kühlschrank leer geräumt, keine Blumen ausgelagert, kein Telefon abbestellt, nicht einmal der Telefonbucheintrag `Anton Korte` war die ersten Jahre geändert worden.

Alles hatte seinen Fortbestand gehabt und überall war man an Vater erinnert worden. Seine Lieblingskaffeetasse war im Küchenschrank geblieben, sein Regenschirm im Schirmständer, sein Rasierwasser im Badezimmerschrank. Zunächst einmal. Nur er hatte von einem Tag zum andern für immer gefehlt.

Selbst der Teil des Kleiderschranks, in dem Vaters Garderobe untergebracht gewesen war, war lange Zeit unberührt geblieben.

„Ich konnte seine Kleider erst nach vielen Jahren weggeben.", hatte Johanna mit leiser Stimme einmal zur erwachsenen Esther gesagt.

Ein jahrelanges Leben mit einer allgegenwärtigen Abwesenheit!

Esther fühlte sich müde.

Sie setzte die Wasserflasche, die sie die ganze Zeit neben sich auf dem Sessel stehen gehabt hatte, erneut zum Trinken an und leerte sie vollends. Sie stellte sie auf den Tisch und stand auf.

Es war genug für heute.

24

Zuhause angekommen, begegnete sie Martina im Flur.

„Hallo Mama, wo kommst du denn her?"

„Ich war bei Oma in der Wohnung.", erwiderte sie ein wenig abgespannt.

„Und, läuft`s?"

„Ja, ich komme voran."

Sie spürte, als sie ihrer Tochter gegenüberstand, wie die Mappe, die sie sich für den Weg vom Auto bis ins Haus unter den Arm geklemmt hatte, leicht zu rutschen begann und nahm sie deshalb in beide Hände.

„Die habe ich unter anderem dort gefunden.", erklärte sie, die Stimme nun deutlich lebhafter, mit einem kleinen, warmen Leuchten in den Augen.

„Da sind Unterlagen von meinem Vater drin. Alte Zeugnisse. Rechnungen. Und Briefe aus Kriegszeiten."

Sie öffnete die Mappe und hielt sie Martina erwartungsfroh entgegen. Martina warf einen schnellen Blick darauf, oder besser gesagt, darüber hinweg und hatte lediglich ein knappes „Schön." als Erwiderung dazu.

„Die Briefe haben Kriegskameraden meines Vaters an meine Mutter geschrieben, um ihr mitzuteilen, wo er war und wie es ihm ging.", fuhr Esther, durch die Reaktion ihrer Tochter in ihrer Begeisterung zwar gedämpft, fort. „Ich habe sie aber noch nicht richtig gelesen.

Ich weiß im Grunde gar nichts, oder

kaum etwas, aus jener Zeit. Nur, dass Papa fünf Jahre in russischer Gefangenschaft gewesen war und erst 1949 heimgekommen ist. Oma hat ganz wenige Male, und dann nicht viel, über die Zeit, als sie auf ihn gewartet hat, gesprochen. Und dein Großvater wollte, soviel ich weiß, nicht über Russland reden. Ich glaube, keiner, der dort war, wollte mit Aussenstehenden, die das nicht erlebt haben, darüber sprechen."

„Was macht der Pfarrer eigentlich immer bei Papa?", hatte sie ihre Mutter einmal überfordert angeschrieen, nachdem der Geistliche sich verabschiedet und die Haustür leise hinter sich geschlossen hatte.

Sie hatte diese Besuche, die erst mit der schweren Erkrankung ihres Vaters begonnen und gegen Ende seines Lebens mehr als nur einmal wöchentlich stattgefunden hatten, nicht nur als störend und als ein Eindringen in ihre belastete Gemeinschaft empfunden, sie hatte sie auch mit kindlichem Hass und Kränkung missbilligt, schien es ihr doch so gewesen zu sein, dass der Pfarrer länger am Bett ihres Vaters hatte sitzen dürfen als es ihre Mutter ihr als seinem Kind zugestanden hatte, gerade in seinen letzten Wochen.

Die leisen Gespräche der beiden Männer, die unter Ausschluss Dritter, auch ihrer Mutter, hinter verschlossenen Türen geführt worden waren und von denen nur ein gedämpftes Murmeln zu erlauschen gewesen war, wenn sie auf Zehenspitzen durch den Flur nahe am Elternschlafzimmer vorbeigeschlichen war, hatten etwas beunruhigend Geheimnisvolles an sich gehabt.

„Sie sprechen über Russland.", hatte ihre Mutter lediglich mit sanfter, leiser Stimme erwidert, und ohne ihr Kind dabei wegen seines Wutausbruchs auch nur ansatzweise zu rügen, was Esther hatte aufhorchen lassen.

Und mit dem feinen Gespür dafür, dass es besser war, nicht weiter nachzuhaken, zumal sie aus zurückliegenden Erfahrungen gelernt hatte, dass das Thema Russland als keines für sie, das Kind, erachtet wurde, hatte Esther geschwiegen.

„Es haben wohl nur die Kriegskameraden untereinander über diese Zeit geredet," kehrte sie aus ihren Gedanken in die Gegenwart zu Martina zurück.

Martina nickte, sah ihre Mutter ein wenig verlegen an.

„Ich möchte noch zu Judith.", kam sie mit bedächtig ausgesprochenen Worten vorsichtig auf den Punkt.

„Kann ich vielleicht dein Auto bekommen? - Bitte."

„Ja, klar. Ich muss heute nicht mehr weg.", entgegnete Esther freundlich und mit lockerem Ton, ging gekonnt sowohl über die Ernüchterung über Martinas mangelndes Interesse als auch über ihre tristen Erinnerungen hinweg.

„Die Schlüssel liegen da.", ergänzte sie unnötigerweise und deutete mit einer

Kopfbewegung zur Garderobe. Denn die Schlüssel lagen immer dort.

„Danke, Mama.", antwortete Martina erleichtert und beeilte sich, die Schuhe im Windfang anzuziehen, um sich dann den Autoschlüssel zu schnappen und nach draußen zu verschwinden.

„Bis nachher.", rief sie ihrer Mutter noch schnell zu, bevor die Haustür ins Schloss fiel.

Esther machte sich auf den Weg in ihr Arbeitszimmer, das sich neben der Küche befand. Dort legte sie die Unterlagen ihres Vaters auf die große Arbeitsplatte ihres Schreibtisches. Etwas enttäuscht betrachtete sie die Mappe.

DOKUMENTE
ANTON KORTE

Sie seufzte.

Was hatte sie erwartet?

Dass Martina sich begeistert und mit neugieriger Ungeduld auf die Mappe ihres Großvaters als einer der wenigen Andenken an ihn stürzen würde, gespannt, was ihr Inhalt zu Tage brächte?

Ja, vielleicht hatte sie sich das insgeheim gewünscht, gestand sie sich ein.

Martina hatte, wie überhaupt ihre ganze Familie, ihren Vater aber gar nie kennengelernt. Ihre jeweiligen Bilder von ihm hatten Dritte, hatten sie, Esther, und Johanna, gezeichnet bei den Gelegenheiten, bei denen man auf ihn zu sprechen gekommen war. Und die Motive waren von ihnen beiden ausgewählt worden.

Sie zeigten ihn mal mit Filzpantoffeln und Strickjacke abends auf dem Sessel im Wohnzimmer, mal mit der großen weißen Stoffserviette, die er sich zum Mittagessen um den Hals gebunden hatte, bei Tisch, mal beim Sortieren von Briefmarken mit Pinzette und Lupe. Und sein Gesicht war allen präsent durch die Fotos, die bei Johanna und auch hier aufgehängt oder aufgestellt worden waren.

Es mussten starre Bilder sein, wie Momentaufnahmen, dachte Esther.

Es gab keine einzige gemeinsame Erfahrung zwischen ihnen, Enkel und Großvater oder Schwiegersohn und Schwiegervater, die den Bildern Leben eingehaucht hätten durch Erinnerungen, die sie miteinander verbanden.

Esther musste nur sich selbst zum Beispiel nehmen. Ihr Bezug zu ihren Großeltern Korte bestand eigentlich auch nur darin, dass es Vaters Eltern waren. Und irgendwo in Mutters Alben waren auch ein, zwei alte, kleine Schwarzweißfotografien, die die beiden zeigten, so dass sie eine Vorstellung von ihrem Aussehen hatte. Das war`s dann.

Ihre Großeltern Korte, die beide innerhalb eines halben Jahres verstorben waren, als ihr Sohn Anton gerade mal volljährig geworden war, hatten für sie genauso schon immer gelebt gehabt, waren von jeher zeitlich im Plusquamperfekt ihres Lebens, in ihrer Vorvergangenheit, anzusiedeln, wie das mit ihrem Vater in Bezug auf ihre eigene Familie der Fall war, jonglierte sie in Gedanken wieder einmal kühn mit Elementen aus verschiedenen Bereichen.

„Hi Mama.", unterbrach Julian, der unterm Türrahmen stand, ihre Gedanken.

Sie hatte sein Kommen überhaupt nicht bemerkt.

„Am Aufräumen?", erkundigte er sich knapp.

„Tag Julian. Ja, ich versorge gerade ein paar Dinge, die ich von Oma mitgebracht habe."

Sie deutete mit der Hand auf die Mappe vor sich.

„Unterlagen von früher." Sie zögerte einen Moment. Aber warum nicht?

„Zeugnisse. Und Briefe aus Kriegszeiten."

„Krass. Von Oma und Opa?" sprang Julian zu ihrer Überraschung sofort auf ihre Äußerung an und sah ihr gespannt in die Augen.

„Teils, teils. Die Zeugnisse sind von Opa, die Rechnungen, die sich darin befinden, vom Haus, glaube ich, und die Briefe, auf die ich einen kurzen Blick geworfen habe, sind von Heimkehrern, die mit meinem Vater in Gefangenschaft waren und die vor ihm entlassen worden sind, an Oma Johanna.

Ob noch andere Post darunter ist, weiß ich nicht. Ich habe noch nicht alles genau durchgeschaut. Ich hatte nicht den Kopf dafür, mich heute damit auseinanderzusetzen." Und ergänzte, fast entschuldigend: „Die Schrift ist auch nicht so einfach zu lesen."

Sie öffnete die Mappe erneut und zog willkürlich einen der Briefe heraus.

„Hier, schau selbst.", ermunterte sie ihn zum näheren Betrachten, zog dabei den vollgeschriebenen Bogen aus dem Umschlag und entfaltete ihn vorsichtig.

„Ganz schön mitgenommen, nicht wahr?"

Julian kam neugierig näher und schien etwas auf dem Brief zu suchen.

„Mann, 1946 geschrieben! Weißt du, wie alt der schon ist?" fragte er sie sichtlich beeindruckt.

„Mama, kann ich diese Briefe später mal haben? Wenn du nicht mehr lebst, meine ich. Vererbt halt." Mit seinem ganzen jugendlichen Charme, von dem er reichlich besaß, den er nach Ansicht seiner Mutter aber in letzter Zeit zumindest ihr gegenüber eher sparsam einsetzte, sah er sie direkt an, als er hinzufügte: „Aber nicht, dass du denkst, ich würde glauben, dass du bald stirbst oder dass du schon alt bist. Ich meine halt nur, irgendwann mal.", bemühte er sich verlegen, sein Anliegen richtig eingeordnet zu wissen.

„Ich habe dich schon verstanden, Julian.", versicherte Esther ihm mit einem Lächeln, überrascht auch von seiner ungewohnten Redefreudigkeit, und strich ihm schnell über den Oberarm.

„So alte Briefe finde ich toll.", fuhr Julian begeistert fort. „Bald siebzig

Jahre alt, stell dir vor!

Wirf die bloß nicht weg, Mama! Denk dir: Wenn ich so alt bin wie du, sind die ungefähr hundert Jahre alt."

„Ich werde sie sicherlich nicht weg-schmeißen, es gibt ja nur noch wenige Dinge, die irgendwie mit meinem Vater in Verbindung stehen. Die Briefe sind zwar nicht direkt von ihm, aber sie erzählen doch von ihm beziehungsweise über ihn." Sie schluckte schwer, räusperte sich. „Wenn auch aus seinen schlimmsten Jah-ren."

Bedrückt schwieg sie einen Moment.

„Ich werde deinen Wunsch auf jeden Fall in meinem Testament berücksichti-gen.", fügte sie dann bewusst aufgeräumt hinzu, mehr spaßig als ernst und mit aufgesetzt offiziellem Ton.

Beide mussten lachen.

Es entstand eine kleine Pause.

Esther genoss die Kostbarkeit des Au-genblicks.

„Wenn ich mit ihnen durch bin, kannst du sie gerne auch einmal haben.", bot sie ihrem Sohn an.

"Wenn ich das Gekritzel überhaupt le-sen kann! Ich werde das wohl erst ein wenig üben müssen. - Es eilt ja auch nicht.", bremste er ab.

Er reckte die Arme in die Höhe.

„Also, ich geh dann weiter, bis nach-her, Mama.", beendete er die Unterhal-tung ziemlich abrupt, schenkte seiner Mutter einen freundlichen Blick und ging seines Weges.

Berührt über den Verlauf dieser Begegnung blieb Esther zurück.

Julians Interesse an den Briefen mochte sich zwar nicht unbedingt darauf begründen, dass sie ein Stück Familiengeschichte waren, aber er wollte sie haben! Er würde sie lesen und sich mit ihrem Inhalt, in welcher Weise auch immer, auseinandersetzen.

Sie betrachtete den Briefbogen, den sie noch in ihren Händen hielt.

Man konnte sein Alter sehen, denn das Papier war ausgeblichen und es hatte längst die Glätte eines frischen Blatts verloren.

Julian hatte Abenteuergeschichten geliebt, als er jünger gewesen war.

Der Brief hätte sich rein äußerlich gut in eine solche einfügen lassen, denn er hatte, schon wegen der fremden Schrift, etwas Geheimnisvolles, Altes an sich, etwas, das entdeckt werden wollte.

Man hätte in ihm Hinweise zum Auffinden eines verborgenen Schatzes vermuten können.

Vielleicht würden die Briefe nun eine ähnliche Mission erfüllen, würden sie Julian einen Zugang in die vergangene Welt seiner Großeltern schaffen können.

Damit aus dem unbekannten Großvater etwas mehr als nur ein Name und ein Gesicht, damit vielleicht sogar aus Opa Anton und Oma Johanna auch einmal ein Großelternpaar für ihn werden würde.

Das wäre schön, seufzte sie. Das wäre ein Gewinn aus dieser Hinterlassenschaft. Ein echter Gewinn.

Sie schob den Brief an seinen Platz in der Mappe zurück und lehnte sich an den Türpfosten.

Schloss die Augen. Sog die Luft tief durch die Nase in ihren Körper hinein. Spürte, wie eine wunderbare Ruhe sie erfüllte.

25

Sie hatte in letzter Zeit einiges hier bewegte, stellte Esther nach einem kleinen Rundgang durch die Zimmer zu Beginn eines weiteren Besuchs in der Wohnung zufrieden fest.

Die Möbel standen zwar überwiegend noch an ihrem Platz, aber sie hatten den Großteil ihres Innen- als auch ihres schmückenden Außenlebens verloren.

Dekoration, Geschirr und Wäsche waren weg- und ausgeräumt worden, waren in Kartons und Säcke gewandert.

Die Kisten, die sie im Zuge dieser Arbeiten für sich zu Hause gerichtet hatte, hatte sie inzwischen auch nach dorthin mitgenommen. Sie hatte sogar das meiste deren Inhalts, bisher handelte es sich dabei größtenteils um Geschirr, in ihren Schränken verstauen können, hatte dafür zum einen das Porzellan und die Gläser enger zusammengeschoben und höher gestapelt als sie es üblicherweise tat, und hatte zum andern, um von vornherein so viel freien Platz wie möglich für die Neuzugänge zur Verfügung zu haben, im Vorfeld alte, angeschlagene oder abgenutzte Schüsseln, Tassen, Teller, Kannen und Gläser aus ihrem eigenen Bestand aussortiert.

So, wie sie es sich vorgenommen hatte.

Trotz all dieser Maßnahmen war dem Inhalt ihrer Schränke durch die Teilverschmelzung der Haushalte eine neue, größere Dichte aufgezwungen worden, die nicht Esthers Vorstellung einer übersichtlichen, großzügigen, harmonisch wirkenden und dazu noch praktischen Aufteilung eines Raums entsprach.

Doch die Erfahrung, dass der Alltag im Lauf der Zeit mit regulierender Hand die Dinge an ihren rechten Platz rücken würde, und also häufig Gebrauchtes sich vorne festsetzen und sich als unnötig Erweisendes immer weiter nach hinten wandern würden, zusammen mit der festen Absicht, dass sie diese sich zu bloßen Staubfängern entwickelnden Teile in der letzten Reihe irgendwann bei einer neuerlichen Aufräumaktion entfernen würde, bestärkte sie in ihrer Zuversicht, dass die augenblickliche Missordnung, Unordnung war es ja eigentlich keine, von absehbarer Dauer sein würde und ließ sie über den Makel, den vermutlich nur sie als solchen empfand, einigermaßen gelassen hinwegsehen, wann immer sie sich dessen gewahr wurde.

Sie musste sogar zugeben, dass der Anblick ihrer nun gut gefüllten Glasvitrine im Esszimmer, mit einer Reihe schöner Sekt-, Wein-, Wasser- und Biergläser aus den Beständen beider Haushalte, ihr nicht missfiel, sondern im Gegenteil sie erheiterte. Erinnerte sie sie doch mit den nun eng zueinander gerückten, beinahe aneinander stoßende Gläser an stehende Fahrgäste in einem überfüllten Bus, die krampfhaft versuchten, während ihrer gemeinsamen Fahrt einander nicht zu berühren und dabei eine tadellose, buchstäblich glänzende Haltung zu bewahren.

Beim einen wie beim andern war es, jedes Mal, wenn sich die Türen öffneten, ein Kommen und Gehen, ein Aus- und Einsteigen, ein Herausholen und Reinstellen, ein Suchen nach einem, nach seinem Platz.

In der Vitrine, im Bus, im Leben.

Zielstrebig, weil sie einen Plan für dieses Mal hatte, ging sie zur Essecke im Wohnzimmer, hob dort einen der vier Stühle an, trug ihn vor sich her quer durch den Raum und stellte ihn vor der Schrankwand ab. Sie stieg auf die Sitzfläche des Stuhls und streckte ihre Hand nach den Alben in der obersten Reihe des großen Möbelstücks aus. Sie musste sich auf die Zehenspitzen stellen, um den oberen Rand des ersten Albumrückens gut zu fassen zu bekommen, kippte ihn vorsichtig in ihre Richtung und zog endlich das ganze Buch heraus. Sie klemmte es zwischen dem linken Arm und ihrem Oberkörper ein und schnappte sich auf gleiche Weise das nächste Exemplar. Entschied, da das Herabsteigen vom Stuhl und das Ausbalancieren des Gleichgewichts mit vier großen Büchern eine wackelige Angelegenheit werden könnte, zuerst diese beiden auf den Wohnzimmertisch zu legen, um danach die restlichen zwei Alben zu holen. Schließlich setzte sich sich, Mutters komplette Fotosammlung vor sich, in ihren Sessel.

Als Kind hatte sie gerne in den Alben geblättert, hatte sich in die Fotografi-

232

en von Ausflügen, Hochzeiten, Geburtstagen oder Straßenfesten vertieft, die überwiegend aus Jahren vor ihrer Zeit stammten und Personen abbildeten, denen sie nie begegnet war und von denen sie, und das auch nur über ihre Mutter, einige wenigstens vom Namen her kannte.

Besonders angetan war sie von den Bildern gewesen, die bei Ausfahrten mit den durch ihre wulstigen Formen mondän wirkenden, polierten Automobilen entstanden waren, vor denen Frauen in Sonntagskleidern und mit schön hergerichteten Frisuren, Dauerwellen oder hoch gesteckten Haaren, und Männer in ihren guten Anzügen und mit ihren Hüten auf den Köpfen vor herrlichen Landschaftskulissen für Erinnerungsbilder posierten. Sie hatte diese schwarz-weiße, verschwommene Eleganz vergangener Tage mit ihren Mädchenaugen förmlich in sich aufgesogen und sich bereitwillig von ihr in eine Traumwelt von Prinzen und Prinzessinnen entführen lassen.

Es musste Jahre her sein, seit sie sich das letzte Mal auf eine solche Reise in teilweise ihre völlig fremde, vergangene Welten begeben hatte. Wahrscheinlich war es sogar noch in der Birkenstraße gewesen.

Der Standort der Alben hier hatte die Beiläufigkeit verhindert, im Vorübergehen nur die Hand ausstrecken zu müssen, um sich eines davon bequem aus dem Wohnzimmerregal schnappen und sich damit still in eine gemütliche Ecke verziehen zu können.

So, wie das im alten Haus möglich gewesen war. So, wie sie es dort gelegentlich auch getan hatte. Einfach so, wenn sie bei deren Anblick Lust dazu bekommen hatte.

Einen Stuhl holen zu müssen, um darauf zu steigen und der Bilder habhaft zu werden, das tat man nur mit Vorsatz.

Sie nahm das Album mit dem dunkelbraunen Einband vom Tisch, legte es auf ihren Schoß und schlug es auf.

Wie aus der Enge einer Gefangenschaft befreit, fielen die so lange aneinander gepressten Blätter aus Fotokarton fächerförmig, jetzt nur noch vom Buchrücken zusammengehalten, auseinander und gewährten einen ersten Blick auf das, was ihnen für die Nachwelt aufgedrückt worden war.

Esther betrachtete die Doppelseite des Albums, die sich von selbst vor ihr aufgeschlagen hatte.

Eine Hochzeitsgesellschaft.

Auf der linken Seite eine einzige, postkartengroße Aufnahme der Brautleute, auf der rechten Seite mehrere kleinere Fotografien ihres schönsten Tages.

`Helens und Franks Hochzeit 15. Mai 1943` stand über dem Hochzeitsbild in verblasster, ehemals schwarzer Tinte zu lesen. Sie hatte, stellte sie fest, als sie die Seiten sich vergewissernd zurück blätterte, zufälligerweise gerade den Beginn der Fotoserie zu diesem Ereignis erwischt.

Mit kräftigem Druck fuhr sie mit dem Handballen von oben nach unten entlang der Verbindungsnaht der beiden Blätter, damit sie in ihrer Position liegen blieben.

Sie beugte sich nach vorn über das Hochzeitsbild, das die beiden Glücklichen zeigte und betrachtete erforschend die jungen Gesichter.

Das der Braut war ihr nicht fremd.

Helen.

Eine Jugendfreundin ihrer Mutter, ein wenig älter als diese, soweit sie das richtig im Gedächtnis hatte. Sie hatte Helen nie getroffen, da sie früh verstorben war, aber ihre Mutter hatte immer mal wieder von ihr gesprochen, und sie kannte das weiche Antlitz dieser jungen Frau von dem Bild, das ihre Mutter von ihrer Freundin eine Zeitlang auf der Kommode des Schlafzimmers stehen gehabt hatte.

Ihr Blick wanderte vom Gesicht der Braut zu dem des Bräutigams. Ohne Helen daneben hätte sie ihn in kein Umfeld einordnen können, obgleich sie die Bilder sicherlich schon mehr als einmal angesehen hatte. Aber das lag eben schon viele, viele Jahre zurück.

Sie hätte auch nicht gewusst, wie Helens Mann geheißen hatte beziehungsweise hieß, glaubte, seinen Namen nie aus Johannas Mund gehört zu haben. Warum auch immer.

Sie wandte sich den Schwarzweißbildern mit ihren gezackten Rändern auf dem rechten Teil der aufgeschlagenen Doppelseite zu. Jedes von ihnen steckte, starr und unbiegsam, in vier ziemlich dick auftragenden Fotoecken und war auf diese Weise auf dem Karton fixiert, so, wie man es von traditionellen Alben her kannte. Und Esther fand, dass diese Bilder, die, ein wenig erhaben präsentiert und mit einer gewissen Schwere auf ihrem Untergrund lastend, das Umblättern der Seiten eher einem Umschlagen gleichkommen ließen und das bewusste Sich-Vornehmen des Albums betonten. Ein Gefühl, das ihr bei den modernen Fotobüchern mit ihren planen, bedruckten Seiten, die man leichthin durchblättern und wie nebenbei durchsehen konnte, ein wenig fehlte und in ihr nicht das gleiche entdeckende Erlebnis des Bilder-Anschauens, wie bei einem althergebrachten Album, bescherte.

Zunächst waren Aufnahmen von Gratulanten zu bewundern, wie sie dem frisch vermählten Ehepaar vor dem Kirchenportal ihre Glückwünsche entgegenbrachten, dann folgten einige Bilder mit Braut und Bräutigam, auf manchen Fotos auch nur entweder Helen oder Frank mit einzelnen ihrer Gäste.

Eines der Bilder hatte auf Esther, als sie es bei ihrem Gesamtblick auf die Seite entdeckt hatte, sofort eine besondere Anziehungskraft ausgeübt.

Es war eine Aufnahme mit der Braut, die umrahmt war von drei jungen Frauen, die einander ähnlich geschnittene, festliche Kleider trugen und alle um die

Zwanzig gewesen sein mochten. Zusammen standen sie unter einem von Blättern und Blüten umrankten Spalierbogen.

Das ein wenig pausbäckige Fräulein mit dem schulterlangen, gelockten Haar, mit Kämmen auf Höhe der Schläfen ordentlich aus dem Gesicht gesteckt, dieses Fräulein, das links von der Braut stand, war die junge Johanna. Ihre Mutter, vor mehr als sechzig Jahren!

Wie schick sie aussah, stellte Esther stolz fest, in ihrem wadenlangen, fließend fallenden Kleid.

Ihr Blick ruhte auf dem Bild mit der jungen Frau, die später ihre Mutter werden sollte.

Sie war damals gerade einmal einundzwanzig Jahre alt gewesen und kurz darauf selbst vor den Traualtar getreten.

Ihre Mutter hatte, zumindest für heutige Verhältnisse, früh geheiratet, bemerkte Esther nicht zum ersten Mal.

Einundzwanzig.

Fabian war einundzwanzig, Maria sogar noch drei Jahre älter. Dass einer der beiden schon verheiratet sein könnte, konnte sich Esther nicht recht vorstellen. Wenn sich einer in einer langjährigen Beziehung befinden würde, dann vielleicht.

Aber das war nicht der Fall.

Fabians neue Freundin Aurelia hatte sie gerade erst einmal getroffen, und Maria hatte sich vor einigen Monaten von ihrem Freund Christof getrennt und war seither ohne festen Partner.

Aber welche andere Möglichkeit außer einer Heirat hätte es für ihre Eltern damals sonst noch gegeben, um wie Mann und Frau zusammenleben zu können?

Ihr fiel keine ein, die in der damaligen Zeit nicht anstößig, gar skandalös, gewesen wäre.

Der Bräutigam zwischen zwei jungen Männern. Brüder oder Schwäger vielleicht. Oder langjährige, enge Freunde. Trauzeugen.

Sie tastete mit ihren Augen die Gesichter der beiden Abgebildeten genau ab, konnte aber keine ihr bekannten Züge an ihnen entdecken.

Sie blätterte weiter. Es folgten insgesamt noch drei Seiten mit Bildern jenes Tages, drinnen beim Essen und draußen im Freien.

Zum Abschluss der Fotoserie war nochmals die ganze Gesellschaft, mit dem Brautpaar in der Mitte, auf einem Bild verewigt.

Alle in gerader Körperhaltung, die Augen fest auf die Kamera gerichtet, die Arme nahe am Körper gehalten.

Kein „Cheese" bei drei.

Kein wilder bunter, sich vermeintlich in natürlicher Bewegung befindlicher, ausgelassener Haufen.

Höchstens eine geordnete, gesittete, starre, schwarz-weiß abgebildete Gesellschaft.

Aufnahmen ihrer Zeit.

Sie beugte sich näher zu der weitwinkligen Abbildung herunter und ließ ihren ergründenden Blick durch die ganze Gruppe hindurch von einem Gesicht zum andern wandern. Richtete ihren Oberkörper schließlich wieder auf. Sie hatte gehofft, unter all diesen Menschen doch noch ihren Vater finden zu können. Was nicht geschehen war. Es war ja auch Kriegszeit gewesen.

Esther lehnte sich zurück.

Welchen Wert hatten diese Aufnahmen überhaupt für sie?, fragte sie sich.

Wenn nicht ihre Mutter in ihren jungen Jahren, von denen es nur ganz wenige Fotos in ihrem Besitz gab, Teil dieses hier festgehaltenen Ereignisses gewesen wäre, dann wäre diese Bilderserie eigentlich vollkommen bedeutungslos für sie, Esther. Denn zu Helen und ihrem Mann, die sie wenigstens noch namentlich kannte, hatte sie keine Beziehung. Und zum Rest der fremden Gesellschaft erst recht nicht.

Sie könnte im Grunde die Aufnahmen, auf denen ihre Mutter zu sehen war oder die ihr sonst aus irgendeinem Grund gut gefielen, aus ihren Fotoecken herausklauben, könnte damit also Mutters papierene Erinnerungen an das Ereignis `Helen und Franks Hochzeit` auf die für sie, Esther, wesentlichen Ausschnitte zusammenziehen, könnte sie in ein neues, nun von ihr angelegtes Album einkleben, könnte damit Mutters Erinnerungen in ihre Erinnerungen an sie umwandeln, wenn auch nur in mittelbare, denn sie beide hatten jene Zeit ja nicht miteinander geteilt. Und so könnte sie, wenn sie mit dem Rest von Mutters Bildern gleichermaßen verfahren würde, ein eigenes, neues Erinnerungsalbum an sie schaffen über eine Zeit, die nie die ihre gewesen war. Könnte somit ein paar weiße Stellen in ihrer Gesamtschau von Johannas Leben mit Farbtupfern ausfüllen.

Und den Rest der Bilder könnte sie wegwerfen.

Ein unbequemer Gedanke, musste Esther sich eingestehen.

Jetzt, in diesem Moment, könnte sie das noch nicht.

Sie musste sich wohl erst von der Angst, etwas nicht bewahrt zu haben, was bewahrt werden sollte, befreien.

Aber irgendwann würde sie es vermutlich genau so machen, wie sie sich das eben ausgemalt hatte.

Es folgten Aufnahmen eines Festumzugs mit Menschengruppen in Trachten, Musikkapellen und geschmückten Pferdewagen, die durch unbekannte, von Zuschauern gesäumten Straßen vorbei an fremden Häusern zogen.

Irgendein Umzug.

26

Eine weitere Hochzeit.

`16. August 1943:  Unsere Hochzeit`

Die Hochzeit von Anton und Johanna! Esthers Herz begann schneller zu schlagen.

Sie kannte das Hochzeitsbild ihrer Eltern, das größer war als jenes von Helen und Frank, nur zu gut, das eine ganze Seite im Album für sich in Anspruch nehmen durfte.

Das Bild im Flur war ein Abzug davon. Oder das Original.

Esther war jahrelang jede Woche daran vorbei gegangen. Ging immer noch daran vorbei.

Der Auftakt.

Vater und Mutter am Beginn ihres gemeinsamen Lebens.

Es gab nicht mal ein eigenes Album dafür, bemerkte Esther.

Es schlossen sich Fotografien ähnlich denen von Helens Hochzeit an, nur in anderer Umgebung und mit anderer Besetzung.

Klein, ebenfalls mit gezacktem Rand und schwarz-weiß, zeigten sie das Brautpaar, er in der Uniform eines Soldaten und sie in Weiß mit Schleier, mit entweder der ganzen Hochzeitsgesellschaft, es mochten zwischen dreißig und vierzig Personen gewesen sein, überschlug Esther auf die Schnelle, oder mit Gruppen von Gästen.

Esther erkannte bei weitem nicht alle

der abgebildeten Personen. Bis auf Helen, die offensichtlich ohne ihren Mann das Fest hatte mitfeiern müssen, und Georg, einem Jugendfreund ihres Vaters, und dessen Frau Ilse sowie Helga, augenscheinlich auch ohne Begleitung, gehörten die Gäste, mit deren Gesichtern sie etwas anzufangen wusste, ausschließlich zum Kreis der Verwandten.

Esther blätterte sich durch den Tag hindurch.

Der stumme Gang durch die Hochzeitsgesellschaft stimmte sie melancholisch, fühlte sie sich doch wie auf Abstand von diesem Ereignis gehalten, das immerhin die Grundlage für ihre Existenz geschaffen hatte.

Die wenig aufschlussreichen, eher unpersönlichen Vermerke, die ihre Mutter, das erkannte Esther an der Handschrift, unter die Aufnahmen gesetzt hatte, und die in ihrer Art typisch waren für sie, knappe Vermerke wie `mit allen Gästen`, `nach der Trauung vor der Kirche` oder `am Abend`, verwehrten Esther das Gefühl eines beschwingten, lockeren Schlenderns zwischen der Gästeschar hindurch, ein fröhliches Sich-unter-die-Menge-Mischen, ein Winken nach links, ein Händeschütteln nach rechts.

Das nachträgliche Teilhaben an diesem Fest mit einer Nähe, wie sie sie für sich, der Tochter der Hauptpersonen, beim Betrachten der Bilder plötzlich ersehnt hatte, blieb ihr versagt.

Die Brauteltern, Esthers Großeltern

mütterlicherseits.

Mit Großmutter verband sie vor allem die Erinnerungen in die gemeinsamen Stunden auf dem Sofa, wenn sie ihr, dem kleinen Mädchen, das sich an seine Oma gekuschelt hatte, aus dem gelb eingebundenen Märchenbuch, das entlang der Naht seines Rückens mehrfach angerissen war, vorgelesen hatte.

Wo war das Buch eigentlich? Wann hatte sie es überhaupt das letzte Mal gesehen? Im alten Haus?

Wahrscheinlich, denn sie konnte sich hier in der Wohnung an keinen Ort erinnern, an dem es ihr begegnet wäre.

So zögerlich, wie sie ihr das unterstellt hatte, war ihre Mutter damals beim Umzug, was die Verkleinerung ihres Inventars anging, wohl doch nicht gewesen, musste Esther anerkennen und sich eingestehen, dass sie in diesem Moment nicht nur erfreut über die späte Erkenntnis war. Denn gerade in diesem Märchenbuch hätte sie jetzt gerne geblättert, bedauerte sie in einem Anflug von Sentimentalität dessen Fehlen.

Großmutters Stimme war leise und sanft gewesen. Eine schöne Stimme.

Opa hatte ihr bei seinen Besuchen immer eine Tafel Schokolade mitgebracht. Hatte ihr die Hand getätschelt oder ihr über die Haare gestrichen, nachdem er ihr die Leckerei zugesteckt und ihr dabei verschwörerisch zugezwinkert hatte.

Es waren friedliche, fast unbewegte Bilder, die sie von ihren Großeltern in sich trug. Bilder zweier dunkel gekleideter, in ihren Kinderaugen alter Menschen mit gütigem, wachen Blick, die am Küchentisch saßen.

Keine mit ihrer Enkelin herumtollenden Großeltern, wie man sie heute kannte. Gemeinsam in Bewegung, nicht nur bei einem Sonntagsspaziergang.

In ihrer Erinnerung sah sie sich weder Mau-Mau noch Mensch-ärgere-dich-nicht mit ihnen spielen, sah sich auch nicht mit Oma oder Opa auf dem Fußboden liegen und sich dabei im Spiel mit einer Eisenbahn oder mit Bausteinen verlieren, noch sah sie sich ausgelassen lachend beim Fangen-Spiel mit ihnen toben. Nein.

Es waren Großeltern jener Generation gewesen.

Weise. Ehrwürdig.

Sie hatte sie gemocht.

Antons Eltern hatten bei seiner Hochzeit gefehlt.

Und Anton, ihr Vater, hatte wiederum bei ihrer eigenen Hochzeit gefehlt, zog sie Parallelen zu ihrer beider Leben.

Sich wiederholende Schicksale.

Obwohl, verbesserte sie sich selbst, sie hatte bei ihrer Heirat wenigstens noch ihre Mutter zur Seite gehabt.

Trotzdem. Eltern ist Plural, sind Vater und Mutter.

Ein Wort, eine Bestimmung, zwei Menschen. Verbunden durch ihr gemeinsames Kind, sind sie in dieser Lebensaufgabe nicht austauschbar, nicht ersetzbar.

Esther schluckte.

Wie gerne hätte sie sich damals ihrem Vater als Braut gezeigt, hätte seinen Stolz in den Augen gesehen. Hätte seine Zustimmung zu Thomas als dem Mann ihres Lebens als Rückhalt und Sicherheit mit in ihre Ehe und in die Zukunft genommen. Ein zustimmendes Nicken. Ein liebevolles In-den-Arm-Nehmen. „Das hast du gut gemacht, mein Kind. Ich wünsch dir alles Glück der Erde.", leise in ihr Ohr geflüstert, mit Tränen der Rührung in den Augen. Sie hätte sich so gerne seiner Wärme, seines Vertrauens zurückerinnert, in guten und in schlechten Tagen.

Jetzt.

Ein paar salzige, warme Tränen krochen langsam die Wangen herunter.

Die Anwesenheit der vielen freundlich dreinschauenden, zufriedenen Menschen, der Verwandten und Freunde, täuschte über die Unvollständigkeit dieser Hochzeitsgesellschaft hinweg.

So, wie sich die festlich gekleideten Männer und Frauen für die Gesamtaufnahmen mit allen Gästen um das Brautpaar angeordnet hatten, wie die Eltern der Braut in Vertretung beider Elternpaare sich aufgeteilt und die Neuvermählten einrahmend in ihre Mitte genommen und wie alle miteinander aufmerksam in die Kamera geblickt hatten, manche ein wenig steif, weil sie sich vielleicht zu sehr auf das „Bitte nicht mehr bewegen!" des Fotografen konzentriert hatten und dabei wie erstarrt waren, so war es ihnen allen miteinander gelungen, die Lücke in der Gemeinschaft gekonnt, möglicherweise unbeabsichtigt, weil dieser Aufgabe nicht gewahr, zu schließen, und dem Betrachter der Bilder den Eindruck eines ganz normalen, schönen Hochzeitsfestes zu vermitteln.

Was es sicherlich auch gewesen war.

Das war ihre eigene Hochzeitsfeier auch gewesen, schlug sie erneut den Bogen zu sich selbst. Schön.

Schön, gelungen und fröhlich, trotz Vaters Fehlen. Denn ihr strahlender Blick war an diesem Tag nicht auf die Vergangenheit gerichtet gewesen, sondern auf eine gemeinsame, hoffnungsvolle Zukunft mit Thomas. Also nach vorn.

Die Fotoserie war zu Ende.

Ein guter Zeitpunkt, aufzuhören, entschied Esther und schlug das Album zu. Sie nahm es in ihre Hände, stand auf, legte es zusammen mit den drei anderen Alben auf den Garderobenschrank im Flur, so, wie sie es mit den Dingen tat, die sie später mit nach Hause nehmen wollte.

Ging zurück ins Wohnzimmer, vorbei am Hochzeitsbild ihrer Eltern im Flur, das eins zu sein schien mit der Wand, die es hielt.

Wie mit weit ausgebreiteten Armen schien sie der Wohnzimmerschrank mit seinen offen stehenden Türen zu empfangen und sie zur Fortsetzung ihrer Arbeit ermuntern zu wollen.

Sie überlegte einen Moment, schüttelte dann den Kopf.

Der Szenenwechsel war ihr zu abrupt.

Der Schrank würde auch morgen noch genauso dastehen und seine stumme Aufforderung wiederholen, ließ sie erst gar keine Unruhe zu ihren noch unerledigten Pflichten in sich aufkeimen.

Sie hatte keine Eile, diese Auflösung.

Und ohne irgendetwas der bereitgelegten Dinge mitzunehmen, verließ sie die Wohnung.

27

Zuhause angekommen, verstaute sie Jacke und Handtasche in der Garderobe und wechselte die Schuhe.

Langsam ging sie durch den Flur und lauschte in alle Richtungen. Kein Laut war zu hören.

Sie war alleine im Haus, und sie genoss die angenehme Stille.

Sie betrat das Wohnzimmer, steuerte geradewegs auf den Sessel zu und ließ sich müde hinein sinken. Ihre Arme schlaff über dessen seitliche Lehnen hängend, sah sie sich im Zimmer um. Bewusst um.

Eine Sitzgarnitur, bestehend aus einem Sessel und zwei breiten Sofas, auf denen einige Kissen verteilt waren, ein dazu passender Tisch, eine Schrankkombination, von ihrem Aufbau her ähnlich der bei Johanna in der Wohnung, allerdings war in dieser hier auch der Fernseher integriert, im andern Fall stand er separat, eine Stehleuchte. Dazu noch ein paar Pflanzen am Fenster, an den Wänden einige Familienfotos und die Konsole mit dem Telefon, an der Decke eingelassene Strahler.

Nichts Außergewöhnliches. Mehr oder weniger eine Standardeinrichtung, in der sich aber alle wohl fühlten. Nahm sie jedenfalls an.

Und eigentlich recht übersichtlich, befand Esther zufrieden, wenngleich sie zugeben musste, dass sich, vor allem, seit Johannas Hausrat Einzug in die Räume hier gehalten hatte,   im Innern der Schränke ein anderes, quasi fülligeres, manchmal gar überladeneres Bild darbot, würde man alle ihre Türen öffnen.

Und alles musste einmal raus. Hier, im Keller, in der Garage, im Abstellraum, in den Wohn- und Schlafräumen, in der Küche, in den Bädern und den Arbeitszimmern.

In zehn Jahren, oder in zwanzig, in einem oder in dreißig.

Was würde mit all den Dingen geschehen? Und wer würde die Auflösung vornehmen?

Würden sie und ihr Mann selbst einmal ihre Bettdecken und Kopfkissen in große Plastiksäcke stopfen und sie so für einen Umzug bereitmachen? Würden sie also durch dieses Haus gehen und sich alles, was sich im Lauf der Jahre darin angesammelt hatte, Zimmer für Zimmer vornehmen und einer Prüfung nach Notwendigkeit und Überfluss unterziehen? Würden sie beide es sein, die die Einteilung des Inventars in die Kategorien `Behalten` und `Sich-Trennen` treffen würden, um schließlich mit reduziertem Hausrat in eine kleinere, altersgerechtere Wohnung zu ziehen, so, wie ihre Mutter es einst getan hatte?

Oder würden sie sich in die Obhut eines betreuten Wohnens begeben, an das sich gar der Aufenthalt in einem Pflegeheim anschließen könnte, oder wäre es ihnen doch vergönnt, bis an ihr Lebensende hier wohnen bleiben zu können, vielleicht unter einem Dach zusammen mit einem der Kinder und dessen Familie?, verfolgte sie die unterschiedlichen Wege, über die sie letztlich aus diesem Haus herausgeführt werden könnten.

Wie dem auch sei, schloss Esther ihre Gedanken zu diesen mehr oder minder erfreulichen Vorstellungen über die denkbaren Möglichkeiten eines zukünftigen Wohnens, oder bloßen Seins, ab, irgendwann wäre es an ihren Kindern, das Haus, die Wohnung oder das Zimmer ihrer Eltern, oder des zuletzt verstorbenen Elternteils, auszuräumen, ob dieser Nachlass sich nun größenordnungsmäßig im Umfang ihres augenblicklichen Besitzes oder in einem bereits stark verringerten bewegte.

Und sie müssten sich einigen. Sie waren zu viert.

Mit Partnern sogar zu acht.

„Ich würde gerne Mamas Ring mit dem kleinen Brillanten haben. Der hat mir immer so gut an ihr gefallen.", hörte sie Maria, ihre Älteste, zu ihren Geschwistern, die Esther alle um den Esstisch stehend versammelt sah und den darauf ausgebreiteten Schmuck ihrer Mutter, der durch den ihrer Großmutter Johanna einst erweitert worden war, begutachteten, sagen.

„Dafür würde ich dann gerne die Perlenkette nehmen.", war Martinas Vorschlag.

„Diese Teller sind noch von Oma Johan-

na. Möchte die wirklich noch jemand?",
stellte Fabian bei ihrem Besichtigungs-
gang durch die Räume in Frage, ob das
Geschirr mit dem Goldrand die Schwelle
von der zweiten zur dritten Generation
noch überwinden sollte.

„Der Rand ist schon ziemlich verwa-
schen, und spülmaschinenfest ist das Geschirr aus jener Zeit eh nicht.", bemän-
gelte Martina. „Ich würde sagen: Weg damit. Ich brauche es jedenfalls nicht."

„Schau mal, Mamas alter Locher. Der
lässt sich so schwer runterdrücken und
quietscht dabei ganz gewaltig. Der hat
seine Dienste auch getan, oder was meint
ihr?"

„Braucht jemand einen Regenschirm?"

„Den Staubsauger würde ich gerne nehmen. Meiner gibt bald seine Dienste
auf."

„Bei wem passt die Kuckucksuhr von Oma
und Opa an die Wand?"

„Wer will Mamas Rezeptsammlung?"

„Kann ich die Taschenuhr, die Papa von
seinem Großvater geerbt hat, haben?",
hörte sie Julian inmitten des Stimmenge-
wirrs fragen.

„Was passiert mit der
Polstergarnitur?"

„Kann jemand noch eine Einkaufstasche
gebrauchen?"

„So ein großer Spiegel fehlt mir schon
lange."

„Wer möchte das Bild von Großvater Anton?"

So könnte es einmal gehen zwischen ihren Kindern beim Sichten ihres Nachlasses, beim Anmelden derer persönlichen Begehrlichkeiten.

Und sie vertraute darauf, dass es so gesittet und ruhig wie in ihrer Vision ablaufen würde, denn die Geschwister hatten ein gutes Verhältnis untereinander.

Aber wusste man es? Teilen war bekanntlich eine Sache für sich.

Sie und Thomas hatten zwar schon lange schriftlich festgehalten, was grundsätzlich auf der Hand lag und auch von Gesetzes wegen vorgesehen war, dass die Geschwister nämlich zu gleichen Teilen erben sollten.

Dennoch fühlte sich Esther, jetzt, wo sie gerade darüber nachdachte und für das Thema durch Johannas Tod auch stärker als in der Vergangenheit sensibilisiert war, unzufrieden über ihre doch sehr undifferenzierte, im Grunde fehlende Festlegung dazu, wie die Erbmasse genauer aufgeteilt werden sollte. Andrerseits, zum jetzigen Zeitpunkt, wo man noch nicht wusste, in welche Richtungen ihre Kinder auf ihren Lebenswegen letztendlich jeweils geführt würden, konnte man noch keine endgültige, für alle Seiten gerechte Lösung in dieser Frage finden, nahm sie sich und Thomas selbst in Schutz.

Denn wer wusste heute schon, ob Maria oder doch Fabian später das Haus einmal gerne übernehmen wollten, oder ob keiner der vieren Interesse daran beziehungsweise Verwendung dafür hätte, weil vielleicht keines der Kinder mehr in der Umgebung leben würde?

Erbmasse. Wie sich das überhaupt anhörte!

Aber wie sonst hatten sie und Thomas den gesamten Besitz, den sie einmal hinterlassen würden, ihr Erbe also, denn beschrieben, als, einfach und bequem, als eine einzige, große, diffuse Masse?

Vom Stuhl über die Vorhänge und dem Bügelbrett bis hin zu den Manschettenknöpfen und den Nähnadeln. Das Hochzeitsbild ihrer Eltern. Die Geschirrtücher. Die Wäscheklammern. Das Haus. Bargeld. Anlagen.

Alles würde sich darin wiederfinden.

Auch die Briefe aus Russland. Und Vaters alte Kamera.

Die Dokumentenmappe. Vielleicht sogar die Briefe von Anton an Hanni.

Und aus dieser Masse, eben, der Erbmasse, die ihren Kindern einmal wie vor die Füße geschüttet würde, sollte dann jeder der vier heraus pflücken, was ihm gefiel und wofür er Verwendung hatte und darauf hoffen, dass keiner der Geschwister Anspruch auf gerade seine Auswahl erheben würde?

Hatte sie nicht vor kurzem erst Julian die Briefe aus Russland versprochen? Sollte sie diese Zusage dann nicht auch zu Papier bringen und sie für Julian damit unmissverständlich sichern, und zwar zeitnah? Man wusste ja nie, was die Zukunft für einen bereithielt, was morgen sein würde.

`Julian, mein Jüngster.

Ich vermache dir sämtliche Briefe aus dem Besitz deiner Großmutter Johanna, die aus den Kriegsjahren und der Zeit der Gefangenschaft deines Großvaters Anton stammen.`

So vielleicht. So wären die Briefe aus der Dokumentenmappe jedenfalls eindeutig beschrieben.

`Du warst das erste Mal, als ich sie dir gezeigt habe, so begeistert davon, dass ich davon überzeugt bin, dass sie bei dir gut aufgehoben sind. Ich würde mich freuen, wenn du sie wiederum einmal einem Nachkommen aus unserer Familie weitergeben könntest, der sie ähnlich zu schätzen weiß.`

Über die genaue Wortwahl könnte sie ja nochmals nachdenken, sollte sie ihre Idee in die Tat umsetzen wollen. Doch vom Prinzip her umfasste dieser gedankliche Entwurf alles, was ihr wichtig für die Begründung ihrer Wahl erschien.

Denn jedes ihrer Kinder sollte nachvollziehen können, welche, buchstäblich im Vermächtnis steckende, Macht sie zu ihrer Entscheidung geführt hatte, dass sie die Briefe, wenn sie bei diesem Beispiel bliebe, nicht Maria, dem ältesten Kind, nicht Fabian, dem erstgeborenen Sohn, nicht Martina, die es so oder so am schwersten mit einer Hervorhebung in der Ordnung der Geschwister und einen Weder-Noch-Status hatte, weder erste noch letzte war, sondern sie Julian, ihrem jüngsten Kind, zuzusprechen.

Und was war mit Vaters Kamera oder mit seiner Briefmarkensammlung? Und den wenigen, etwas wertvolleren Stücken ihres Schmucks? Den Fotoalben? Der alten Kaffeemühle?

Was war mit den Gegenständen, die sie für sich von ihrer Bedeutung her als Familienerbstücken bezeichnen, oder zumindest in ihrer Nähe ansiedeln würde? Sollte sie diese Dinge nicht ausdrücklich an den, der sie ebenfalls als genau diese wertschätzte, oder für den ihr Besitz am meisten Sinn machte, weitergereicht werden? Außerhalb der Masse?

Jedem Kind sein Vermächtnis, führte sie ihre Gedanken weiter. Schließlich bildeten die vier auch nicht nur ihre Kinderschar als ein Ganzes, sondern sie waren die Individuen Maria, Fabian, Martina und Julian mit ihren ganz eigenen Interessen, Begabungen und Charakteren.

Die Vorstellung, für jedes ihrer Kinder Päckchen zu schnüren, deren Inhalt wohl überlegt und mit Sorgfalt für den damit Bedachten ausgewählt worden war, erfüllte sie mit Zufriedenheit und Freude.

Sie wollte diese Aufgabe so schnell wie möglich in Angriff nehmen.

28

Es war immer noch still im Haus.

Dem Haus, das sie und Thomas bestellen sollten.

Esther erhob sich aus ihrem Sessel, ging in Richtung ihres Arbeitszimmers und blieb schließlich unter dem Türrahmen dort stehen. Sie fühlte sich bereit.

Mit wenigen Schritten hatte sie ihren Schreibtisch erreicht und zog die untere Schublade heraus.

DOKUMENTE
ANTON KORTE

Sie umfasste die in Leder gehüllte Sammlung mit ihren beiden Händen, hob sie heraus und kehrte damit ins Wohnzimmer zurück. Setzte sich auf den gleichen Platz, den sie vor wenigen Augenblicken verlassen hatte, öffnete den Reißverschluss der Mappe und legte sie auf ihren Schoß.

Sie nahm den Bündel Postkarten und Briefe heraus, sah ihn wie zur Bestätigung nochmals durch: Empfänger, besser Empfängerin, war ausschließlich ihre Mutter gewesen. Hingegen wiederholte sich auf der Rückseite der Briefumschläge nicht ein einziges Mal ein Absender, was sich ja schon bei der ersten Durchsicht aufgrund der verschiedenen Handschriften, mit der die Adressen geschrieben worden waren, angedeutet hatte.

Esther wählte einen jener Briefe aus, dessen Verfasser ihr bekannt war.

Peter Zauner.

Sie entfaltete seinen Brief.

`Heidelberg, den 18.11.1945
Werte Frau Korte!

Ich bin in der glücklichen Lage, Ihnen über den Verblieb ihres Mannes, Anton Korte, einiges mitzuteilen.

Er ist gesund und wohlauf und hofft in Bälde zu Ihnen zurückzukehren.`

Esther las langsam und konzentriert, fand sich mit den ungewohnten Schriftschwüngen erstaunlich gut zurecht, erschloss sich Wort um Wort.

`Er befindet sich in Schachty bei Rostow in russischer Gefangenschaft. Ich selbst war mit ihm die letzten 14 Monate beisammen und bin vor einigen Tagen wegen Krankheit zurückgekehrt. Ihr Mann hat es sehr bedauert, dass er noch nicht mit nach Hause durfte, aber ich darf Ihnen versichern, auch er wird bald heimkehren. In der Hoffnung Sie mit diesen Zeilen von banger Ungewißheit befreit zu haben verbleibe ich mit den besten Wünschen! Ihr Peter Zauner.`

`Ich darf Ihnen versichern, auch er wird bald zurückkehren!`.

Esther spürte die Beklemmung in ihrer Brust. Sie musste tief durchatmen.

Dreieinhalb Jahre hatte es noch gedauert, dachte sie bitter. Weit über tausend Tage Unsicherheit, Angst und bange

Hoffnung. Für Anton, für Johanna. Für Familie und Freunde.

Unvorstellbar.

Sie fächerte die aufeinander liegende Post ein wenig auf. Die Postkarten hatte sie bisher ganz ausser Acht gelassen.

Wann schrieb man heutzutage noch Postkarten?, überlegte sie.

Sie schrieb eigentlich nur Karten, um kurze Grüße zu senden. Aus dem Urlaub, zum Geburtstag. Aber das waren auch Ansichts- oder Glückwunschkarten. Das hier, vor ihr, waren wirklich Postkarten. Postkarten von der Art, wie sie sie früher benutzt hatte, etwa, um auf ihnen die Lösung eines Preisausschreibens zu notieren und sie dann wegzuschicken.

Sie zog eine der Postkarten aus der Sammlung heraus. Las den Absender. Ging, mit etwas flattrigen Händen, schnell durch die anderen Karten hindurch.

Sie waren allesamt von einer Person verfasst.

Sie stammten alle von ihrem Vater!

Kriegsgefangener Anton Korte, UdSSR, Postschließfach, Rotes Kreuz.

Er hatte eine schöne Schrift gehabt. Das war ihr schon bei ihrem Blick über die Briefe an Hanni aufgefallen.

Sie sah auf.

Sie hätte seine Handschrift ohne das Wissen, dass sie zu ihm gehören musste, nie als die seine erkannt. Dafür war er zu früh aus ihrem Leben gegangen.

Natürlich hatten sich mit seinem Tod nicht all seine handschriftlichen Unterlagen, und wenn es nur ein paar Merkzettel gewesen sein mochten, zu Hause sofort wie in Luft aufgelöst. Aber sie waren wohl aus ihrem Blickfeld verschwunden, ob irgendwo in Schränken geräumt oder entsorgt, bevor sie, das Mädchen, die Heranwachsende, die junge Frau, sich dafür als von ihrem Vater geschrieben hätte interessieren können.

Und sie konnte sich tatsächlich nicht erinnern, bewusst je eine Notiz von ihm, die sich vielleicht in irgendeinem alten Buch eingeklemmt durch die Jahrzehnte hindurch hätte mogeln können, entdeckt zu haben. Oder, vor ihrem Fund in Mutters Nachtschränkchen, gar einen Brief von ihm.

Einzig ihre allerersten Zeugnissen, die sie irgendwo im Keller in einer Schachtel verstaut hatte, trugen seine Unterschrift, fiel ihr auf einmal ein. Wenigstens das.

Vaters Handschrift.

Der Ausdruck hatte in ihrem Wortschatz bisher nicht existiert. Sie hatte ihn ja nie nachgefragt, weil nie gebraucht.

Nun hatte er Inhalt, hatte in ihre Sprache Eingang gefunden, hatte sie erweitert.

Und bereichert.

`5.12.1946

Liebste Hanni!

Erfreut über 6. Karte. Dank für alle Grüße. Nachricht von Karl hocherfreut. Grüße ihn + Frau. Geburtstagsglückwün-

sche an Maria. Sebastian + Frau, Fam.
Haller, Sommer, herzlichste Grüße. Auf
frohes Wiedersehen grüßt + küßt Dich
Dein Anton`

`20.3.47
Liebste Hanni!
Sende Dir, allen Deinen + meinen Lie-
ben herzlichste Grüße. Bin gesund. Wie
ergehts Fam. Gruber (Georg), Schneider
Franz Josef zu Hause?
Innigste Grüße + Küße
Dein Anton`

Lebenszeichen im Telegrammstil.
Grüße und Küsse.
Und dann wieder langes Warten.
Sie sah eine Weile beklommen, und ohne
irgendeinen Gedanken fassen zu können,
aus dem Fenster.
Nachdem sie aus ihrer Leere ins Jetzt
zurückgefunden hatte, nahm sie einen
weiteren Brief in die Hand, adressiert
an Frau Anton Korte.
Frau Anton Korte.
Die Anrede war ihr gar nicht so fremd.
In ihrer Kindheit waren noch manche
Briefe so an ihre Mutter gerichtet gewe-
sen, ja, ihre Mutter hatte sich damals
bei amtlichen Angelegenheiten bisweilen
selbst so tituliert.
Frau Anton Korte.
Sie schüttelte den Kopf.
Heute unvorstellbar, da es längst keine Ausnahme mehr war, dass Mann und Frau
bei der Eheschließung beide ihre bishe-

rigen Namen behielten oder dass sich ein Partner für einen Doppelnamen entschied. Der eigenen Identität wegen. Weil man gleichberechtigt war. Weil man sich nicht einigen konnte. Warum auch immer.

Andrerseits: Warum auch nicht?, wechselte sie ihren Blickwinkel.

Frau Thomas Winter.

Diese Art von Selbstaufgabe wäre auch ihr zu weit gegangen. Aber Frau Esther Winter, geborene Korte, das war sie gerne. Die Frau von Thomas Winter, die Mutter ihrer gemeinsamen Kinder Maria, Fabian, Martina und Julian Winter. Die Winters. Eine Familie. Ein Name.

Schön.

29

`Neustadt, den 5. November 1946

Sehr geehrte Frau Korte!

Bin ja seit 17.10. hier aus rußischer Gefangenschaft und soll Ihnen Frau Korte von Ihrem lieben Mann Anton die herzlichsten Grüße übermitteln. Post hatte er von Ihnen schon erhalten gehabt als ich dort wegfuhr (am 17.8.46) und er hat sich sehr gefreut darüber. Sie wissen vieleicht schon, daß er im Donezgebiet, in der Stadt Schachty ist. Wir waren 1944 schon beinander beim Militär im gleichen Batalion. Kamen zusammen in Rumänien in Gefangenschaft und wurden im Oktober 1944 von dort nach Rußland abtransportiert. Wir hatten immer eine gute Kameradschaft. Oftmals saßen wir beisammen und erzälten von unseren Lieben zu Hause und wollten eben gerne nach Hause. Anton arbeitete in einer Schlosserwerkstatt. Er hat ein sehr gutes Ansehen. Gesund war er immer, solange ich bei ihm war`, hat ihm nichts gefehlt. Sie dürfen unbesorgt sein.

Ich habe im Schacht gearbeitet und hatte auch dort einen schlimmen Unfall gehabt. Ich glaubte es ist mit mir aus, aber Gott sei Dank bin ich am Leben geblieben und konnte diesen Herbst nach Hause fahren.

Gerne wäre er ja auch mitgefahren, aber er kann keine Krankheit aufweisen.

Sind Sie beruhigt Frau Korte, Ihrem lieben lieben Mann geht es gut und wir

wollen hoffen, daß er gesund, recht bald
zu Ihnen nach Hause entlassen wird. ich
stelle mir die Sehnsucht von ihnen vor,
nach ihrem lieben Mann, aber auch diese
Zeit muß mal kommen.

In der Hoffnung, daß es mit Ihrem lie-
ben Mann bald ein freudiges Wiedersehen
gibt, grüßt Sie recht herzlich

O. Schmitt`

„Anton war aus dem Dorf der Letzte,
der aus der Gefangenschaft zurückgekehrt
ist.", hatte ihre Mutter ihr einmal erzählt. „Da waren bereits von einigen
Heimkehrern Kinder geboren, die schon
laufen und sprechen konnten."

Soviel zum Thema `baldige Heimkehr`,
dachte Esther mit spätem Schmerz.

`Hausen, d. 20.11.45`, *stand, in für*
sie erstaunlich gut lesbaren Schrift-
schwüngen, am Anfang eines weiteren
Briefs. Der Grund, warum sie ihn sich
noch vornahm.

`Geehrte Frau Korte!`
Da mein Bruder am 17.11.45 aus rußi-
scher Gefangenschaft zurückgekehrt ist,
teile ich Ihnen im Auftrag meines Bru-
ders mit, daß Ihr Mann bei meinem Bruder
im Lager war. Ihr mann ist gesund und
geht ihm gut soweit es möglich sein kann
in Gefangenschaft. Ihr Mann befindet
sich im Donezgebiet. Er läßt alle von
Herzen grüßen. Mein Bruder ist entlassen
worden weil er krank ist. Der Russe ent-

läßt ja nur Kranke. Da es meinem Bruder nicht möglich ist, ihnen selbst zu schreiben, müssen Sie eben mit meinem Schreiben Vorlieb nehmen. Denn solche Aufträge will man schnell erledigen. Man darf um jeden Tag froh sein wenn man ein Lebenszeichen von seinen Lieben bekommt.

In der Hoffnung, daß auch Sie bald das Glück haben Ihren Gatten wieder zu sehen will ich mein Schreiben schließen.

Mit freundlichen Grüßen
Marianne Zimmermann`

Esther ließ das Blatt sinken.

Minuten in beinahe vollkommener Reglosigkeit vergingen. Allein ihre Brust hob und senkte sich, kaum merklich, beim Atmen.

Esther wählte zwei der Postkarten, die sich von den beiden, die sie bereits gelesen hatten, dadurch deutlich unterschieden, dass sie voll beschrieben waren, in die Hand. Las die Daten, an denen sie verfasst worden waren.

Spürte Traurigkeit, weil sie die Unerträglichkeit einer nicht enden wollenden Zeit belegten.

`In der Hoffnung, dass auch Sie ....`, dachte sie nur und begann zu lesen.

`4.5.1948
Meine liebste Hanni!
Zu dem bevorstehenden Pfingstfeste wünsche ich Dir, Deinen und meinen Lieben recht frohe Feiertage. Wie schön wäre es wohl könnten wir gemeinsam diese

264

Festtage in diesem schönen Monat verbringen aber auch für uns werden die
Stunden wiederkehren. Wünsche auch deiner Mutter zu ihrem Geburtstage alles
alles Gute. Die Karte wird wohl etwas
verspätet eintreffen, was ich zu entschuldigen bitte, denn habe bis heute
immer noch auf eine Nachricht von Dir
meine liebste Hanni gewartet. Aber Deine
Karte vom 4.2. mit dem Foto dürfte wohl
nicht mehr eintreffen, desto mehr freue
ich mich täglich über Dein liebes Ge-
burtstagsgeschenk. Habe das Bild nun
einrahmen lassen und ziert meine Unterkunft. Bin sonst immer noch gesund und
wünsche auch Dir meine liebe Hanni fer-
nerhin beste Gesundheit. Herzlichste
Grüße an deine und meine Lieben, sowie
Bekannte und Verwandte. Innigste Grüße
und Küße, Dein Anton!`

`8.6.1948
Meine liebste Hanni!
Deine lieben Zeilen vom 7.5. habe ich
vor einigen Tagen erhalten und danke dir
recht herzlichst dafür. Die Beförderung
der Karte ging ja sehr rasch, denn sie
benötigte für beide Wege nur 5 Wochen.
Meine lb. Hanni Dein Wunsch Dir ein Foto
zu senden kann ich Dir leider augenblicklich nicht erfüllen. Nach denen in
Deinem Besitz befindlichen Aufnahmen
habe ich mich wohl etwas verändert, indem ich etwas schlanker bin aber fühle
mich in dem derzeitigen körperlichen Zustande ganz wohl u. bin gesund. Hoffe ja

auch wie Ihr alle zu Hause, daß wir uns doch alles in Bälde mündlich erzählen können, vielleicht ist es zu deinem Geburtstag möglich. Freue mich ja so riesig auf unser Wiedersehen, denn es ist ja doch schon eine unendlich lange Zeit der Trennung. Wie sind die Aussichten für die Getreide- und Obsternte? Wie ist die Kirschenernte ausgefallen? Viele Grüße an Deine und meine Lieben. Sei innigst gegrüßt und geküßt von Deinem Anton!`

Tränen sammelten sich in Esthers Augen.

Sie nahm den einen oder andern der restlichen Briefe und Karten in die Hand, las mal hier, mal dort einen Satz, legte schließlich alles beiseite und überließ sich einfach dem Moment.

Sie stand auf und ging in die Küche. Nahm auf ihrem Weg dorthin wie durch Watte den hellen Klingelton, der eine neue SMS auf ihrem Handy, das sie auf dem Wohnzimmertisch liegen hatte, ankündigte, wahr.

Sie holte sich ein Glas aus dem Schrank und füllte es mit Leitungswasser aus dem Wasserhahn über der Spüle. Trank den Inhalt mit einem Zug leer. Atmete tief durch. Öffnete ohne wirklichen Grund den Kühlschrank. Entdeckte nichts, worauf sie bei dessen Anblick Lust bekommen hätte zu essen. Es gab nichts Süßes. Keinen Kuchen oder einen Pudding. Nur Wurst, Käse, Butter.

Und Himbeermarmelade, die noch aus Mutters Vorräten stammte. Sie schloss die Kühlschranktür.

Sie ging zurück ins Wohnzimmer, vorbei an der offenen Tür zu ihrem Arbeitszimmer, vorbei an ihrem Schreibtisch, auf dem der alte Locher stand.

Spuren.

30

Sie setzte sich in ihren Sessel, zum dritten Mal in kurzer Zeit, und ließ ihre Gedanken geschehen.

Vaters Zeilen waren berührend.

Sie passten in das Bild, das sie von seinem Wesen hatte. Zu seiner umsichtigen, besonnenen, liebevollen Art.

Wie feinfühlig er in der Formulierung seiner Sätze gewesen war! Keiner hatte seine Hanni ängstigen sollen, war Esthers Eindruck.

Mutters Seele zu streicheln, sich um sie zu legen und sanft hin und her zu wiegen, das war die Bestimmung, die er in seine Worte gelegt hatte.

Seine Sehnsucht nach ihr und seinem Zuhause, nach seiner Familie und seinen Freunden zu vermitteln, seine ferne Anteilnahme an ihrem alltäglichen Leben und sein Vertrauen auf ein baldiges, gesundes, glückliches Wiedersehen auszudrücken, das war die Aufgabe seiner Worte gewesen.

Vor allem in der letzten Zeit seiner Gefangenschaft waren seine Mitteilungen ausführlicher, ihre Sprache flüssiger und ihr Ton natürlicher geworden. Man hätte beinahe glauben mögen, sie seien das Ergebnis freien Erzählens gewesen. Was Esther aber ausschloss.

Dennoch war sie, Jahrzehnte, nachdem alles vorbei war, dankbar um dieses kleine Mehr an Nähe zwischen ihm und ihrer Mutter.

`Habe das Bild nun einrahmen lassen und ziert meine Unterkunft.`, hörte Esther seine ruhige Stimme leise in ihrem Ohr.

Wer hatte das Bild, das sie sich als ein Porträt vorstellte, vielleicht war es genau jenes Porträt der jungen Johanna, das in Mutters Schlafzimmer hing, wer hatte dieses Bild eingerahmt und dabei das Antlitz der jungen Frau, seiner Frau, die er seit Jahren nicht mehr gesehen, gesprochen und schon gar nicht berührt hatte, neugierigen Blickes erforscht?

Wer, außer ihm, hatte seine Augen auf ihren ebenmäßigen Gesichtszügen ruhen lassen?

Wer hatte den Mann, der ihre Nähe so lange schon hatte entbehren müssen, um diese schöne junge Frau beneidet?

Und wie hatte man sich besagte Unterkunft vorzustellen, in der ihr Bild, sein Blickfang, zu den wenigen Zierden, wenn es nicht sogar die einzige gewesen war, gezählt hatte?

Die wenigen Quadratmeter Welt des Anton Korte, waren sie geteilt worden mit einem oder mehreren anderen Kameraden?

Wie hatte sein kleiner persönlicher Bereich ausgesehen? Ein Tisch, ein Stuhl, ein Bett, ein Schränkchen oder gar ein Schrank, eine Pappschachtel für ein paar Habseligkeiten unter dem Bett und über ihm ein Platz an der Wand für ein Bild. Ihr Bild.

Aus diesen Elementen hätte sich seine

Welt zusammensetzen können.

Wie sie sich wirklich dargestellt hatte, hatte ihr Vater zumindest nicht in der Post, die sie bisher gelesen hatte, beschrieben, hatte es vermutlich auch nicht in der noch verbliebenen getan. Wahrscheinlich hatte er über seine Lebensumstände gar nicht berichten dürfen.

Sie würde also nie erfahren, wie die Wände, auf die er gestarrt hatte, das Bett, in dem er geschlafen hatte, ausgesehen hatten.

Sie hätte es nur von ihm erfragen können. Und sie hätte es nur von ihm hören wollen.

Sie überflog, nun, da sie im Lesen der Schnörkel gewandter geworden war, nochmals einige der Passagen der ausführlicheren, keiner Zensur mehr unterliegenden Briefe der Heimkehrer.

`Gesund war er immer, solange ich bei ihm war hat ihm nichts gefehlt. Sie dürfen unbesorgt sein`. `wir wollen hoffen, daß er gesund, recht bald zu Ihnen nach Hause entlassen wird`…. `Sie haben den Anton recht gerne im Lager..` `Wir hatten immer eine gute Kameradschaft. Oftmals saßen wir beisammen…`.

Wenigstens das, dachte Esther beklommen.

Kriegskamerad. Spielkamerad. Klassenkamerad.

Wörter aus dem Vokabular ihrer Kindheit. Ungeeignet, in einem Atemzug, als zu einer Gruppe gehörend, genannt zu werden.

„Das war ein Kriegskamerad deines Vaters."

Es schien ihr, als hätte sie diesen Satz oft aus dem Mund ihrer Mutter gehört. Schon, als sie noch Kind gewesen war.

Diese Kameradschaften, die der Krieg hervorgebracht hatte, waren, bereits ihrem damaligen kindlichen Empfinden nach, von einer ganz eigenen, ernsten Natur gewesen.

Es hatte ihnen das Lachen, die Leichtigkeit, die Freude, die sie selbst als Merkmale des Für- und Miteinanders, so wie sie es im Umgang mit eben ihren Kameraden in der Schule oder beim Spiel erfahren hatte, gefehlt.

Diese Kriegskameraden hatten eine unermessliche Last miteinander getragen und geteilt, das hatte sie damals schon gespürt.

Solange ihr Vater gelebt hatte, hatten sie nur wenige Ausflüge und schon gar keine mehrtägigen Reisen unternommen. Vater hatte am liebsten im eigenen Bett geschlafen, sehr zu ihrem Leidwesen.

Wie hatte sie die ersten Tage in der Schule nach den Sommerferien gehasst und gefürchtet und sich in ihrer Bank möglichst klein gemacht, um nicht aufgerufen zu werden, wenn einer der Lehrer, und meist war es nicht nur einer, den grandiosen Gedanken hatte, seine Schüler von ihren schönsten Ferienerlebnissen berichten zu lassen.

Ein Ferienerlebnis, das sich mit denen ihrer Mitschüler messen konnte, hatte sie aber nie zu bieten gehabt. Denn sie hätte keine Erzählung über eine besondere Erfahrung während der schulfreien Wochen mit einem Satz ähnlich dem: „Als wir im Allgäu im Urlaub waren...." einleiten können, so wie sie es sich zum Schuljahresbeginn regelmäßig, mit unterschiedlichen Urlaubszielen natürlich, hatte anhören müssen. Und das war ihr als ein ganz entscheidender Bestandteil eines erwähnenswertes Erlebnisses erschienen: ein ferner Handlungsort.

Was aber regelmäßig, wenn auch letztendlich nur drei, vier Mal im Jahr, aber auch das war eine Regelmäßigkeit, stattgefunden hatte, waren gegenseitige Besuche von Familien gewesen, die alle eines miteinander verbunden hatte: Die Männer waren zusammen im Krieg oder in Gefangenschaft gewesen.

Die Treffen waren so abgelaufen, wie es für Besuche in ihrer Kindheit üblich gewesen war: Die Erwachsenen hatten aufgebrühten Kaffee getrunken und Buttercremetorte gegessen und sich danach vielleicht noch einen Likör oder ein Glas Wein gegönnt, für die Kinder war meist Kakao oder Limonade zum Kuchen gereicht worden. Anschließend hatten man sich bei einem Spaziergang die Füße vertreten, die einstigen Weggefährten in einer eigenen Gruppe die Gesellschaft anführend, ihre Frauen, mit den herumhüpfenden Kindern eine etwas ungeordnetere, weiter auseinander gezogene Folgegruppe bildend und mit soviel Abstand hinterher schlendernd, dass sich sowohl die Männer als auch die Frauen jeweils ungestört hatten miteinander unterhalten können.

Gelegentlich hatte es bereits ein gemeinsames Mittagessen oder die Ausdehnung des Tages bis zum Abendessen gegeben, je nach Entfernung des Wohnorts der Angereisten.

Manchmal einen Ausflug zu einem interessanten Ziel in der Umgebung. Einem kleinen Wasserfall. Einem Aussichtsturm.

Und immer alle fein herausgeputzt. Sonntags angezogen.

Russland, Krieg, Gefangenschaft.

Die Worte umrissen ein Mysterium ihrer Kindheit, waren für sie Inbegriff einer unheimlichen, nicht fassbaren, nicht erklärten vergangenen Bedrohung und eines damit einhergehenden erahnten Leids ihrer Elterngeneration gewesen.

Russland. Krieg. Gefangenschaft.

Diese drei Worte hatten ihr, dem Kind, nie Raum für Nachfragen zugestanden. Kein Wie, Warum, Wer, Wo.

„Hallo Mama! Du bist schon von Oma zurück?", stellte eine gut gelaunte Martina fest, als sie ihren Kopf ins Wohnzimmer steckte und ihre Mutter ihrer Gedanken entriss.

Esther legte die Briefe wie nebenbei in die Mappe und schlug diese zu.

Sie lächelte ihre Tochter an.

„Ja, ich bin schon eine Weile hier.

273

Wollte noch ein paar Dinge von Oma durchschauen.", entgegnete sie unbestimmt und mit einer angedeuteten Kopfbewegung in Richtung Mappe. „Jetzt bin ich aber fertig."

„Schön. - Sorry, Mama, ich muss weiter, muss noch ein bisschen was lernen.", beendete Martina auch schon wieder die Unterhaltung. „Bis später." Und ging von dannen.

`Du bist schon von Oma zurück?`

Martinas Worte hingen noch im Raum.

Selbst sie beanspruchten ihre Zeit, um auszuleben, dachte Esther.

Um sich aufzulösen.

Auch ihre eigene Sprache hatte es noch nicht geschafft, sich auf die neuen Verhältnisse einzustellen, hatte sie bisher unbeirrt in Mamas oder Omas Wohnung, aber noch nicht in die ihre geführt.

Ihr Blick fiel auf ihr Handy vor sich auf dem Tisch. Sie erinnerte sich der SMS und nahm es in die Hand.

Petra: `Bin am Donnerstagnachmittag in der Gegend. Habe einiges zu erzählen... Passt es für dich, wenn ich bei dir vorbeikomme?`.

Was für Probleme!, dachte Esther nur und verdrehte innerlich die Augen, schaltete das Gerät aus.

31

Nachdem Esther die Wohnungstür hinter sich geschlossen hatte, steuerte sie direkt auf die bei ihrem letzten Besuch im Flur abgelegten Alben zu, um sie in einem Stapel aufzunehmen und ins Wohnzimmer zurückzutragen.

Fragte sich, warum sie sie überhaupt der Umgebung, mit der sie über so viele Jahre eins gewesen waren, hatte entreißen wollen, wo es doch keinen besseren Ort als Mutters Heim zu geben schien, in dessen Obhut sie die komplette Bildersammlung ein erstes Mal nach deren Tod durchsehen sollte.

Sie legte den Stoß auf dem Couchtisch ab, zog das rote Album heraus, setzte sich damit in den Sessel und ließ ihren Blick auf dem noch geschlossenen Buch ruhen.

Die Bilder aus ihren Kindertagen. Vorfreude stieg in ihr auf.

Sie öffnete das Album und begann es langsam, und nicht in der Absicht, die Aufnahmen bei diesem ersten Durchgang intensiv anschauen zu wollen, durchzublättern. Wollte sich lediglich ins Damals einstimmen.

Obwohl es das Familienalbum war, war sie, das Kind und also nur ein Drittel dieser Familie, das vorherrschende Motiv auf den Bildern. Meist war sie allein abgebildet, als Säugling, Kleinkind, Schulmädchen. Manchmal auch mit ihrer Mutter oder mit Besuch. Verwandtschaft.

Oma und Opa Häussler. Und ein paar wenige Male mit ihrem Vater.

Esther lehnte sich in ihrem Sessel zurück und hielt die Aufnahmen auf den beiden aufgeschlagenen Seiten, die allesamt die kleine Esther vor dem Kaufladen zeigten, fest im Blick.

Acht Jahre Familie! Vollständige Familie, ergänzte sie.

Acht Jahre mit Vater und Mutter.

Nur acht Jahre!

Anton, Johanna und Esther. Klammer auf, Klammer zu. Die Abgeschlossenheit einer Familie. Umrahmt von einem Kommen und Gehen.

Acht Jahre!

Was waren schon acht Jahre! Die Dauer einer gymnasialen Schulzeit, bot sich ihr, der vierfachen Mutter, als Vergleich an.

Und an die ersten zwei, drei dieser gemeinsamen Jahre hatte sie ja keinerlei selbständige Erinnerungen. Blieben ihr also die Winzigkeit von ungefähr fünf Jahren mit ihren Eltern, von denen sie eigene Bilder in sich trug.

Sie sah ihren Vater mit seiner Lesebrille auf der Nase an einem alten Tisch, dem in sein Arbeitszimmer verbannten Zusatztisch für etwaige größere Feste, sitzen, wie er, nach vorn gebeugt, seine vor ihm ausgebreiteten Briefmarken sortierte.

Sie sah sich, nachdem sie den Gang zum Gottesdienst mit ihrer Mutter absolviert hatte, neben ihm in der Dorfwirtschaft

beim Frühschoppen sitzen. Jeden gewöhnlichen Sonntag hatten sie das getan, sofern ihr ihre Erinnerungen keinen
Streich spielten. Und selten waren ihre
Sonntage außer der Reihe verlaufen,
durch einen Besuch, einen Ausflug, ein
Familienfest.

Sie mit der köstlich süßen Orangenlimonade und einem, damit der Appetit aufs
Mittagessen nicht verloren ging, nur
kleinen Päckchen Salzbrezeln, beides
hatte es zu Hause nie gegeben, und er
mit einem Römerglas Weißwein vor sich
auf dem Tisch. Selten waren sie die ersten gewesen, die die kleine Sonntagsrun-
de um den Stammtisch eröffnet hatten.
Sie verfügte nur noch über punktuelle
Erinnerungen an die Männer, in deren Gesellschaft sie beide sich ihre Zeit bis
zum Mittagessen vertrieben hatten und zu
denen für sie nach Vaters Tod der Kontakt abgerissen war.

Sie entsann sich noch an Herrn Sauters
großporiges, stets gerötetes Gesicht, an
Herrn Küpfers verschmitzte Augen und
sein nicht minder schelmisches Lächeln,
oder daran, dass Herr Maurer nur noch
einen Arm gehabt und der leergebliebene
Ärmel seiner Jacke deshalb stets in deren Tasche gesteckt hatte.

Kriegsversehrt, das war ein gängiges
Wort in ihrem Vokabular gewesen.

Sie waren ihr damals, durch die Augen
eines Kindes, schon ziemlich alt vorgekommen, waren sicherlich über vierzig,
vielleicht gar über fünfzig Jahre alt

gewesen. Und vermutlich lebte heute keiner mehr von ihnen.

Sie hatte ihren Vater viele Male zu diesen sonntäglichen Zusammenkünften begleiten dürfen, und doch konnte sie keine klaren, zusammenhängenden, bewegten und mit Worten untermalten Bilder zu jenen Stunden in ihrem Gedächtnis finden.

Nicht ein einziger Satz von diesen Begegnungen hatte sich ihr eingeprägt, so dass sie ein „Ich sehe heute noch genau vor mir, als damals am Sonntag beim Frühschoppen in der Wirtschaft mit meinem Vater…" bei passender Gelegenheit zum Besten hätte geben können.

Was in ihr zurückgeblieben war, war das Gefühl, dass sie brav neben ihrem Vater gesessen und ihre Limonade und die Salzbrezeln genossen hatte, stolz darüber, dass sie hatte mit dabei sein dürfen. Das schien ihr genügt zu haben.

Sie sah sich mit ihrem Vater am Rand des örtlichen Fußballplatzes stehen. Konnte sich an das Raunen der Zuschauer bei einem gelungenen oder auch missratenen Spielzug erinnern und an den kollektiv jubelnden Aufschrei der Anhänger des erfolgreichen Vereins bei einem Tor.

Sie erinnerte sich an das seltene Ereignis eines Mittagessens am Sonntag außer Haus. Vater, Mutter und Kind, alle fein angezogen.

Jägerschnitzel. Oder Zigeunerschnitzel. Sie glaubte, sogar schon mit Pommes, aber da konnte sie sich auch täuschen. Und wieder Orangenlimonade.

Manchmal war der Gasthausbesuch verbunden gewesen mit einer kleinen Spazierfahrt in die Umgebung, um so den Tag endgültig zu einem außergewöhnlichen werden zu lassen.

Das Ausprobieren seines Fotoapparates, das Auf- und Abschrauben der Wechselobjektive am Kameragewinde, das Drehen an den verschiedenen Ringen für die Einstellung von Entfernung, Tiefenschärfe und Brennweite, Vaters Blick durch das Sucherfenster, um die Ergebnisse der Veränderungen zu überprüfen.

Und dann der Ausflug zum Flugplatz.

Vater mit Anzug, Hemd, Krawatte und Hut, Mutter mit Kostüm, hohen Schuhen und den frisch gelegten Haaren, sie, das Kind mit den schwarzen Sonntagslackschuhen, den weißen Kniestrümpfen, dem guten Sonntagskleid mit Rüschen, je nach Witterung noch einem feinen Strickjäckchen darüber, und nicht zu vergessen, der obligatorischen Schleife im zum Pferdeschwanz ordentlich zusammengebundenen Haar.

Man hatte sich feingemacht, wie all die anderen Besucher auch, um von der Zuschauerterrasse aus die startenden und landenden Flugzeuge zu bestaunen und den ankommenden oder abfliegenden Passagieren, die in die eine oder andere Richtung übers Rollfeld liefen, eifrig und begeistert zuzuwinken.

Dieser Einblick in die große Welt war ein Glanzlicht in ihrem jungen Leben gewesen.

Ein Ereignis.

Ein Ereignis, das ihr neben der Erfahrung an sich auch noch einen dankbaren Stoff geliefert hatte für die Schularbeit mit der Aufgabenstellung „Schreibe einen Aufsatz zu dem Thema: `Mein schönstes Erlebnis`."

Das waren die Szenen, die ihr zu der Zeit, als sie Vater und Mutter hatte um sich haben dürfen, stets als die ersten, so wie jetzt eben, und ohne im Gedächtnis nach solchen kramen zu müssen, einfielen.

An schönen, im Rückblick sie erfreuenden Szenen, musste sie einschränken.

Denn da gab es noch die dunklen Monate um Vaters Krankheit und seinen Tod, aus denen ihr so vieles unvergesslich geblieben war.

Esther hielt inne, sah geradeaus in unbestimmte Ferne, fiel in jene Zeit zurück.

Die Enge und Dichte zwischen den Mauern ihres Elternhauses, die gedämpften Schritte, die leisen Stimmen, die ernsten Gesichtern. Alles war wieder da.

Unvergesslich - nein, diese ganzen Erfahrungen von damals waren ihr mehr als nur unvergesslich geblieben.

Jene Erfahrungen hatten sich in ihr Gedächtnis eingebrannt. Hatten sie geprägt.

Überdeckten den Hintergrund ihrer Bilder aus jenen Tagen seit jeher mit einen feinen grauen Schleier.

Fest entschlossen, sich nicht von dieser düsteren Zeit einholen zu lassen, widmete Esther ihre ganze Aufmerksamkeit den Aufnahmen vor sich.

Das kleine, glückliche Mädchen vor seinem Kaufladen. Sie hatte ihn geliebt, diesen Kaufladen mit seinen winzigen Schächtelchen und Fläschchen, dem Spielzeuggeld, dem kleinen Einkaufskorb, der Kasse. Ganze Nachmittage hatte sie mit Anita, Juliane oder Petra in ihrem Kinderzimmer mit Einkaufen und Verkaufen zugebracht, oder wer sonst sich für dieses Spiel hatte begeistern lassen und seine Zeit dafür geopfert hatte. Manchmal waren es ihre Mutter oder Tante Irmgard gewesen, wenn diese ihnen gerade einen Besuch abgestattet hatte. Und zu Anfang, als der Kaufladen noch neu gewesen war, hatte auch ihr Vater einige Male bei ihr eingekauft.

Sie seufzte mit einem sentimentalen Lächeln auf dem Gesicht.

Die Erinnerungen an ihre unbeschwerten Kindertage!

Sie hatte sie in ihrem Gedächtnis gehütet und am Leben erhalten, so wie sie als kleines Mädchen bunte Glasperlen gesammelt und sie wie Teile eines Schatzes in einer Dose aufbewahrt hatte. Um sie dort herauszuholen und sie gegen das Licht zu halten, wann immer sie das Verlangen nach deren Funkeln und Leuchten verspürt hatte. Von der Sicherheit begleitet, dass sie von einem immer gleichen, unverändert zauberhaften Aussehen erfreut würde.

Ihre Kostbarkeiten.

Ihre Regenkiste.

Regenkiste!

Sie liebte dieses Wort.

„Neulich habe ich den Ring aus dem Kaugummiautomaten, den mir Peter damals in der zweiten oder dritten Klasse verehrt hat, in meiner Regenkiste gefunden.", hatte ihr Susanne vor Jahren lachend erzählt, als sie sich ihrer ersten Schwärmereien erinnerten. „Wie war ich damals stolz darauf."

„Was ist denn eine Regenkiste?", hatte Esther nachgefragt.

„Kennst du den Ausdruck nicht?", hatte sich ihre alte Freundin gewundert.

„Eine Regenkiste ist eine Schachtel, eine Schuhschachtel zum Beispiel, in der man alle möglichen Andenken sammelt, für die es sonst keinen wirklich eigenen Ort zum Aufbewahren oder Aufstellen gibt. Einzelne alte Fotos, Postkarten, ein Plastikarmband aus Kindertagen, ein Figürchen, ein Sportabzeichen." Susanne hatte mit den Schultern gezuckt. „Kleinigkeiten eben, meistens ohne nennenswerten materiellen Wert, an denen aber das Herz hängt.

Eine Kiste, wie sie wahrscheinlich jeder irgendwo hat.

Ich habe beispielsweise die kleine Schneekugel, die mir meine Eltern von einem Weihnachtsmarkt mitgebracht haben, dort drin. Oder den winzigen Eiffelturm, den meine Patentante für mich in Paris als Mitbringsel eingekauft hat. Eine selbstaufgefädelte Kette aus Glasperlen. Oder eben den Ring aus dem Kaugummiautomat.

Und Tage, an denen es draußen so richtig trüb und regnerisch ist, an denen man sich am liebsten ganz faul aufs Sofa kuschelt und keinen Fuß vor die Tür setzen möchte, sind doch wie geschaffen dafür, um in solchen alten Erinnerungen zu kramen.

Deshalb der Name."

Ihre Regenkiste.

Damals, nach Vaters Tod, hatten ihre Trauer, ihre Sehnsüchte, hatte die Gewissheit um die Endgültigkeit des Abschieds sie dazu verleitet, ihre Erinnerungen an die vergangenen schönen Momente mit ihrem Vater zusammenzutragen und sie in eine, in ihre, Regenkiste zu legen und ihr einen sicheren Platz in ihrem Gedächtnis zuzuweisen.

Damals, als sie den Jahren, die auf Vaters Verlust gefolgt waren, von vornherein die Stärke abgesprochen hatte, im Schatten dieses Ereignisses ihr Leben weiterhin mit ähnlich bunten, in der Erinnerung leuchtenden Glasperlen bereichern zu können.

Damals, als sie ihre Regenkiste, einmal zusammengestellt, sozusagen für vollständig erklärt hatte, ihr nichts mehr hinzufügen, und erst recht nichts hatte wegnehmen wollen.

Damals, als sie sich und andere mit der Präsentation ihrer zusammengerafften bunten Steinchen, die sie aus ihren hellen Tagen in ihr neues Leben hinübergerettet hatte, hatte überlisten und glauben machen wollen, dass sie mit den Menschen aus ihrem Umfeld, besonders mit den Gleichaltrigen, mithalten konnte in der Konkurrenz um die Alltäglichkeit, Normalität und Durchschnittlichkeit ihrer Leben.

Damals, als sie nicht hatte Gefahr laufen wollen, ohne zwingenden Grund auf das hintergründige Grau in ihren Tagen gestoßen zu werden.

Ihr Blick fiel auf das geöffnete Album auf ihrem Schoß. Sie blätterte weiter.

Das Mädchen mit der Zahnlücke strahlte ihr mit kindlicher Unbekümmertheit entgegen. Einmal, zweimal, dreimal.

Es konnte doch nicht falsch sein, dachte sie, berührt von diesen Bildern, sich der Wärme seiner schönsten, dankbarsten Erinnerungen zu bedienen und in ihnen zu schwelgen, wenn die Seele danach verlangte, verteidigte Esther die Auswahl ihres von malerischen Aussichtspunkten gesäumten Wegs durch die Vergangenheit.

In Erinnerungen schwelgen!

Schwelgen, kostete Esther das Wort aus.

Schwelgen, das war purer Genuss. Das war wie das Vertilgen eines sündig großen Stücks üppigster Sahnetorte, begleitet vom Gefühl des Siegs der Lust über die bremsende Vernunft, dieses Triumphs, den erhobenen, mahnenden Zeigefinger ignoriert und die Beachtung von Ernährungsgrundsätzen und Kalorienzahlen locker entspannt, in manchen Augen geradezu leichtfertig, übergangen zu haben in der sicheren Überzeugung, dass die Selbstdisziplin stark genug wäre, um ab dem nächsten Tag problemlos die Wiederaufnahme und Einhaltung eines vernünftigen, gemäßigten Lebenswandels zu gewährleisten.

Viel zu selten gönnte sie sich einen Ausflug ins Reich der Sinne, dachte sie seufzend.

Sich treiben lassen. Maßlos sein. Unvernünftig sein. Genießen. Den Augenblick in sich aufsaugen.

Schwelgen, was für ein sinnliches Wort!

Und die Erinnerungen, die sie am liebsten im Archiv ihres Gedächtnisses abgelegt und dort vergessen hätte?

Sie zogen immer wieder ganz von allein die Aufmerksamkeit auf sich und schoben sich unbeirrt in ihren Kopf und in ihre Gedanken, wenn sie durch ein Wort oder durch eine Situation aus der Dunkelheit gelockt und ans Licht gezerrt wurden.

In diesen Erinnerungen wollte, konnte man nicht schwelgen. Man konnte auch nicht von ihnen zehren. Zehren, wie von den Eindrücken eines herrlichen Urlaubs.

Vielmehr zehrten sie an einem. Fraßen Reserven auf.

Schwelgen und zehren.

Rote Pausbacken und hohle Wangen.

32

Nachdenklich betrachtete Esther ihr Gesicht von vor über 40 Jahren.

Es tat ihr leid, das ahnungslose, treuherzig in die Kamera blinzelnde Mädchen, das sich nach dem Tod des Vaters mit dem Verlust seiner Unbekümmertheit und dem schnellen Ende einer normalen Kindheit wie in einer Mischwelt aus Kind- und Erwachsensein wiedergefunden hatte. Wie ausgesetzt. Oder hineingeworfen.

Bilder eines ernsten Mädchens zogen an Esther vorbei. Bilder, die ihr den Hals zuschnürten.

Das Kind, das wenige Tage, bevor alles anders wurde, von Annemarie, einer Schulfreundin, auf dem Pausenhof beiseite genommen worden war.

„Ich würde dich gerne zu meinem Geburtstag am Samstag einladen, aber meine Eltern meinen, dass es besser ist, wenn ich das sein lasse, weil es deinem Vater so schlecht geht."

Sie hatten sich gegenüber gestanden, Annemarie mit ihrem dunkelbraunen dicken Pferdeschwanz, Esther mit ihren hellbraunen Zöpfen, und sich, länger als nur einen Augenblick, in die Augen geschaut.

Es hatte keiner weiteren Worte bedurft. Esther hatte einfach nur verständig genickt.

Esther wurde flau im Magen bei der Erinnerung an diese Szene, die nicht mit ihr und Annemarie, nicht mit Kindern dieses Alters, hätte besetzt sein dürfen, die auszuführen vielmehr den Erwachsenen, die sie auch geschrieben hatten, hätte auferlegt sein müssen. Unvermittelt sah sie die kleine Samira vor sich, die Tochter der Königs aus ihrer Nachbarschaft, die sie heute früh noch auf deren Weg zur Schule gesehen hatte.

Sie war ungefähr so alt, wie sie, Esther, damals beim Tod ihres Vaters gewesen war. Sie konnte sich die immer strahlende, mehr hüpfende als gehende Samira in einer solchen Unterhaltung, weder auf der einen noch auf der andern Seite vorstellen.

Esther schüttelte den Kopf.

Was damals von ihnen beiden ohne schützenden Beistand von Erwachsenen abverlangt worden war, würde man heute Kindern dieses Alters kaum mehr zumuten.

Hineinwachsen ins Leben. Einfügen in die Erwachsenenwelt. Auf kurzem, direktem Weg. Das hatte zu ihrer Wirklichkeit gehört.

Nicht das vorangegangene Durchspielen unbekannter Situation mit dem Kind, damit es eine neue Herausforderung vorbereitet angehen konnte. Wie etwa das Proben des ersten Zahnarztbesuchs.

Oder gar tiefergehender, prägender Erlebnisse.

„Dein Vater ist tot."

Wie hätte man das auch im Voraus üben sollen?, dachte sie mit bitterer Ironie.

Das geschah!

Ihr Vater war übrigens in der Nacht

auf jenen Samstag gestorben.

Sanft eingeschlafen, wie man ihr am nächsten Morgen versichert hatte.

Sie sah das Kind, das zusammen mit seiner Mutter die große Trauergemeinde angeführt hatte, beide im von ihm so verabscheuten, die Trauer und die Nicht-normalität betonenden Schwarz gekleidet.

Das noch nie eine Beerdigung mitge-macht und sich deshalb vorgenommen hat-te, es in seinem Auftreten dem der Mut-ter gleich zu tun. Was bedeutete, so be-herrscht zu sein, wie diese es schon die ganzen Wochen zuvor und vor allem auch während der vergangenen Tage seit Vaters Tod gezeigt hatte.

Denn trotz seiner Jugend war dem Mäd-chen bewusst gewesen, dass sie beide un-ter den Lebenden die Hauptrollen in die-sem Schauspiel auf dem Friedhof inne ha-ben und dass die Anwesenden ihre Blicke immer wieder auf sie richten würden, um keine Regung, keine ihrer Tränen zu ver-passen.

So hatte es vor allem versucht, sein Weinen und Schluchzen zu kontrollieren, wenn möglich ganz zu vermeiden.

„Zweimal hat die Kleine geweint.", hatte Esther beim Verlassen des Fried-hofs von etwas abseits stehenden, sich leise, aber doch nicht leise genug, un-terhaltenden Trauergästen aufgeschnappt.

War das nun viel oder wenig gewesen? Hatte die Tränenskala bei zwei Zählern angezeigt, dass sie das, was um sie her-um geschehen war, verstanden hatte oder nicht? Hatte sich das Ergebnis mit den Erwartungen der Zuschauer gedeckt?

Sie dachte an das Kind, das tags darauf erstmals seit dem Tod des Vaters wieder zur Schule hatte gehen dürfen, so, wie es die Regeln der Großen das für einen solchen Fall vorgesehen hatten.

Das sich wie aus einer Quarantäne entlassen gefühlt hatte, wie es, schwarz gekleidet, und damit von den Ereignissen äußerlich noch gezeichnet, und ganz auf sich gestellt, seinen Weg vom Schulhof ins Klassenzimmer durch ein Spalier aus schweigenden, es hilflos anstarrenden Klassenkameraden hatte bahnen müssen.

Ob Herr Hansen, ihr damaliger Klassenlehrer, die Grausamkeit dieses Gangs für sie so, als einem Spießrutenlauf, zugelassen hatte, hatte die erwachsene Esther bald bezweifelt. Aber es änderte nichts daran, wie sie sich bei ihrer Rückkehr in den Klassenverband, bei ihren ersten Schritten in die neue Normalität, gefühlt hatte.

Schutzlos und aussätzig.

Normalität!

Radio zu hören, am Nachmittag mit den Freundinnen zu spielen und mit ihnen zu lachen, ja, sogar wieder die Schule zu besuchen oder Hausaufgaben zu machen, das war es, wonach sie sich in den vier Ausnahmetagen zwischen dem Tod und der Beerdigung ihres Vaters gesehnt hatte, und was die Vorgaben der Erwachsenen zu dem Punkt, wie man sich in einem Trauerfall innerhalb der Familie zu verhalten hatte, verboten hatten.

Tatsächlich hatte nach der Beerdigung ihr Alltag seinen gewohnt gleichförmigen und unspektakulären, seinen so erlösend verlässlichen und sicheren Ablauf bald wiedererlangt.

Und sie hatte sich darüber hinaus so sehr gewünscht, dass man sie ihr denn auch nicht mehr ansehen sollte, die Wahrheit darüber, dass ihr Vater sie nie mehr an die Hand würde nehmen können.

„Ich möchte keine dunklen Kleider mehr anziehen.", hatte sie ihre Mutter daher schon wenige Tage nach Vaters Begräbnis begonnen anzubetteln.

„Das gehört sich so, wenn der Vater gestorben ist.", war Mutters Erwiderung darauf gewesen, und der Ton, in dem sie das gesagt hatte, hatte an ihrer Standhaftigkeit in diesem Punkt keine Zweifel gelassen.

„Sie ist doch noch ein Kind.", hatte sie Helga behutsam auf ihre Mutter ein-wirken hören, als diese einmal Zeugin von dieser von Esther mehrfach wieder-holt geäußerter drängender Bitte gewor-den war.

Acht Wochen nach dem Tod ihres Vaters, an diese unerträglich lange Zeitspanne erinnerte sich Esther noch sehr genau, und also zwei Wochen nach der Mindest-trauerzeit, während der man sich wohl für alle sichtbar als in Trauer befind-lich zu zeigen gehabt hatte, hatte ihre Mutter eingewilligt. Ungleich mehr über-redet als überzeugt zwar, das war aus ihrem angespannten Gesichtsausdruck, der auch ein wenig Enttäuschung hatte erahnen lassen, ziemlich deutlich herauszulesen gewesen, aber Esther hatte das im erlösenden Moment nicht gekümmert.

Mit Beschämung dachte sie an ihren Jubel über dieses Zugeständnis zurück, obwohl ihre Freude aufgrund ihrer acht Lebensjahr entschuldbar und verständlich gewesen wäre, und daran, wie sie daraufhin umgehend in ihr Zimmer zum Kleiderschrank gestürmt war und dessen Türen weit aufgerissen hatte, um befreit und mit glänzenden Augen die farbenfrohe Vielfalt ihrer Garderobe zu genießen.

„Endlich darf ich mich wieder normal anziehen.", hatte sie überglücklich verkündet.

Nie im Leben würde sie die leisen, für sie so unbarmherzigen Worte ihrer Mutter vergessen, die, tiefschwarz gekleidet, mit trauriger Miene plötzlich in der Tür gestanden hatte, und die sich wie ein bleibender Stachel in ihre Seele gebohrt hatten.

„Das war das letzte, was du noch für deinen Vater hast tun können."

Sie sah das Kind, das mit dem Vater auch sein freies, schier grenzenloses Lachen verloren hatte.

33

Es war in der allerersten Schulwoche ihres Lebens gewesen, als sie mit dem neuen, dunkelbraunen, ledernen Ranzen auf dem Rücken aufgeregt und voller Mitteilungsdrang nach Hause gerannt war und dabei fast mit Herrn Braun, ihrem Briefträger, zusammengestoßen wäre. Er war ihr vertraut gewesen durch ihre Begegnungen vor ihrem Elternhaus, die sich dann ergeben hatten, wenn sie gerade im Vorgarten gespielt hatte, während er auf seiner täglichen Runde an ihrem Briefkasten vorbeigekommen war. Gerne hatte sie ihm dann ein wenig aus ihrem unschuldigen Leben erzählt, denn Herr Braun war ein aufmerksamer Zuhörer gewesen.

„Hoppla, Esther!", hatte er gelacht und ihren Schwung abgebremst, indem er sie leicht an ihren Schultern festgehalten hatte. „Du hast es aber eilig!"

„Heute habe ich zum ersten Mal richtig Schule gehabt, Herr Braun. Schau, mein Ranzen.", hatte sie ihn stolz angestrahlt und ihren Rücken ein wenig zu ihm gedreht, damit er den sichtbaren Beweis dafür, dass sie nun die nächste Stufe zum Großsein erreicht hatte, gebührend hatte bewundern können. „Ja, ja, mein Kind. Jetzt beginnt der Ernst des Leben.", hatte er mit feierlicher Stimme und einem bedeutungsschwanger dreinblickenden Gesicht entgegnet, so dass Esther an der Gewichtigkeit und auch der

Richtigkeit seiner Aussage keine Sekunde gezweifelt hatte. Er hatte ihr freundlich zugenickt und war seines Weges gegangen.

Esther war beeindruckt stehengeblieben und hatte ihm hinterher gesehen, bevor sie sich pflichtbewusst an ihre allerersten Hausaufgaben, ein ganzes Blatt mit ziegelbogenförmigen Schwüngen zu füllen, gesetzt hatte.

Der Ernst des Lebens hatte begonnen!

Sie blätterte im Album, hatte das gesuchte Bild schnell gefunden.

Mit dem Griffel in der rechten Hand, der Hand, mit der zu ihrer Zeit noch alle hatten schreiben lernen müssen, saß sie, die Linkshänderin, in einer Schulbank, mit der vom Schulfotografen mitgebrachten, vorbereiteten Schiefertafel vor sich auf dem Tisch.

„Mein erstes Schuljahr 1965/66" stand in gleichmäßiger Schreibschönschrift darauf zu lesen.

Schüchtern lächelnd hatte sie ihren Blick direkt auf die Kamera gerichtet, sichtlich bemüht um die erwartete Natürlichkeit in ihrem Ausdruck.

Ruhig betrachtete Esther die Aufnahme eine Weile.

Sie mochte dieses Bild, trotzdem es gestellt war.

Es war offiziell. War nicht irgendein Bild zum Schulanfang, sondern *das* Bild zum Schulanfang. Spiegelte die Bedeutung dieses Tages, der Beginn eines neuen, wichtigen Lebensabschnitts, für sie wider.

Zu manchen Ereignissen im Leben gehörten diese Art von Erinnerungsfotos einfach dazu, befand Esther.

Zur Hochzeit. Zur Erstkommunion. Zum Eintritt in den Kindergarten. Oder eben zur Einschulung.

Sie schlug das Album zu. Sah nachdenklich gerade aus.

Der Ernst des Lebens!

Sie hatte ihn damals freudig und voller Stolz in ihrem Leben begrüßt, diesen Ernst, der sich an ihre Seite gestellt hatte, um sie zur Erledigung ihrer neuen Pflichten anzuhalten und über ihre Erfüllung zu wachen. Sie zu ermahnen, pünktlich und täglich zur Schule zu gehen, die Hausaufgaben vor dem Spielen zu erledigen, die Schulhefte ordentlich zu führen, abends den Ranzen für den nächsten Schultag gerichtet zu haben, um nur einige Dinge im neuen Alltag eines Schulkindes zu nennen.

Er hatte sich als ein ihr wohlgesonnener, hilfreicher Begleiter in ihrer ersten aufregenden Zeit als Schulkind entpuppt, hatte er sie doch beim ständigen Erwerb neuer Fähigkeiten, des Lesens, Schreibens und Rechnens, mit seinen Regeln unterstützt und ihr dadurch geholfen, die Tür zu der Erwachsenenwelt ein Stück weiter aufzustoßen und sie näher an die Großen heranzubringen.

Doch der erste wahre Ernst des Lebens, der Ernst, der sich als solcher von Anfang an nicht vor ihr hatte verstellen können, dieser Ernst hatte während Vaters langsamen Sterben Schritt für Schritt seinen Platz in ihrem Leben für sich beansprucht und ihn mit Vaters Tod vollends erobert.

Und dieser Ernst hatte sie schließlich auch durch die nachfolgende Trauerzeit begleitet, hatte ihr vor allem die bislang unbekannten Verhaltensregeln aus der Erwachsenenwelt gezeigt, die auch für sie in den nächsten Monaten gelten sollten.

Sie, das Kind, hatte sich den Normen der Großen gebeugt, denn über ihre Lockerung oder großzügige Auslegung war mit ihrer Mutter nicht zu verhandeln gewesen. Unerbittlich und hart hatte sie, die doch sonst so gütig gewesen war, auf deren strikte Einhaltung gepocht.

Kein Fasching im Trauerjahr, kein Geburtstagsfest mit Freundinnen, kein Fernsehen in der ersten Zeit des Danach genauso wenig wie Musik aus dem Radio.

Heute konnte sie die unnachgiebige Haltung ihrer Mutter verstehen als die einer alleinstehenden, alleinerziehenden Frau ihrer Zeit, die sich der ständigen Beobachtung von außen ausgesetzt gefühlt hatte und die ihrer Umgebung hatte beweisen müssen und wollen, dass sie auch ohne Mann in der Lage war, alles mit dem Kind richtig zu machen.

Aber damals!

Damals hatte sie in diesen Regeln keinen Sinn sehen können, denn sie hatten an Vaters Tod nichts geändert. Sie hatten nur ihr junges Leben noch mehr von dem der anderen Kinder abgehoben, hatten es als etwas unangenehm Besonderes herausgestellt.

Sie hatten auch nicht die Frage, die weniger sie sich selbst denn die Erwachsenen um sie herum sich gestellt hatten, beantworten können. Die Frage, warum ausgerechnet dieser Mann, der so viel Leid erduldet hatte und der so lange darauf hatte warten müssen, um mit seiner Frau ein gemeinsames Leben führen und zusammen mit ihr eine Familie gründen zu können, warum dieser Mann so früh aus seinem Leben als auch aus dem seiner kleinen Tochter und seiner Frau gerissen worden war und seine Frau erneut hatte zurücklassen müssen, nun endgültig und mit der ganzen Verantwortung für sich und ihr gemeinsames Kind auf ihren Schultern lastend.

Diese Frage, so oft, wie sie sie damals um sich herum von betroffenen, mitfühlenden Menschen gehört hatte, hatte ihr, wenn es schon keine einzig wahre, und eigentlich auch überhaupt keine mit dem Schicksal versöhnende Antwort darauf gegeben hatte, zumindest deutlich gemacht, dass dieser Tod von besonderer Tragik und für alle unbegreiflich gewesen war.

Und aus dieser Erkenntnis heraus, dass nämlich niemand einen Sinn in diesem Tod hatte sehen können, hatte sie der Satz:

„Sie ist noch zu klein, um das alles zu verstehen.", den sie in der ersten

Zeit, nachdem sie ihren Vater verloren hatte, nicht selten von irgendwelchen Leuten aus ihrer Umgebung hatte hören müssen, im Innern wütend gemacht.

Und sie hätte diese Menschen, die sich mit dieser Äußerung über sie gestellt und sie in die Kinderecke verwiesen hatten, eigentlich auch fragen, und ihnen dabei mit dem ohnehin klaren Blick eines Kindes auffordernd und direkt in die Augen schauen sollen, was genau am Tod ihres Vaters die Erwachsenen denn besser verstehen würden als sie selbst.

Denn genau diese Frage hatte sie ihnen, die es sich mit ihrem Urteil so einfach im Umgang mit ihr, dem verlassenen Kind, gemacht hatten, im Geist immer wieder an den Kopf geworfen.

34

Esther konnte sich nicht erinnern, dass es nach Vaters Tod je ein ausführliches Gespräch zwischen ihrer Mutter und ihr zu ihren neuen Lebensumständen gegeben hatte, nun, da sie nur noch zu zweit waren.

Vielleicht hatte es eines solchen auch nicht zwingend, nicht zwingender als in der Phase, in der sich ihre zukünftig familiäre Situation begonnen hatte abzuzeichnen, für Esther bedurft hätte.

Denn zum einen war der Alltag, was sie, das Kind, betraf, nach wie vor von seinen strukturgebenden Säulen wie Aufstehen, Essen, Hausaufgaben, Spielen, Schlafen getragen worden, zum andern hatte Vaters Krankheit sie bereits an sein Fehlen an manchen Stellen in ihrem Leben herangeführt gehabt.

So hatte ihr Vater während seiner letzten Wochen das Bett kaum noch verlassen. Die Mahlzeiten am Tisch tagein, tagaus, werktags wie sonntags nur noch zu zweit einzunehmen, war Mutter und Tochter, als sie es gezwungenermaßen hätten lernen müssen, längst nicht mehr fremd gewesen.

Den Vater in das abendliche Gebet einzuschließen, war für Esther während seiner Krankheit zu einer von der Mutter auferlegten, von ihr zu einer einsichtig ausgeführten Pflicht geworden und war es nach seinem Tod auch so geblieben. Einzig, dass sie zuvor für den kranken Vater nebenan im Schlafzimmer gebetet hatte, danach für den toten Vater weit über ihr oben im Himmel.

Ihm am Krankenbett eine gute Nacht zu wünschen, war weggefallen. Natürlich.

Das Fehlen dieses Punktes war für sie jedoch nur während der ersten Zeit nach Vaters Tod als eine schmerzliche Lücke in ihrer zuletzt gewohnten, täglichen Ordnung empfunden worden.

Sie hatte sich dafür mitunter auch schuldig, gar wie eine Verräterin an ihm gefühlt, war sie doch sehr bald befreit und erleichtert darüber gewesen, dass sie diesen abendlichen Gang, den Besuch an Vaters Bett, in der letzten Woche seines Lebens schließlich der einzige am Tag, nicht mehr hinter sich hatte bringen müssen. Hatte sich gar gewünscht, all die beklemmenden Gefühle, die sie dabei begleitet hatten und all die bedrückenden Bilder, die daraus entstanden waren, ganz und gar und für alle Zeit aus ihrem Kopf verbannen zu können.

Denn sie hatte sich, je weiter die Krankheit ihres Vaters fortgeschritten war, jeden Abend mehr davor gescheut, das abgedunkelte Schlafzimmer zu betreten. Diesen Raum, der, unter dem Bann des nahen Todes stehend, einen nur noch hatte flüsternd reden und vorsichtig auf Zehenspitzen gehen lassen, wenn man draußen im Flur in dessen Nähe gekommen war, und der in seinem schummrigen Innern nur beängstigende Stille, den Geruch von Krankheit und Medizin in sich geborgen hatte mit einem Menschen in seinem Zentrum, der, abgemagert und blass in seinem Bett liegend, sein selbst für das Kind offensichtliches Leiden demütig ertragen hatte, und seiner Tochter am Schluss nur mehr schwach über deren Hand hatte streichen können.

Irgendwann hatte der tägliche Besuch am Krankenbett jener Unbefangenheit entbehrt, mit der sich Vater und Kind in guten Zeiten begegnet waren. Sie war spätestens ab dem Zeitpunkt verloren gegangen, ab dem Esther das Elternschlafzimmer nur noch in Begleitung der Mutter hatte betreten dürfen, die sich zwar dann in den Hintergrund des Raumes zurückgezogen und mit leiser Geschäftigkeit vorgegeben hatte, etwas im Schrank sortieren oder auf einem Beipackzettel eines der vielen Medikamente etwas nachlesen zu müssen, deren Aufenthalt in Esthers Augen aber nur einen Zweck verfolgt hatte, nämlich den Ablauf ihres Besuchs bei ihrem Vater zu überwachen.

Sie hatte wohl den rechten Zeitpunkt erkennen wollen, wann die Gegenwart der Tochter, der Austausch der wenigen Worte zur Schule und zu ihrem Tag, manchmal sogar zu ihren kindlichen Sorgen, die zwischen ihr und ihrem kranken Vater mühsam zustande gekommen und die früher so selbstverständlich gewesen waren, zu anstrengend für den Mann würden, um dann durch ein Räuspern und ein, zwei Schritte in den Raum hinein zu bedeuten, dass das Ende der Begegnung gekommen war.

So legte Esther die sie damals störende Anwesenheit ihrer Mutter, die nur wenig von der vertrauten Nähe zwischen Vater und Tochter zugelassen hatte, im Nachhinein entschuldigend für diese aus.

Esther hatte sich dann folgsam mit einem Kuss von ihrem Vater verabschiedet und das Zimmer rasch verlassen.

Gerne, und doch auch wieder nicht.

Nach seinem Tod hatte ihre Mutter sie über viele Wochen hinweg täglich mit zu seinem Grab genommen.

Dort waren sie dann, nachdem nun alles vorbei war, keine Tatsachen mehr verleugnet oder beschönigt werden mussten, mit gefalteten Händen und gesenkten Köpfen friedlich nebeneinander gestanden.

Wie auf einer Ebene, das kleine Mädchen und die erwachsene Frau.

Esther hatte diese stillen Momente gemocht.

Und sie war immer froh gewesen, wenn sich keine anderen Besucher auf dem Friedhof aufgehalten hatten. Wenigstens nicht in ihrer Nähe.

Von denen sie sich und ihre Mutter versteckt beobachtet und bemitleidet gefühlt hätte, so, wie sie in ihrer schwarzen Kleidung vor dem frischen Grab den offenkundig erst vor kurzem eingetretenen Tod ihres Mannes und Vaters betrauert hatten.

Sie hatte einfach nicht das arme Kind neben der armen Frau sein wollen. Vom ersten Tag an hatte sie nicht so gesehen werden wollen.

Das Urteil, das arme Kind zu sein, war dennoch über sie gesprochen worden. Mit leiser Stimme, damit sie die Worte nicht hören sollte, hatten die Erwachsenen, vor allem in den ersten Monaten nach Vaters Tod, es sich einander zugeraunt. Oft genug hatte sie es trotzdem aufgeschnappt, hatte mit der Zeit, etwa an verstohlenen Blicken in ihre Richtung, auch aus der Ferne erahnen können, wann sie Gegenstand eines Gesprächs war und wie eines der Erkenntnisse aus der Unterhaltung über sie lauten würde: Das arme Kind.

Manchmal, wenn es sie in einem besonders traurigen Moment getroffen hatte, hatte sie das Urteil sogar widerstandslos angenommen, hatte es zugelassen, sich arm zu fühlen.

Dann hatte sie ihre verwundete Seele frei gegeben und sie ganz in ihrem Innern in eine leere Tiefe stürzen lassen. Hatte ihren Vater unendlich vermisst.

Meistens hatte sie dieses Bedauert-Werden aber einfach nur gehasst. Dieses Mitleid, das sie für die Menschen, die es ihr entgegen gebracht hatten, derart anders gemacht hatte.

Sie hatte kein Kind gekannt, das genauso anders gewesen war wie sie.

So furchtbar anders.

Der Stempelaufdruck der bedauernswerten Frau und der des armen Mädchens waren mit den Jahren verblasst. Sie hatten es beide geschafft, ein einigermaßen normales, öffentliches Leben zu führen.

Sie, als sie mit dem Wechsel aufs Gymnasium an einem andern Ort, in ihrer Kreisstadt, die Chance zu einem Neustart in ein Schulleben in anderer Umgebung und mit zum Teil neuen, unwissenden und damit auch unbelasteten Klassenkameraden erhalten hatte.

Und ihre Mutter hatte ganz selbstverständlich die Aufgaben des Vaters sowohl als Elternteil als auch als Familienoberhaupt mit übernommen. Hatte sich als Schneiderin einen soliden Kundenstamm schaffen können und damit Geld verdient, hatte Kleider genäht, repariert und abgeändert und dabei das Glück gehabt, von zu Hause aus arbeiten zu können. Hatte sich im privaten Alltag genauso um die Reparatur des Autos in einer Werkstatt wie um den Aufbau des Weihnachtsbaums oder um die Steuern gekümmert.

„Was ist mir anderes übrig geblieben als weiter zu machen? Esther war ja da."

Esther lehnte sich zurück.

Und was war ihr selbst übrig geblieben, um es mit den Worten ihrer Mutter auszudrücken?

Mit acht Jahren?

Acht Jahre! Es versetzte ihr einen Stich ins Herz. Sie dachte an ihre eigenen, mittlerweile mehr oder minder erwachsenen Kinder. Bilder der übermütig miteinander herumtollenden, lachenden Geschwister Winter zogen an ihr vorbei. Im Garten. Im Kinderzimmer. Im Urlaub am Strand. Bei Spieleabenden im Kreis der Familie. An Weihnachten. Alle zusammen mit Oma Johanna.

Einmal mehr spürte sie Dankbarkeit für die Gnade, dass ihre vier Kinder in einer vollständigen Familie hatten aufwachsen dürfen.

Jeder Tag in solcher Vollkommenheit war ein Geschenk. Das nahm sie sich vor, sich immer wieder vor Augen zu führen. Vor allem dann, wenn sie im Begriff war, sich über Bagatellen, über Lächerlichkeiten zu ärgern.

Wie über herumliegende Schuhe.

Und so hatte sich die junge Esther auch nichts mehr gewünscht, als wieder in die gefällige Rolle eines Durchschnittsmädchens aus einer Durchschnittsfamilie zurück schlüpfen zu können, wie sie sie vor Vaters Krankheit inne gehabt hatte und die weit entfernt gelegen war von jener, in die sie durch dessen Tod gezwungen worden war.

Als Folge hatte sie nicht jedem Menschen den gleichen Einblick in ihr umgekrempeltes Leben gewährt. Hatte manchen, denen sie erst in der Zeit nach ihres Vaters Tod begegnet war, den Blick in ihre Vergangenheit ganz verwehrt, um nicht Gefahr zu laufen, dass das traurigste Kapitel daraus entdeckt würde. Hatte dadurch genau das gemacht, was hinter dem Prinzip `Weitermachen wie bisher` für sie persönlich gesteckt hatte, nämlich nach außen hin zu ignorieren, dass sich hinter den Mauern ihres Elternhauses Grundlegendes verändert hatte.

„Wie heißt dein Vater mit Vorname?", hatte sie Herr Beyer, ein Lehrer, der frisch an ihr Gymnasium versetzt worden war, mit einem sie kühl musternden Blick über den Rand seiner Brille gefragt, das Klassenbuch vor sich auf dem Pult, den Schreibstift in der Hand.

Er hatte für ihre siebte Klasse die Aufgabe des Klassenlehrers übertragen bekommen und war mittendrin, an diesem ersten Tag des neuen Schuljahres die Formalitäten, die dieses Amt mit sich brachte, zu erledigen.

„Anton.", hatte Esther, die nach ihrem ersten Eindruck von ihm eigentlich schon entschieden hatte, zu welcher ihrer Welten sie ihn leiten wollte, bedacht zurückhaltend, um nicht zu sagen, verschlossen, geantwortet.

Wahrheitsgetreu geantwortet.

Nachdem er seinen Eintrag dazu gemacht hatte, hatte er sie erneut angesehen.

„Beruf?"

„Kaufmann." Das war sein Beruf - gewesen. Auch das war nicht gelogen.

Als er auch alle weiteren erforderlichen Angaben zur Schülerin Esther Korte bei ihr eingeholt und in seinem Buch festgehalten hatte, hatte er abschließend ihre Note in Deutsch, seinem Unterrichtsfach, aus dem Abschlusszeugnis des vergangenen Schuljahrs von ihr erfragt.

„Eine Zwei.", hatte sie erwidert.

„Wenn das denn so bleibt!" war der Kommentar von ihm, der noch keine einzige Lehrstunde in dieser Klasse abgehal-

305

ten hatte, darauf gewesen, begleitet von einem skeptischen Blick in ihre Richtung.

Als er sich seinen Vermerk in das Notenbuch gemacht hatte, hatte er sich schließlich, die alphabetische Ordnung einhaltend, Ralf Linnemann zugewandt.

Verstohlen, und mit wachsender Abneigung, hatte Esther ihren neuen Lehrer beobachtet.

Von ihm würde sie keine mitleidigen Freundlichkeiten oder Rücksichtnahme aufgrund ihrer familiären Situation ertragen wollen, hatte sie vergrämt gedacht. Wenn sie sich unauffällig in der Schule benehmen und passable Noten nach Hause bringen würde, so dass ihre Mutter höchstens zu den Elternversammlungen ginge, für ein Einzelgespräch mit diesem Mann aber keine Veranlassung sehen würde, würde es ihr vielleicht gelingen, dass er von ihrem Anderssein nichts erfahren würde.

Irgendwann war ihm dennoch alles zu Ohren gekommen. Womit, das war Esther im Grunde auch klar gewesen, sie hatte rechnen müssen.

Aber zumindest war sie ihren Vorsätzen treu geblieben, hatte ihm mit bewusster Unnahbarkeit demonstriert, dass sie nun, da er über sie im Bilde war, erst recht keine andere Behandlung als zuvor wünschte und auch keiner bedurfte.

35

Immer wieder war Esther vor Augen geführt worden, dass sie die Wirklichkeit nicht überlisten konnte.

Sie hatte zwar entscheiden können, was sie von sich selbst offenbarte, nicht aber, was man über sie erfahren konnte durch das Wissen, das über sie im Umlauf war. Und auch nicht, in welcher Weise sie mit Vaters Verlust konfrontiert wurde.

Simple Wortfetzen wie `Mein Papa und ich` , `Mama und Papa`, `Vati holt mich ab` bis hin zu `Meine Eltern und wir`, die auf dem Schulhof, im Klassenzimmer, am Nachmittag beim Spielen, auf der Fahrt im Schulbus, nach dem Kinobesuch oder beim Pizzaessen beharrlich in der Luft um sie herum geschwirrt waren, als hätten sie so notwendig zu dieser gehört wie Sauerstoff und Wasserstoff, hatten ihr die nicht zu behebenden Schwachstellen in ihrem Leben beständig und unbarmherzig aufgezeigt.

„Da wird der Papa aber stolz auf seine hübsche Tochter sein, wenn er dich heute Abend sieht.", hatte der neue Friseur, den Esther als 13-, 14jährige zum ersten Mal besucht hatte und von dem sie sich zu einem modernen, kürzeren Haarschnitt hatte überzeugen lassen, was eine gute Entscheidung gewesen war, ihr beim Verlassen des Salons auf den Heimweg hinter gerufen. Esther hatte ihm ein höfliches Lächeln über die Schulter zugeworfen und war nach Hause zu ihrer Mutter gegangen.

Noch schlimmer als diese ahnungslosen Bemerkungen waren die selbstgefälligen Äußerungen Wissender gewesen, warf sie voller Bitterkeit ihren Blick zurück.

„Wie hätte sich dein Vater gefreut, wenn er dich so als Braut hätte sehen können. Was glaubst du, wie gerne er dich zum Altar geführt hätte?"

Wie hätte sie, in ihrem weißen Kleid, am vielbeschworenen schönsten Tag in ihrem bisherigen Leben, auf diese Worte, die ihr so weh getan hatten, aus dem einfältigen Mund von Hildegard, einer Kusine ihrer Mutter, reagieren sollen?

Mit einem bedauernd melancholischen „Ja, das wäre er.", oder mit einem gefasst tapferen, beinahe übersinnlichen

„Er schaut mir sicher von irgendwoher zu.", oder mit Tränen in den Augen, zu keinen Worten fähig?

Sie hatte, im Innern um ihre Fassung kämpfend, nur genickt und sich schnell einem andern Gast zugewandt.

Natürlich hätte ihr Vater auch seinen Spaß an ihren vier Kindern gehabt, ereiferte sie sich in Gedanken. Es war nicht nötig, dass man sie mit einem mitleidig beklagenden „Was glaubst du, wie sich der Opa über seine Enkel gefreut hätte!" ausdrücklich darauf hinweisen musste.

Es hatte wahrlich genügend Momente gegeben, in denen er ihr als Großvater für ihre Kinder gefehlt hatte.

Bei der Einschulung oder der Abiturfeier. An Geburtstagen oder Weihnachten.

Beim Großelterntag im Kindergarten.

Beim Spielen mit der Eisenbahn, auf Spaziergängen, beim Drachensteigen-Lassen, beim Kopfrechnen-Üben.

Oder einfach so. Als Opa.

Und als ihr Vater.

Jetzt, zum Beispiel.

Vor allem in der ersten glückseligen Zeit nach der Geburt eines jedes ihrer Kinder war der inzwischen verwunden geglaubte Schmerz über sein Fehlen in ihrem Leben neu in ihr aufgeflackert wie ein niedergebranntes Feuer, dessen schier erloschene Restglut sich durch einen Luftstoß wieder entzündet hatte, so dass sie sich jedes Mal wieder hatte eingestehen müssen, dass sich die Lücke, die er in ihr hinterlassen hatte, nie ganz geschlossen hatte.

Keines ihrer Kinder hatte sie ihm überglücklich strahlend und mit den stolzen Worten: „Das ist dein Enkelkind!" vorstellen können. So, wie sie es bei Thomas` Eltern hatte tun dürfen.

Das hatte ihr jedes Mal weh getan.

Wenn sie zusammen mit ihrer Mutter, Oma Johanna, an der Wiege gestanden und sie das neugeborene Kind miteinander andächtig bestaunt hatten, erfüllt von Dankbarkeit und Demut über das Wunder der Entstehung dieses neuen Lebens, dann waren ihrer beider Gedanken, und nicht nur die ihren, zu ihm gewandert, dessen war sie sich sicher gewesen. Zu ihm, der diesen Augenblick nicht mit ihnen hatte teilen können.

Oder wenn sie einen Gesichtszug an ihrem Kind, an Maria vor allem, entdeckt hatte, der Ähnlichkeit mit ihm erkennen ließ. Dann hätte sie ihm dieses Band, diese Nähe zu seinem Enkelkind so gerne geschenkt.

Oder wenn sie unterwegs, auf dem Gehweg, in einer Fußgängerzone oder im Park, einen Großvater mit seinem halbwüchsigen Enkel sah. Wie sie sich unterhielten, wie sie lachten, wie sie einfach nebeneinander her gingen. Dann hätte sie sich gewünscht, sie hätte Opa Anton und mit ihren Kindern einmal so erleben können.

In solchen Augenblicken vermisste sie ihn so sehr.

In Phasen solcher Traurigkeit hatte sie immer auch das Bedürfnis verspürt, zum Friedhof zu gehen und sein Grab zu besuchen, was sie mit den Jahren zunehmend seltener getan hatte.

Ganz allein war sie dann vor diesem Stückchen Erde gestanden, hatte auf den Stein mit dem eingemeißelten, ihr so vertrauten Namen am oberen Rand des Grabes geblickt, wie von der Küste eines Festlandes aus über ein unüberwindbares Meer hinaus auf ein in der Ferne vorbeifahrendes, unerreichbares Schiff.

Mit schwerem Herzen schlug sie das Album wieder auf und setzte ihre Reise in die Vergangenheit fort.

Esther. Esther. Esther. Esther mit ihrer Mutter. Esther mit Oma und Opa

Häussler. Esther mit ihrem Vater.

Sie stockte und sog das so rare Motiv von Vater und Tochter mit ihren Augen förmlich in sich auf, für das ihre Mutter und ihr Mann die gewohnten Positionen vor und hinter der Kamera getauscht hatte. Anton als geübter Fotograf hatte in solchen Ausnahmefällen auch stets schon die notwendigen Einstellungen am Apparat vorgenommen, so dass Johanna nur noch mit ruhiger Hand den Auslöser hatte drücken müssen, erinnerte sich Esther dieser Rollenverteilung noch sehr genau.

Es wurde ihr warm ums Herz, als sie das Bild, das sich in seiner Güte nicht von den übrigen in diesem Album unterschied, betrachtete. Das Bild, wie Anton und seine schätzungsweise dreijährige Tochter zu Hause im Wohnzimmer vor dem Weihnachtsbaum, unter dem die eingepackten Geschenke lagen, standen, wie er dabei eine Hand auf ihre kleinen Schulter gelegt hatte und beider Augenpaare auf die Kamera gerichtet waren. Ihr Vater mit seinem ruhigen, tiefgründigen Blick, sie, das Kind, mit aufgeregtem, gespannten Gesichtsausdruck, der bevorstehenden Bescherung entgegen fiebernd.

Für die darauffolgenden Aufnahmen war die gewohnte Ordnung vor beziehungsweise hinter der Kamera dann wieder hergestellt gewesen.

Mutter und Kind beim Sichten der noch unangetasteten Geschenke.

Mutter und Kind beim gemeinsamen Auspacken eines Päckchens.

Das Kind auf dem Boden zwischen dem aufgerissenen Geschenkpapier sitzend und eine Puppe mit schwarzen Haaren freudestrahlend seiner Mutter, die sich zum ihm heruntergebeugt hatte, entgegenstreckend.

Die üblichen Weihnachtsbilder eben.

Mit einem Mal begann Esther durch das restliche Album bis zum letzten Bild förmlich hindurch zu hasten und dabei mit den Augen die Bilder wie auf der Suche nach einem ganz bestimmten Motiv oder Detail zu überfliegen. Schlug das Album zu. Nickte leicht mit dem Kopf.

Es hatte sich bestätigt, was sie wider besseren Wissens gehofft hatte, durch eine wundersame, sich nachträglich eingeschlichene Korrektur des Inhalts doch noch widerlegen zu können.

Keine Aufnahme mit Vater, Mutter und Tochter zusammen.

Kein einziges gemeinsames Foto.

Kein für die Nachwelt festgehaltenes, dokumentiertes vollständiges Wir der Familie Korte.

36

Wir.

Esther ließ das Wort in sich versickern.

Es erschien ihr so dünn, dieses Wir der Familie Korte, dachte sie beklommen.

Wir, Familie Winter.

Wir, Familie Korte, stellte sie einander gegenüber.

Üppig gegen spärlich.

Leider war es ihnen drei ja nicht vergönnt gewesen, mit ihrem Wir aus gemeinsamen Jahrzehnten, und nicht nur einiger weniger Jahre, eine scheinbar nie versiegende Quelle zu speisen, aus denen sie später, gestern, heute, morgen, ihre Erinnerungen, gute wie schlechte, erheiternde wie schmerzliche, an vergangene Zeiten hätten schöpfen können. Mit dem sie ihre Nähe zueinander, ihren Zusammenhalt untereinander immer wieder hätten bestätigen, festigen, vertiefen können.

Sich in geselliger Runde gemeinsam erinnern, so, wie es sich manchmal im Lauf einer Begegnung ergab.

Wo eine Erinnerung die nächste wachrief, egal bei wem. Wo wie bei einem kurzweiligen Dominospiel ohne Einhaltung einer Reihenfolge oder eines Nachziehens einfach der, der einen passenden Anschlussstein hatte, die bereits auf dem Tisch liegende und sich dort wie eine Schlange darüber windende Reihe fortsetzte, hing sie unerfüllten und auf ewig unerreichbaren Träumen nach.

Stein an Stein, Gedanke an Gedanke.

So, wie sie das mit Thomas und ihren Kindern hie und da genießen durfte. Wenn die Familie nach dem Essen noch entspannt am Tisch sitzen blieb, an Wochenenden, an Geburtstagen, manchmal auch an ganz normalen Tagen.

Wenn man gelandet war beim „Weißt du noch, als Julian mit den Essstäbchen schneiden wollte..?", „und dann….,", „ Oder als wir nach einer halben Stunde Auto packen endlich alle drin saßen und dann der Wagen nicht ansprang und wir unverrichteter Dinge wieder aussteigen mussten?". „Und dann…."

Lachen. Freude. Gemeinschaft. Wärme.

Üppig gegen spärlich.

War dieser Vergleich gerecht?

Welches Bild hatte sich eigentlich im Verlauf der vielen vergangenen Jahre vom Wir der Familie Korte in ihr geformt?

Esther spürte ein Unbehagen in sich aufsteigen und sie sträubte sich dagegen, sich die ehrlichste unter den sich anbietenden Antworten auf diese Frage zu geben.

Fühlte sich Johanna gegenüber schuldig, als würde sie deren Leistung für die kleine Familie, insbesondere nach Vaters Tod, nicht zu würdigen wissen. Als hätte sie den Platz ihres Mannes nur ungenügend, oder notdürftig, ausgefüllt.

Aber Esther konnte es nicht leugnen: Ihr Wir der Familie Korte wurde von ihrem Vater beherrscht, für sie bildete er dessen eigentlichen Kern.

Es waren in der Hauptsache jene Erinnerungen, die mit ihm verbunden waren, die für sie diesem Wir seine Gestalt gaben.

Nach seinem Tod waren sie keine klassische, keine vollständige, Familie mehr gewesen.

Verwitwet, alleinerziehend, ohne Vater. Diese Merkmale hatten ihr Wir verändert, hatten es ärmer gemacht.

Also doch, üppig gegen spärlich.

Und das, wo ihre Mutter sich mit einer klaglosen, selbstverständlichen, pflichtbewussten Unermüdlichkeit, Liebe und Fürsorge um sie, die Tochter, gekümmert hatte, dachte Esther beschämt.

Vaters Tod war ein markanter Orientierungspunkt für die zeitliche Ordnung ihrer Kindheit geworden.

„Ich kann höchstens sieben Jahre alt gewesen sein, als wir den Zoo besucht haben. Mein Vater war ja noch gesund und konnte selbst Auto fahren, und das ging im Sommer danach, als ich also acht Jahre alt, nicht mehr."

„Zu diesem Fest hat mich noch mein Vater mitgenommen." oder

„Da hat mein Vater schon nicht mehr gelebt."

Vaters Tod, der Fixpunkt in der Estherschen Zeitrechnung. Der ihr Leben entzweite. Als Vater noch lebte. Als Vater schon gestorben war.

Als Vater schon gestorben war, hing Esther ihren Worten nach. Als alles, als sein Sterben vorbei war, dachte sie müde.

Sterben. Ein Vorgang, der durch den Tod, dem Schlusspunkt des Lebens, klar beendet wurde.

Der Tod war da, wenn er da war. Sein Eintritt konnte objektiv festgestellt werden. Entweder - oder.

Aber wann hatte Vaters Sterben begonnen? Wo war sein Anfang?

Als die Schmerzen zu stark und mit Medikamenten hatten bekämpft werden müssen, die Kraft zu gering, um aufstehen zu können, die Nahrungsaufnahme nicht mehr möglich und das Gewicht immer weniger geworden war? Oder als es sich bis zum vermuteten Ende nur noch um eine kurze, überschaubare Spanne von einigen Tagen bis ganz wenigen Wochen gehandelt hatte? Was war Sterben?

Welche Merkmale legten es fest? Aus Sicht des Betroffenen selbst, aus Sicht seiner Umgebung?

An welchem Punkt hatte ihre Mutter für sich bestimmt, dass die Krankheit ihres Mannes nun definitiv in dessen letzte Lebensphase, in sein Sterben übergegangen war? Und wann ihr Vater?

Wann hatte sie, das Kind, eigentlich den entsprechenden Schluss gezogen?

Sicher nicht zeitgleich mit ihrer Mutter oder mit ihrem Vater, nahm Esther an.

„Er liegt im Sterben."

Niemand hatte ihr, dem Kind, die Wahrheit so deutlich und direkt angetan.

„Deinem Vater geht es sehr schlecht. Du musst leise sein." „Du kannst jetzt nicht zu ihm gehen, er ist zu müde."

Mit diesen einfach gewählten, sanft und milde an sie gerichteten Worte hatte man sie behutsam an sein Im-Sterben-Liegen heranzuführen versucht, hatte man sie auf ihrem Weg zu der Ahnung und schließlich zu der Gewissheit über den wahren Zustand des Vaters und wohin sich dieser schlussendlich entwickeln würde, begleitet.

Bedrückt dachte Esther an jene Ausnahmestimmung, die in ihrem Elternhaus, dessen Wände durch die Ängste und Unsicherheiten über das, was kommen würde, gedämmt zu sein erschienen waren, geherrscht hatte.

Flüstern statt sprechen. Gehen statt rennen. Rückzug statt Gesellschaft. Ernst statt Freude. Verstummen statt lachen. Ein Abschied wie auf Zehenspitzen aus ihrem eigenen bisherigen als auch aus dem beinahe vollendeten Leben ihres Vaters. Ihr Übergang zum Alleinsein, sein Wechsel in die Stille. Die Totenstille.

Sie konnte sich an kein Schlüsselerlebnis entsinnen, durch das ihre im Lauf der Krankheit sich entwickelte, hintergründige Ahnung in die Gewissheit übergegangen wäre, dass Papa nicht mehr gesund werden würde.

Sein Sterben hatte sich ihr durch seinen langsamen Zerfall zu erkennen gegeben. An seinem Weniger-Werden und an den

Reaktionen, die sein Ausleben bei ihrer Mutter und den Menschen, die ihn besucht hatten, ausgelöst hatten. Je geringer sein Gewicht geworden war, je mehr seine Kraft nachgelassen hatte, desto mehr waren einfache Dinge, die in gesunden Tagen unbedeutend Nebensächliches gewesen waren, in den Mittelpunkt des Interesses gerückt: Wie viel er gegessen, wie viel er getrunken hatte, wie oft und schließlich, ob überhaupt, er aus seinem Bett aufgestanden war, wie lange und dann schließlich auch, ob überhaupt, er im Sessel gesessen hatte.

Immer mehr Alltägliches hatte das Siegel des Bemerkenswerten erhalten, schließlich auch für sie, dem Kind, und hatte sie die Möglichkeit, dass etwas letztmalig geschehen sein könnte, mit jedem Tag als wahrscheinlicher erscheinen lassen. Und irgendwann war ihr von selbst klar gewesen, dass alles, was ihn betraf, nun zum letzten Mal so hätte gewesen sein können. Weil er bald sterben würde.

In sich gekehrt und gefangen von den Erinnerungen an jene Tage, verharrte sie eine Weile.

Nahm schließlich das rote Album, das die ganze Zeit über auf ihrem Schoß gelegen hatte, wieder wahr.

Das Familienalbum.

Ein sentimentales Lächeln erhellte ihr Gesicht.

Das war es, dem sie sich heute hatte widmen wollen. Der eingeklebten Aneinanderreihung glücklicher Momente.

Von einem Bild zum nächsten springen, wie von einer sonnigen Insel zur andern. Sich den blendend schönen Erinnerungen hingeben.

Und das wollte sie jetzt tun, entschied sie entschlossen.

Sie schlug das Buch erneut auf. Zum wievielten Mal heute?, schoss es ihr durch den Kopf. Öffnen, schließen, öffnen, schließen. Wie in einer Dauerschleife ohne richtigen Ausgang.

37

Gleich auf der ersten Seite war sie als Säugling, sie war noch als Säugling zur Welt gekommen, nicht als Baby, stellte sie nebenbei fest, zu bewundern. Die ganze Bandbreite dessen, was ein Kind in den wenigen Wochen und Monaten seit Beginn seines irdischen Daseins an Motiven zu bieten hatte, schien festgehalten worden zu sein. Vom kritisch-ernsten Blick, augenscheinlich das Gesicht des fotografierenden Vaters ergründend, über das sanfte, zufriedene Lächeln, dem müden Gähnen bis hin zu einem von einem Niesen oder auch einem Weinen verzerrten Gesicht.

Sie konnte ihren Vater förmlich vor sich sehen, so, wie sie ihn aus seinen gesunden Tagen kannte, wie er mit der einsatzbereiten Kamera in der Hand, dabei immer mal wieder, um deren Einstellungen zu überprüfen, durch den Sucher blickend, geduldig vor ihrem Stubenwagen ausgeharrt hatte, um keinen ihrer Gesichtsausdrücke, unter denen möglicherweise ein einmaliger hätte sein können, zu verpassen.

Oder hatte er gar wie ein Clown Grimassen geschnitten und dabei für ihn unnatürlich hohe Töne von sich gegeben, um sie, das Kind, zu diesem vergnügten Lachen zu animieren, das sie auf einigen Aufnahmen zeigte und das vermutlich von einem freudigen Jauchzer ihrerseits begleitet worden war, um endlich diese

Aufnahmen, so, wie er sie sich vorgestellt hatte, zu erhalten?

Hätte sich ihr Vater für ein für ihn perfektes Bild auf diese Ei-dei-dei-Ebene begeben? Er, der immer so ruhig und bedächtig in seinem Handeln gewesen war. Er, der mit ihr, dem Kind, immer ernsthaft, in Erwachsenensprache, geredet hatte. Nein, auf dieser Ebene konnte sie ihn sich nicht vorstellen.

Es folgten mehrere Seiten füllende Bilderserien.

Wie sie bäuchlings auf einer Decke auf dem Holzboden lag, oder sich auf den Unterarmen abstützte und das Köpfchen hob. Wie sie im Stubenwagen selig schlief.

Oder wie ihre Mutter, in einem Sessel sitzend, ihr, die sie in eine kleine Decke eingewickelt war, das Fläschchen gab.

Manche Aufnahmen waren nahezu identisch, unterschieden sich lediglich in winzigen Feinheiten des Lächelns, dem Ausdruck der Augen, der Haltung des Kopfes, waren anscheinend nicht aussortiert und auf ein paar besonders gelungene Exemplare reduziert, sondern so, wie sie geliefert worden waren, ins Album eingeklebt worden.

Was sie nachvollziehen konnte. Denn sie kannte es von sich selbst, das verklärende Hochgefühl über die Einzigartigkeit des eigen Fleisch und Bluts, das Eltern in der ersten Zeit nach der Geburt ihres Kindes bisweilen befiel. Das jedes der Bilder so wichtig und besonders wie das andere und keines zuviel oder überflüssig erscheinen ließ.

Und so hatte auch sie von ihren Kindern jede Menge Filme verknipst, vor allem in deren ersten Lebensjahren. Denn auch sie hatte alle wichtigen Augenblicke im Leben ihrer Kinder festhalten wollen. Für später. Für sich selbst. Für Thomas. Für das einmal erwachsene Kind.

Der erste Tag nach der Geburt im Krankenhaus. Der erste Tag zu Hause. Die erste Ausfahrt im Kinderwagen. Das erste Lächeln. Der erste Ausflug zum Spielplatz. Der erste Zoobesuch. Das erste Mal im Plantschbecken.

Und wann immer möglich, hatte sie die sagenhaften, unglaublichen Entwicklungsfortschritte ihrer Kinder im Bild zeitnah zu ihrem ersten Eintreten festzuhalten versucht. Greifen nach einem Holzring. Freies Sitzen. Auf den eigenen Beinen stehen. Alleine mit dem Löffel essen. Um die Bilder dann, wie bei einer sauber geführten Dokumentation, manchmal mit Angaben von Datum, Ort und eventuell Personen, nach ihrem zeitlichen Ablauf in den Alben aneinanderzureihen.

Als sei es Jahrzehnte später von Bedeutung, wann genau, an welchem Tag, etwa Martina das erste Stück Kuchen gegessen hatte, belächelte sie ihren mütterlich verblendeten Eifer von einst.

Sie blätterte sich durch ihre Kindertage. Sitzen. Stehen. Alleine essen. Beim Versuch, die brennende Kerze auf dem Adventskranz auszupusten.

Versunken sah Esther auf die vor ihr aufgeschlagenen Doppelseite.

Wie sich die Bilder glichen!, stellte sie fest, als sie an die Aufnahmen von ihren eigenen Kindern dachte.

Das genau störte sie auf einmal.

Und von einer plötzlichen, einer Art gelangweilten, Unzufriedenheit über das, was sie vor sich sah, befallen, überflog sie die nächsten Seiten nur noch.

Fühlte sich auf den Aufnahmen, die so an ihr vorbeizogen, bloß abgebildet. Vermisste das Originale, das Eigene von sich. Denn im Grunde waren die meisten Fotos, bis auf das süße Gesicht natürlich, schränkte sie lächelnd ein, austauschbar mit denen anderer Kleinkinder.

Sie hielt erst wieder an bei einem Bild, das die fünf,- sechsjährige Esther beim Blumenpflücken auf einer Wiese zeigte. Das hatte sie gesucht.

Schon immer hatte ihr diese Aufnahme von sich ganz besonders gut gefallen. Sie liebte den Anblick des kleinen Mädchens, dessen Gesicht von einzelnen, wild herunterhängenden Haarsträhnen, die sich durch den Haarreif nicht hatten bändigen lassen, umrahmt war und die das Kind liebenswürdig ungestüm erscheinen ließen und das dem Fotografen, seinem Vater, stolz und mit strahlenden Augen den Strauß mit den selbst gesammelten, ungleich langen, teils zerdrückten Wiesenblumen entgegenstreckte.

Unbekümmertheit und Glück.

Dieses Bild schien ihr ein Spiegel ihres damaligen Lebens zu sein.

Sie bildete sich ein, sogar noch eine schwache Vorstellung von jenem Sommertag zu haben. Von seiner Wärme und seiner Helligkeit. Von ihrem Vater, wie er mit der Kamera vor seinem Gesicht ihr in einer Entfernung von einigen Schritten gegenüber gestanden und schließlich den Auslöser seines Apparats gedrückt hatte. Klack.

Und gleich darauf nochmals. Klack.

Sie blätterte um. Und nochmals. Klack. Zur Sicherheit, falls eines unscharf wäre.

Von seinem zufriedenen Gesicht, nachdem er die Kamera gesenkt hatte und sie, sein Kind, nun direkt hatte anschauen können.

In freier Wildbahn, sozusagen, dachte Esther trocken.

Esther beim Kindergartenfest mit einem Kranz aus Margeriten im Haar. Esther zusammen mit ihrer Mutter vor einem ihr fremden Haus. Das Bild musste bei einem Sonntagsausflug entstanden sein, da sie beide sehr schön gekleidet waren. Herausgeputzt.

Esther im selben Kleid mit derselben Schleife im Haar wie auf dem Bild zuvor, deshalb wohl am selben Tag aufgenommen, neben ihrem Vater vor ihrem Auto.

Das letzte der seltenen Bilder in diesem Album, auf dem sie beide zusammen abgebildet waren. Das wusste sie, ohne es nachprüfen zu müssen.

Fröhliche Gesichter. Schöne Kulissen.

Auch wenn sie nirgends gemeinsam abgebildet waren, so waren die Aufnahmen, die ihre Mutter hier zusammengestellt hatte, denn das Anlegen der Alben war ihre Aufgabe gewesen, für sie die Bestätigung, dass sie es einst erfahren hatten: Das Glück, eine Familie, Vater, Mutter und Tochter, zu sein. Das vollkommene Familien-Wir.

Das war ein erleichternder Gedanke.

Sie blätterte weiter.

Das Kind mit wehenden Haaren durch den Garten rennend. Mit der Zahnlücke im Mund in die Kamera lachend. Bei den Hausaufgaben vor einem aufgeschlagenen Schulheft, mit dem Füller in der Hand, am Schreibtisch sitzend.

Das war das letzte Bild.

Das letzte Bild, das ihr Vater von ihr gemacht hatte. Vielleicht überhaupt das letzte Bild, das er geschossen hatte, denn der Rest des Albums war leer.

Weiße Fotokartonblätter wechselten sich sinnlos ab mit den transparenten knisternden Zwischenblätter zum Schutz der Bildoberflächen - wenn es denn welche gegeben hätte.

Sie lehnte sich nachdenklich zurück.

Das Album, es war offen und abgeschlossen in einem.

Zeigte in seinem Verlauf Parallelen zu dem ihres Lebens, dem Leben der darin vorgestellten Hauptperson. Symbolisierte den tiefen Einschnitt, den der Tod ihres Vaters für ihr Dasein bedeutet hatte, mit dem, etwa zeitgleich zu diesem Er-

eignis, jähen Ende der erbaulichen, be-
bilderten Darstellung ihrer Wirklichkeit.

Hatte mit den sich anschließenden,
leeren, weißen Blättern ihrer Zukunft
nach Vaters Verlust Raum gegeben. Raum
für weitere Erinnerungen.

Aber diese Zukunft hatte, zur Gegenwart geworden, ein Gesicht angenommen,
das nicht zu dem ihrer unbelasteten Vergangenheit passte.

Es war eine Zukunft geworden, die ein
neues Buch, ein neues Album für sich benötigt hatte.

38

„Warst du erfolgreich?", erkundigte
Thomas sich aufmerksam und gutgelaunt am
Abend bei ihr nach dem Fortschritt ihrer
Arbeit in Johannas Wohnung, als sie im
Wohnzimmer saßen, Esther auf einem der
beiden braunen ledernen Dreiersofas,
Thomas auf dem andern. So konnte sich
jeder, wenn die Müdigkeit langsam durch
die Glieder kroch, über die ganze Länge
seiner Couch ausstrecken.

Thomas hatte die Nachrichten im Fernseher eingeschaltet, die er sich immer,
wenn er zur Zeit zu Hause war, ansehen
wollte.

Auf den Couchtisch vor sich hatte er
ein Glas mit Weinschorle hingestellt und
eine Fachzeitschrift daneben gelegt, mit
der er sich nach dem Ende der Nachrich-
tensendung wohl beschäftigen wollte, so,
wie er es gelegentlich tat. Auch Esther
hatte sich etwas zu trinken mitgebracht,
genauso, wie sie sich nach dem Betreten
des Wohnzimmers auf dem Weg zur Couch
auch spontan mit einer Lektüre, ihrem
bereits etwas abgegriffenen Italienischbuch, das sie sich aus dem Regal der
Schrankwand geschnappt hatte, versorgt
hatte.

Die Sprache gefiel ihr, und da sie und
Thomas für einen ihrer nächsten Urlaube
eine Rundreise durch Sizilien in die en-
gere Wahl gezogen hatten, war es auf jeden Fall kein Fehler, sich das Buch wieder einmal vorzunehmen.

Vorerst lag es geschlossen neben ihr auf dem Sofa.

„Ich habe eigentlich nur Fotos angeschaut und deshalb auch nichts weggeschafft. Also war ich in dem Sinn nicht erfolgreich."

„Hast du denn noch irgendwo neue Bilder gefunden? Ich meine, die paar Alben, die bei Johanna im Wohnzimmer stehen, sind ja schnell durchgeblättert, und wahrscheinlich kennst du eh schon alle Aufnahmen davon.", erwiderte ihr Mann. „Wenigstens den Großteil."

„Oder warst du sonst noch unterwegs?", hakte er nach. „Du warst ja eine ganze Weile weg."

„Nein.", antwortete Esther und schloss aus den Bemerkungen ihres Mannes, dass dieser wohl recht früh zu Hause gewesen sein musste.

„Ich war die ganze Zeit in der Wohnung. Und ich habe mir lediglich das eine Familienalbum, das, in dem meine Kinderfotos sind, vorgenommen und hab mich ganz darin verloren. Wie das halt manchmal so ist.", entgegnete sie unbestimmt und mit einer abschließenden, doch keineswegs unfreundlichen Note in der Stimme. Sie spürte, wie sich eine leichte Müdigkeit, auch Rede- und Erklärungsmüdigkeit, sich in ihr auszubreiten begann und wollte am liebsten einfach nur ihr Ruhe haben.

„Du warst ja auch ein süßes Kind, soweit ich das von den Bildern her, die ich von dir kenne, beurteilen kann."

„Und das Lieblingsmotiv meines Vaters.", ergänzte sie und war um einen netten Ton bemüht. Thomas konnte für ihre Unlust zu reden schließlich nichts, musste sie auch nicht erraten können. „Bilder über Bilder von mir. Oder von mir und Mama. Und eines sogar von meinen Eltern zusammen, als sie irgendwo auf einem Fest waren." Sie machte eine kleine Pause.

„Mama hat so gut wie fotografiert, das war Vaters Sache gewesen. Darum sind Aufnahmen mit ihm eine Seltenheit." Sie sah Thomas an. „Ich denke, er hat ihr nicht zugetraut, dass sie mit Blende, Belichtung, Schärfe, was auch immer, zurechtkommen würde. Und sie sich vielleicht auch nicht.

Du weisst ja, die Ansicht zu Frauen und Technik war damals noch eine andere als heute.

Sie ist zu Vaters Lebzeiten auch nicht selbst Auto gefahren. Den Führerschein hat sie erst nach seinem Tod, als sie allein auf sich gestellt war, gemacht."

„Fotografiert wurde bei uns erst wieder, als ich einen kleinen Automatikfotoapparat bekommen habe.", führte sie die Unterhaltung nun doch weiter. „ Weisst du, eine dieser Pocketkameras mit den aufsteckbaren Blitzwürfeln, die jeweils für vier Aufnahmen gereicht haben, bevor man sie dann völlig verschmort wegwerfen konnte."

Blitzwürfel!, wohl auch ein aussterbendes Wort, kam ihr beim Reden nebenbei in den Sinn.

Sie lachte auf und sah ihren Mann an.

„Wie war das damals alles super modern.", fuhr sie lebhaft fort. „Ich war etwa zwölf, dreizehn Jahre alt, als ich das Ding von Mama geschenkt bekommen habe. Ich habe sogar noch das erste Bild, das damit gemacht worden ist. Ich erinnere mich noch gut daran. Ich war damals mit Anita, einem Nachbarmädchen, in dem Geschäft, in dem meine Mutter den Apparat gekauft hatte und habe mir die Handhabung von einem Verkäufer erklären lassen müssen. Währenddessen hat er das erste Bild damit von Anita und mir vor der Ladentheke gemacht. Sie im roten Anorak, ich im blauen."

Das erste Bild, fiel ihr auf. Immer wieder diese Stützpfeiler, man denen man unter anderem seinen Weg durchs Leben markierte.

Das erste Mal, das letzte Mal.

„Natürlich habe ich in dem Alter am liebsten Freundinnen und Klassenkameraden bei allen möglichen Gelegenheiten fotografiert. Bei Ausflügen, im Schwimmbad, bei Geburtstagen oder andern Festen.", kehrte sie zum eigentlichen Gespräch zurück. „Meine Mutter habe ich dagegen ganz selten aufgenommen. Wir sind nach Vaters Tod ja so gut wie nie ausgegangen oder weggefahren, schon gar nicht in Urlaub, wo es sich angeboten hätte zu fotografieren.

Zu Hause habe ich sie ein paar Mal einfach so zum Spaß geknipst. Beim Kochen, vor der Nähmaschine, oder abends auf dem Sofa vor dem Fernseher. Das hat sie aber überhaupt nicht gemocht, weil sie meistens nicht zurecht gemacht war, wie sie es immer ausgedrückt hatte. So wollte sie nicht auf Fotos zu sehen sein, das weißt du ja selbst."

Sie legte eine kleine Pause ein, wirkte nachdenklich.

„Mama war wohl so erzogen worden," ließ sie ihren Mann an ihren weiterführenden Gedanken teilhaben, „oder hatte einfach die Einstellung gewonnen, dass man sich als Witwe nicht öffentlich vergnügen durfte. Zumindest in den ersten Jahren nach dem Tod des Mannes nicht.

Wenigstens hat sie sich manchmal mit ihren Freundinnen zu einem Kaffeekränzchen getroffen, aber das war ja dann auch privat, sozusagen hinter verschlossenen Türen, bei einer der Damen zu Hause. Und später hat sie sich dann auch der Frauengymnastikgruppe angeschlossen, und noch später den Seniorenturnern. Aber das hat gedauert.

Vielleicht hat sie sich als junge Witwe auch nicht wohl gefühlt damit, von Paaren umgeben zu sein." Sie zuckte mit den Schultern. „Ja, das war sicher mit ein Grund, warum sie nicht gerne ausgegangen ist.

Sie war ja schon nach Kriegsende bei denen, die mit am längsten auf die Rückkehr ihres Mannes aus der Gefangenschaft hatte warten müssen.

Irgendwie war sie immer vom Glück der

andern umgeben gewesen. Und allein." Esther sah ihrem Mann kummervoll in die Augen.

„Kein schönes Leben, wenn man das alles bedenkt.", fügte sie leise hinzu.

„Wahrhaftig nicht.", pflichtete ihr Thomas mit ernstem Gesicht bei.

Betretene Stille stellte sich zwischen den beiden ein.

„Auf jeden Fall gibt es für die Zeitspanne von ungefähr einem Jahrzehnt aus meinem Leben kaum Bilder.", nahm sie den Faden schließlich wieder auf.

„Mama hat ja auch mit meiner einfachen Kamera nicht, oder ganz, ganz selten, fotografiert.

Die paar Bilder, die es von mir aus jener Zeit gibt, sind übrigens auch nicht bei Mutter in der Wohnung. Die habe ich in meinem Album mit dem blauweiß gestreiften Einband eingeklebt, das ich in meinem Zimmer habe. Meistens sind es ja irgendwelche Bilder aus dem Umfeld der Schule. Bilder von Klassenausflügen, von Schulaufführungen oder von Geburtstagsfeiern mit Klassenkameraden."

Sie nahm einen Schluck aus ihrem Glas.

„Nachdem wir uns kennengelernt haben, war meine bilderarme Zeit dann schließlich vorbei." fuhr sie fort und lächelte Thomas an.

„Ja, wir haben wahrhaftig genügend Dias und Fotos aus unserer Studentenzeit.", stimmte er ihr zu.

„Wir haben auch viel unternommen. Zelten, Reisen mit dem Campingbus, Sommer am Baggersee. War eine tolle Zeit.", geriet Esther ins Schwärmen.

„Wir sollten die Bilder wieder einmal anschauen. Und die der Kinder auch."

„Ja, sollten wir. Das macht man viel zu wenig." Lebensweise sah sie ihren Mann an. „Wozu hat man sie sonst? Und für wen?"

Sie sah in Richtung Fernseher.

Stellte fest, dass sowohl die Nachrichten als auch die Wettervorhersage, unbeachtet von ihnen beiden, zu Ende gegangen waren. Prächtige Bergkulissen eines Herz-Schmerz-Filmes, von eingängiger Musik untermalt, hatten den Bildschirm bereits erobert. Thomas war ihren Blicken gefolgt und hatte sich gleichfalls dem Fernseher zugewandt, griff nach der Fernbedienung.

„Möchtest du das sehen?", erkundigte er sich bei seiner Frau. „Nein, um Gottes Willen.", wehrte sie beim Gedanken einer zu erwartenden Heile-Welt-Darstellung ab.

„Du kannst einschalten, was du möchtest. Ich schaue ein bisschen hier hinein." Sie griff nach ihrem Buch und hielt es so hoch, dass Thomas die Vorderseite sehen und lesen konnte. „Vielleicht schaffen wir`s ja mal nach Sizilien."

„Wir müssen uns das nur richtig vornehmen und einen Termin festlegen, dann klappt das auch.", entgegnete Thomas in überzeugtem Ton.

„Dann frag bei Gelegenheit deine Agenda.", forderte ihn seine Frau auf und konnte sich ein „Ich kann mich richten.", begleitet von einem vielsagenden Blick in seine Richtung, nicht verkneifen, um sich dann ihrem Buch zu widmen.

Thomas zappte durch die Programme, bis er bei einem Sender gelandet war, der eine Tierdokumentation ausstrahlte. Er drosselte die Lautstärke gerade soweit herunter, dass er den Beitrag noch gut verfolgen konnte. Seine Zeitschrift blieb weiter unberührt auf dem Tisch liegen.

Esther blätterte in ihrem Buch. Unregelmäßige Verben, Steigerung von Adjektiven, Imperfekt, Relativpronomen und was sonst noch, neben dem reinen Wortschatz, zum Rüstzeug einer Sprache gehörte. Grammatik eben.

Darauf konnte sie sich nun wirklich nicht mehr konzentrieren, stellte sie fest. Sie fühlte sich ein wenig müde.

Aber vielleicht könnte sie zur Auffrischung ihrer vorhandenen Grundkenntnisse einen Text aus den Anfangskapiteln, die sie schon einmal durchgearbeitet hatte, lesen, bemühte sie sich, nicht so schnell aufzugeben.

Testen, ob sie, ohne nachzuschlagen, noch alle Vokabeln kannte oder sich erschließen konnte.

Doch selbst das erschien ihr zu mühsam.

Sie blätterte weiter. Nichts konnte sie zum ernsthaften Lernen bewegen.

Ein wenig enttäuscht über ihre eigene Lustlosigkeit, schlug sie das Buch zu und legte es wieder neben sich.

Was soll's! Es gab Menschen, die konnten kein Wort Italienisch und kehrten trotzdem wohlbehalten, und auch nicht verhungert, aus ihrem Italienurlaub zurück.

Aber mit Thomas den Bericht über die Bären zu verfolgen, reizte sie genauso wenig.

Sie nahm stattdessen die Fernsehzeitschrift, die auf dem Tisch lag, in die Hand, schlug sie auf und suchte sie nach den üblichen Rätseln, die man in Heften dieser Art vermuten durfte, durch. Wurde schließlich auf einer der letzten Seiten fündig. Kreuzworträtsel, Wabenrätsel, Sudoku. Leichte Kost zur Entspannung, wie sie nach dem Lesen einiger Fragen des großen Kreuzworträtsels feststellte.

Vielleicht später. Nach dem Sudoku.

Das Sudoku war ihr sofort ins Auge gesprungen.

Sie mochte die Art Rätsel, bei denen, hatte man einen Anfang auf dem Weg zur Lösung gefunden, sich die weiteren Schritte logisch ergaben, bis am Ende nichts mehr offen blieb.

Da kein Kugelschreiber auf dem Tisch lag, stand sie auf und holte sich einen aus einer der beiden kleinen Schubladen in der Schrankwand, setzte sich wieder hin, nahm das Italienischbuch und legte es auf ihren Schoß als feste Schreibunterlage unter das Heft und begann sogleich, die vorgegebenen Zahlen des Rätsels durchzugehen. Kombinierte, grenzte die in Frage kommenden Zahlen für die einzelnen freien Felder ein, füllte schließlich ein leeres Kästchen nach dem andern mit den passenden Ziffern aus. Da das Rätsel einen eher leichten bis mittleren Schwierigkeitsgrad hatte, war sie ziemlich flink in seinem vollständigen Lösen. Zufrieden betrachtete sie die insgesamt neun Zahlenquadrate, die die Bausteine für das große Gesamtquadrat bildeten. Wo jedes, also sowohl die kleinen Quadrate für sich als auch das große ganze, eine in sich geschlossene, vollkommene Einheit in der Anordnung und dem einmaligen Auftreten der Zahlen von eins bis neun bildeten.

Wo in jeder Einheit keine Zahl sich über eine andere erhob und jede für sich ihren einzig richtigen Platz ebenso selbstverständlich und bescheiden wie die übrigen acht es ihrerseits taten und im Rang gleichgestellt, einnahm. Wo sich alle Zahlen am Ende zu einem Gesamtbild zusammenfügten, das für sie der Ausdruck einer schlichten natürlichen Art von Perfektion war.

Sie liebte diese Vollkommenheit.

Thomas hatte sich zwischenzeitlich, die Sendung war augenscheinlich schon vorüber, seine Zeitschrift vorgenommen und schien ganz in die Lektüre vertieft zu sein. Offensichtlich hatte er nicht wahrgenommen, auch nicht aus dem Augenwinkel heraus, dass Esther ihr Rätsel beendet hatte, denn sonst hätte er, nachdem sie das Heft zugeschlagen hatte und einfach nur da saß, zumindest einmal ihren Blick gesucht, ihr ein Lächeln oder ein Wort geschenkt.

Den Ton des Fernsehers, welcher immer noch lief, obwohl sie beide sich augenblicklich nicht von seinem Angebot locken ließen, hatte ihr Mann zwischenzeitlich auf das Niveau einer Hintergrundberieselung eingestellt. Er wusste, dass sie, auch wenn sie sich, wie gerade eben, anderweitig beschäftigte, von Zeit zu Zeit gerne einen Blick auf den Bildschirm warf. Um nicht zu verpassen, wenn etwas, was sie interessieren könnte, gesendet wurde.

Esthers Blick ruhte eine Weile auf Thomas.

Entspannt ließ sie sich auf dem Sofa zurücksinken und schloss die Augen. Horchte in die Umgebung hinein.

Durch die angelehnte Wohnzimmertür waren aus dem oberen Stockwerk gedämpft Stimmen zu hören. Martina und Julian schienen sich im Flur zu unterhalten. Gut zu unterhalten, denn ab und zu war zwischen den Wortfetzen ein kurzes Lachen sowohl des einen als auch des andern zu vernehmen.

Das Rascheln des Papiers, wenn Thomas eine Seite umblätterte.

Die leise, gefällige Musik, die die laufende Fernsehsendung untermalte.

Unser Daheim!, dachte sie nur.

Und mit einem friedlichen Lächeln auf

dem Gesicht ließ sie sich von ihren Träumen entführen.

Sie fand sich wieder im Zuhause ihrer Jugend, sah sich zusammen mit ihrer Mutter im Wohnzimmer sitzen.

Dem Wohnzimmer mit den engmaschigen Stores und den schweren Übergardinen vor dem einzigen Fenster des Raums, mit den prall gepolsterten Sesseln, zwei an der Zahl, und dem zugehörigen Sofa, darauf in jeder Ecke ein großes, mit Kreuzstichen besticktes Sofakissen, mit dem dunklen Holzcouchtisch, dessen Mitte ein Häkeldeckchen mit einem Usambaraveilchen darauf zierte, der Stehlampe mit dem riesigen, zylinderförmigen, gelblichen Schirm, der halbhohen, ebenfalls aus dunklem Holz gefertigten Anrichte an der langen, fensterlosen Wand, darauf eine Standuhr, ein Kindergartenbild von ihr, Esther, manchmal eine Vase mit einem frischen Blumenstrauß, üblicherweise Nelken, und das klobige Radiogerät in seinem Holzgehäuse.

Und in einer freien Ecke des Raums der obligatorische Gummibaum auf dem Boden und ein riesiger Asparagus auf einem Blumenständer, ein paar Grünlilien auf der Fensterbank. Ein großes Porträt ihres Vaters an der Wand. Und nicht zu vergessen den Fernseher, der tagsüber hinter den Türen des eigens für ihn geschaffenen Schranks verborgen war.

Das Hörerwunschkonzert lief im Radio. Die Sendung am Mittwochabend, die sie und ihre Mutter nach Möglichkeit nie hatten versäumen wollen.

Allerdings hatte sie, die Schülerin, das Programm nur in der Ferienzeit, wenn überhaupt, bis zu Ende, bis Mitternacht, verfolgen können.

Ihre Mutter hatte sich zur abendlichen Beschäftigung eine Strickarbeit mit ins Wohnzimmer gebracht, während sie, das dreizehn, vierzehnjährige Mädchen, sich dem Besticken einer Tischdecke widmen wollte. Jede hatte es sich in einem der Sessel bequem gemacht. Die Stehlampe hatten sie, wie immer, wenn sie so zum Handarbeiten beieinander saßen, näher zu und zwischen sich gezogen, damit sie ihnen mit ihrem Licht, zusätzlich zur normalen Zimmerbeleuchtung durch die gläserne Deckenlampe, das erforderliche Maß an Helligkeit für ihre Tätigkeiten lieferte.

Dieses Bild mit seinem etwas düsteren Grundton wirkte, dachte Esther im Rückblick auf jene Zeit, wenn sie beide noch einfache, unter dem Kinn züchtig zusammengebundene Stoffhauben getragen hätten, als sei es einem mehrere Jahrhunderte alten Gemälde nachempfunden worden.

„Früher, da haben wir abends zusammengesessen, Radio gehört und gestickt oder gestrickt." Die Aussage schien ihr für eine weit entfernte Vergangenheit gültig zu sein, und doch traf sie auf ihre eigene Jugend als wahr zu.

Wie musste dieser Satz erst in den Ohren ihrer Kinder klingen, denen teilweise ja schon die Grundvoraussetzungen für den beschriebenen Zeitvertreib fehlten?

Bereits Maria als ältestes ihrer Kinder hatte die Grundlagen des Handarbeitens nicht mehr umfassend in der Schule erlernt, hatte zwar elementare Kenntnisse im Sticken vermittelt bekommen, konnte aber beispielsweise gar nicht stricken, hatte sich lediglich eine Unterrichtseinheit lang mit Luftmaschen und festen Maschen im Zuge der Herstellung eines Häkelschals herumgequält.

Sie hatte, ebenso wie ihre Geschwister, auch nie den Wunsch geäußert, ihre handarbeitlichen Fähigkeiten über diese schulischen Pflichtübungen hinaus erweitern oder festigen zu wollen.

Alles war wieder da, als säße sie, in der Zeit zurückgefallen, im Wohnzimmer mittendrin.

Das muntere Klappern der Stricknadeln.

Ihre eigenen gleichmäßigen Atemzüge, die gelegentlich außer Takt oder gar für Sekunden ins Stocken geraten waren, wenn die Stickereien etwas komplizierter geworden waren und ihre ganze Aufmerksamkeit erfordert hatten, so das sie unbewusst und wie nebenbei die Luft angehalten hatte, um dann, wenn ihr Körper des Mangels gewahr geworden war, genauso unbewusst und wie nebenbei den regelmäßigen Rhythmus des Ein- und Ausatmens wieder aufzunehmen.

Die wohlklingende, vertraute Stimme des Radiomoderators, der seine Zuhörer locker plaudernd mit kleinen Alltagsgeschichten und Anekdoten vier kurzweilige Stunden lang bis Mitternacht durch den Abend geleitet, dabei von einem Musiktitel zum nächsten gekonnt eine Brücke geschlagen hatte.

Das Musikprogramm an sich. „Rote Lippen soll man küssen,", „ich will `nen Cowboy als Mann," „wenn bei Capri die rote Sonne.." .

Das Knacken im Radio.

Ein „Das wurde schon lange nicht mehr gespielt.", „Darauf habe ich gewartet.", „Das kenne ich gar nicht.", oder „Das fehlt keine Woche.", von Mutter oder Tochter zum gerade eingespielten Titel, die Nachfrage „Wie weit bist du?", wenn sich die Blicke der beiden Frauen getroffen hatten, um dann nach der Antwort wieder schweigend mit ihrer Arbeit fortzufahren.

Über Stunden hinweg war man so zusammengesessen.

Esther hing mit geschlossenen Augen ihren Erinnerungen nach. Der Zweisamkeit und der Ruhe. Der Geborgenheit und der Wärme des Zuhauses.

Thomas` gleichmäßige, tiefen Atemzüge holten sie zurück. Er war im Sitzen eingenickt, mit der Zeitschrift noch immer fest in der Hand. Was ihm öfter passierte, wenn er nach einem Arbeitstag abends auf der Couch endlich zur Ruhe kam.

Sie stand auf und glitt leise aus dem Zimmer. Ging in die verlassene Küche und setzte sich an den Tisch. Genoss das bloße, stille Sein.

39

Esther stand mit gefalteten Händen am Grab ihrer Mutter. Sie hatte es gerade in Ordnung gebracht, den verwelkten Blumenstrauß durch einen frischen Bund gelber Rosen ersetzt, die Begonien ausgeputzt, das sprießende Unkraut gezupft, alles am Rand des Friedhofs zu den Grünabfällen gebracht und anschließend zwei Gießkannen voll Wasser über das Rechteck aus Erde vor ihr verteilt. Sie hielt ihren Blick auf das Holzkreuz gerichtet, an dem das feine schwarze Band, das es noch immer umgab, im schwach wehenden Wind sanft flatterte.

Johanna Korte. 1922, 2009.

Eckdaten. Name, Anfang und Ende.

Obwohl, Anfang und Ende der Johanna Korte?, stutzte Esther auf einmal. Das war so eigentlich nicht richtig.

1922 war Johanna Häussler zur Welt gekommen, die 1943 Anton Korte heiraten sollte.

Johanna Korte geb. Häussler.

War diese Korrektheit hier, an diesem Ort, wichtig? Oder notwendig?

In wessen Sinn, führten Esther ihre Überlegungen in die nahe Zukunft, musste sie sich überhaupt die Frage nach der Inschrift auf dem späteren Grabstein stellen? In Mutters Sinn oder in ihrem Sinn? Im Sinne öffentlichen Interesses gar, nämlich, dass man Johannas Grab finden und es als das ihre identifizieren konnte?

Bräuchte man dazu den Geburtsnamen? So lange, wie ihre Mutter schon Korte hieß?

Esther Winter, geborene Korte.

Wie wichtig war Korte, ihr eigener Geburtsname, denn für sie selbst?

Mit Überzeugung trug sie denselben Nachnamen, und nur diesen, wie ihr Mann und ihre Kinder.

Doch es gab auch ein Leben davor, das der Esther Korte, geboren als Tochter von Anton und Johanna Korte. Der Schülerin Esther Korte, dem Teenager Esther Korte, der Studentin Esther Korte. Alles Lebensabschnitte, die ausschließlich zu Esther Korte gehörten.

Für manche ihrer Klassenkameraden oder Mitstudenten, zu denen der Kontakt nach der gemeinsamen Schul- oder Studienzeit abgerissen war, existierte sie nur als Esther Korte.

Ihre Zeugnisse, ihr Studienbuch, alles war auf Esther Korte ausgestellt - und immer noch gültig. Diese Jahre gehörten so original zu ihr wie es die Jahre nach dem Namenswechsel taten.

Sie machte sich auf den Weg zurück zum Auto. Der Kies knirschte bei jedem Schritt unter ihren Füßen.

Einzelgräber, Doppelgräber.

Hildegard Altstätter geb. Stritt. Egon Schwarz. Amalie Schwarz geb. Holderer, verw. Beier. Frederike Zumstein geb. Pollner. Hans Heinrich Zumstein. Simon Brun. Giuseppe Gros. Inge Gros.

Während die Namen auf den Grabsteinen an ihren Augen vorbei zogen und sich Esther dem Ausgang näherte, erinnerte sie sich mit einem Mal an den Tag, an dem ihrer Mutter schriftlich mitgeteilt worden war, dass das Grab ihres Mannes, dessen Liegezeit längst abgelaufen war, in Kürze aufgelöst werden sollte.

„Ich hatte immer gehofft, dass ich neben Anton beerdigt werden könnte.", hatte sie diese Nachricht mit leiser Stimme und trauriger Miene kommentiert, nachdem auch Esther das Schreiben gelesen hatte.

Sie hatte schon fast das schmiedeeiserne Tor erreicht, als ihre Aufmerksamkeit, und das nicht zum ersten Mal, auf ein Einzelgrab gezogen wurde, das auf ihrem üblichen Weg über den Friedhof lag. Etwas abseits zwar, aber sich aus der Reihe dadurch augenfällig hervorhebend, da die an seine beiden Seiten angrenzenden Gräber bereits aufgelöst und abgeräumt worden waren und es wie eine kleine, bunte, kultivierte Insel inmitten des umgebenden einheitlich grünen Grases wirkte.

Esther lenkte ihre verlangsamten Schritte in seine Richtung, um die Inschrift auf seinem schmalen Stein lesen zu können.

Was dort stand, gefiel ihr.

Hatte sie vom ersten Mal an berührt.

So wollte sie es machen, entschied sie in diesem Moment.

40

Beim Betreten des Wohnzimmers fiel ihr der Stapel Fotoalben, der noch vom ihrem letzten Besuch auf dem Couchtisch lag, direkt ins Auge. Obenauf das rote Exemplar, das ihr wie ein Reiseführer durch die Erinnerungen an ihre frühen Jahre gedient hatte.

Wie magisch angezogen vom Anblick dieses Albums, ging sie langsam darauf zu, streckte eine Hand nach ihm aus und berührte, beinahe ehrfürchtig, mit den Fingerkuppen das glatte Kunstleder seines Einbands.

So vieles bargen die Seiten in sich, die von diesen simplen dünnwattierten Pappdeckeln über Jahrzehnte hinweg zusammengehalten worden waren.

Den Säugling, das Kleinkind, die Schülerin Esther. Mutter Johanna. Vater Anton.

Familie Korte.

Die vollständigste Bebilderung ihrer frühen glücklichen Jahre, die für sie möglich würde, dachte sie.

Kein Foto würde mehr dazu kommen, mit dem jene Zeit noch genauer und schöner nachgezeichnet werden könnte, denn wer sollte es liefern? Die meisten Personen aus Mutters Bekannten- und Freundeskreis, die mit einem Bild und seiner zugehörigen Geschichte einen Beitrag zu diesen Jahren hätten beisteuern können, waren tot, und dass sie selbst noch verschollene Fotografien aus jener Zeit in einem verborgenen Winkel dieser Wohnung finden würde, konnte sie angesichts der offensichtlichen Gewissenhaftigkeit, mit der alle aufgenommenen Bilder in diesem Buch gesammelt worden waren, mit großer Wahrscheinlichkeit ausschließen.

Das Album war für sie vollkommen!

Die restlichen Alben?

Keines davon übte mit seinen Inhalten, die sie ja in etwa kannte, eine ähnlich starke Anziehungskraft auf sie aus wie die Bilder aus der Zeit, als sie eine richtige Familie gewesen waren.

Weder die Hochzeitsbilder ihrer Eltern noch die Aufnahmen zum 65. Geburtstag ihrer Mutter. Und die Bilder des frischen Grabes ihres Vaters mit seinen Kränzen waren keine, auf die anzuschauen man sich freuen würde.

Keine Frage, sie würde sich für all diese Aufnahmen Zeit zum Betrachten nehmen. Aber nicht jetzt.

Sie zuckte mit den Schultern und sah wie bedauernd zu diesem kleinen Turm vor sich, als wollte sie sich bei den betroffenen Alben für deren nachrangige Bedeutung für sie entschuldigen. Dafür, dass jedes von ihnen das ungerechte Dasein eines Zweiten als erstem Verlierer fristete.

Das war eben so im Leben.

Sie zog ihre Hand sacht vom roten Album zurück und verließ das Zimmer.

Sie ging durch den Flur in die Küche und steuerte auf die Spüle zu, griff nach dem einzelnen, wie verloren im Geschirrkorb stehenden, umgedrehten Wasserglas, das sie, seit diese Wohnung die ihre war, sie sich angewöhnt hatte zum Trinken zu benutzen und es danach der Einfachheit halber kurz ausspülte und so abstellte, wie sie es gerade vorgefunden hatte.

Im normalen Alltag verabscheute sie es, ein nasses Glas einfach der Luft zu überlassen, weil es im späteren, trockenen Zustand immer Spuren von einstigen Wassertropfen, die auf halber Strecke zum Glasrand wie kraftlos hängengeblieben und dann langsam verdunstet waren, aufwies und das gegen das Licht gehalten nie glänzend sauber, sondern nachlässig und lieblos behandelt wirkte.

Wenn sie es hier in den Schrank hätte stellen wollen, dann hätte sie es selbstverständlich auch hier zuvor gespült und abgetrocknet und dann erst eingeräumt. Aber wozu einräumen und eine Ordnung herstellen beziehungsweise einhalten, wenn sämtliche Ordnung in dieser unbelebten Wohnung gerade in der Auflösung begriffen war, wenn es unter ihrer, Esthers, Herrschaft an diesem Ort keine Zukunft für Johannas Welt mehr gab? Das Glas jedenfalls benötigte keinen ordentlichen Platz mehr im Schrank. Es war nur noch übergangsweise da, um in die Hand genommen und mit Wasser oder einem anderen Getränk gefüllt zu werden, um mit seinem Inhalt Esthers Durst zu löschen. Und dazu genügte es, wenn es, sofort griff- und einsatzbereit, einfach so hier draußen stand.

Sie spülte es kurz aus und ließ anschließend kaltes Leitungswasser hineinlaufen, setzte sich mit dem Glas in der Hand auf jenen Küchenstuhl, von dem aus sie den ganzen Raum vor sich hatte, lehnte sich zurück und trank das Glas in einem Zug aus.

Nachdenklich ließ sie ihren Blick durch den verschlankten Raum und durch die Tür hinaus in den Flur wandern.

In einigen Wochen würde die Wohnung vielleicht schon gänzlich leer und die Auflösung vollendet sein, und sie würde ihr persönliches Familienerbe bestimmt, würde es sozusagen aus Mutters Gesamtnachlass ausgesiebt haben.

Und wenn sie und Thomas einmal nicht mehr sein würden, dann würden ihre Kinder mit ihrem Nachlass genauso verfahren. Und ihre Kindeskinder wiederum mit deren Erbe. Jede Generation würde ihren aktuellen Nachlass ausdünnen, würde sich im Zuge dessen vermutlich die ähnlichen Fragen, wie sie es in den letzten Wochen getan hatte, zu einem Ja oder Nein, zum Erhalt oder zum Abschied von einzelnen Stücken, stellen.

Was würde sich wohl aus der Häussler-Korteschen Hinterlassenschaft am längsten im Familienbesitz halten?

Wie viele Stationen, wie viele Generationen, würde es dauern, bis auch das letzte Stück aus Mutters Erbe verschwunden sein würde?

Besaß sie selbst eigentlich etwas, das

von einem ihrer Urgroßeltern stammte? Soweit sie wusste, nein.

Thomas` Taschenuhr, die er von seinem Großvater vererbt bekommen hatte, könnte vielleicht schon dessen Vater gehört haben. Sie musste ihren Mann danach fragen.

Schmuck könnte sich halten, kehrte sie zu ihren Überlegungen zurück. Mutters zeitlose Perlenkette.

Vielleicht wäre sie jenes letzte Erbstück aus Mutters Besitz.

Das rote Album?

Vorstellbar, dass es zu den Dingen zählen könnte, die noch zwei, möglicherweise sogar drei Ortswechsel nach dem unmittelbar bevorstehenden mitmachen würden.

Es würde irgendwann einmal das Album mit Mamas Kinderfotos sein. `Und schau mal, wie jung Oma Johanna da noch war.` `Ist das unser Großvater? Jetzt weiß ich, woher du deine Ohren hast.` Und dann? Omas Bilder? `Wie Oma Esther damals ausgesehen hat!` Vielleicht. Uromas Bilder? Mit Glück. Und dann? Dann wäre es vermutlich soweit. Dann würde es für den Betrachter Bilder längst verstorbener, selbst nie getroffener Vorfahren enthalten. Familiengeschichtlich interessant vielleicht, aber sonst?

Bilder für die Mülltone.

So würde es früher oder später kommen.

Sie stand auf, schließlich sollte sie etwas tun, und ging in den Flur. Sie sah ein Stück des Nachttischchens durch die offene Schlafzimmertür ihr schräg gegenüber, zuckte ein wenig zusammen. Antons Briefe!

Sie trat die zwei Schritte, die nötig waren, um das Möbelstück in seiner Gänze in ihrem Blickfeld auftauchen zu lassen, nach vorne.

Die beiden Knöpfe an der Schublade und der in der Mitte des oberen Drittels der Klapptür waagrecht angebrachte, gerade Griff verliehen dem Schränkchen ein wenig das Aussehen eines Gesichts. Eines ernsten Gesicht.

Eines Gesichts eines zum Schweigen verdonnerten Wesens, das darum seine Lippen verbissen aufeinander presste. Das entschlossen war, den zu einem Strich geformten, schmalen Mund erst dann wieder zu öffnen, nachdem es von seiner Schweigepflicht entbunden worden war.

Seit Mutters Tod war dieses Recht der Freigabe auf sie übergegangen.

Sie würde es wahrnehmen, das hatte sie inzwischen entschieden. Sie würde die Briefe lesen.

Denn was würde sie näher an ihren Vater bringen als seine originalen Gedanken? Seine Zeilen würden ihr vielleicht Antworten geben auf Fragen, die sie gar nie gestellt hätte.

Und wenn ihr deren Inhalt zu persönlich und zu intim würde, dann hinderte sie nichts daran, die Briefe wieder wegzulegen oder gar zu vernichten.

Vorerst würde sie sie jedoch nicht antasten, sie wollte erst einmal alles andere hier erledigt haben, wollte der Neugierde und der Sehnsucht nach dieser Begegnung die nötige Zeit zu reifen geben.

Sie würde die Briefe erst einmal mit zu sich nach Hause nehmen und in ihrem Schreibtisch in jene Schublade legen, an der sich niemand außer ihr unaufgefordert zu schaffen machte.

Esther betrat das Schlafzimmer nun vollends und musterte den Raum. Kam sich ein wenig wie ein ausgesetztes Kind vor in dieser Umgebung der bald erreichten und fürs erste beabsichtigten Leere.

Sie ging zur Fußseite des Bett, setzte sich hin und ließ sich rücklings auf das Federbett sinken.

Sie verschränkte die Arme unter ihrem Kopf und sah zur Deckenlampe.

Noch nie hatte sie so hier gelegen, wurde ihr auf einmal bewusst. Kam jetzt der endgültige Wandel? Trat sie jetzt auch innerlich ihr Erbe an? Würde sie sich künftig mehr und mehr Dinge erlauben, die sich anzumaßen ihr vor einem halben Jahr nicht in den Sinn gekommen wären? Sich auf Mutters Bett fallen zu lassen, alle Schubladen ihrer Möbel zu öffnen und durchzusehen? War sie nun tatsächlich auf dem Weg, sich Mutters Hinterlassenschaft zu eigen zu machen?

Hinterlassenschaft, dachte Esther melancholisch. Auch ich gehöre zu Mutters Hinterlassenschaft.

`Du hast mich hinterlassen, Mama. Zurückgelassen.`, klagte Esther ihre Mutter im Geiste an. Es schnürte ihr den Hals zu, Tränen drohten ihr in die Augen zu steigen. Arme und Beine wurden schwer. Sie schluckte. Sie war nun die Letzte aus der Familie Korte. Es war ihr, als bliese ein kalter Wind von allen Seiten um sie herum. Sie fröstelte.

Und die Vorstellung, in ihrem zwar nirgends aufgezeichneten, aber dennoch vorhandenen Stammbaum die Nächste zu sein, unter deren Name ein Kreuz mit einem hoffentlich noch weit in der Zukunft liegenden Datum eingetragen wurde, ließ sie zusätzlich schaudern. Aber lieber wollte sie früher, zu früh, gehen, als dass eines ihrer Kinder... Gequält schloss sie die Augen. Sie wollte den Gedanken zu dieser Gnadenlosigkeit, die unzählige Elternherzen schon gebrochen hatte und es immer wieder tun würde, gar nicht zu Ende führen.

Esther hielt ihren Blick zur Decke gerichtet, bis deren Weiß zu flimmern begann.

Sie hatten die Reihenfolge bisher eingehalten.

Erst ihre Eltern, und irgendwann einmal sie selbst.

Aber der zeitliche Abstand, der zwischen dem Tod des Vaters und dem der Mutter lag, war alles andere als im üblichen Rahmen.

Er war so groß, dass sie ihre Eltern mehr oder weniger immer getrennt gesehen hatte. Erst den Vater, dann die Mutter.

Wenn sie sich ihres Vaters erinnerte, dann sah sie einen von angenehm warmen Licht beschienen Menschen vor sich, der fürsorglich und liebevoll gewesen war.

Einen Menschen, dessen Leben viel zu kurz und dessen Leid viel zu groß gewesen war.

Einen Menschen, mit dem sie, die Tochter, zu wenige Jahre, zu wenige Erlebnisse hatte teilen dürfen, und die sich in ihrem Gedächtnis darum umso mehr als wundervolle, kostbare Erfahrungen eingeprägt hatten.

Sie hatte sich zu keinem Zeitpunkt, obwohl die Situation für sie damals, trotz aller Gewöhnung daran, manchmal auch unheimlich, fremd und bedrückend gewesen war, von ihrem Vater durch dessen Tod als im Stich gelassen gefühlt. Sein Sterben in der häuslichen Umgebung war durch den verhältnismäßig langen Zeitraum, die es gedauert hatte, Teil ihres Lebens geworden, sein Tod war ihr, trotz ihres kindlichen Alters, nur als eine konsequente, natürliche Folge erschienen.

Kein Schatten hatte nach seinem Tod ihr helles Bild von seiner Person wirklich trüben können.

Sie hatte seine, möglicherweise väterliche Härte, seine Prinzipien in grundsätzlichen Erziehungsfragen nicht kennenlernen dürfen. Oder, wenn es ihr in den Jahren als Teenager oder als junge Erwachsene denn passiert wäre, hätte sie vielleicht auch gesagt, kennenlernen müssen.

Seine Ermahnungen, den Teller leer zu essen oder den Anorak ordentlich an den Haken zu hängen, waren ihr zwar lästig gewesen, die sie, wenn auch manchmal leise vor sich her maulend, brav befolgt hatte. Aber das waren belanglose Unannehmlichkeiten in ihrem kindlichen Alltag gewesen.

Es war allein ihre Mutter gewesen, die der 15jährigen Esther den Besuch der Tanzveranstaltung bis über Mitternacht hinaus hatte verbieten müssen. „Mama, alle andern dürfen auch. Nur ich wieder nicht!"

Es war auch allein ihre Mutter gewesen, die das darauf folgende, strafende Schweigen ihrer Tochter hatte ertragen müssen.

Und die beim Chemielehrer wegen schlechter Leistungen zur Einzelsprechstunde hatte erscheinen und ihre Tochter immer wieder zum intensiven Lernen hatte anhalten müssen. Die die Hausaufgaben kontrollieren und verpatzte Arbeiten hatte unterschreiben müssen.

Die, wenn sie mal wieder die unmöglichste Mutter der Welt gewesen war, dennoch das Leben mit der pubertierenden Tochter unter einem Dach hatte aushalten müssen. Jeden Tag. Ohne Auszeit.

Die die Angst, wenn ihre Tochter nachts nicht zur verabredeten Zeit nach Hause gekommen war, alleine hatte durchstehen müssen. Die sich in ihrer Sorge nicht an ihren Mann hatte lehnen, in ihrer Mischung aus Wut und Erleichterung über die Spätheimkehrerin diesen nicht hatte vorschicken können, um der Tochter eine Standpauke zu halten und sich selbst einfach einmal zurückzunehmen. Auszuklinken.

Die nie die Verständnisvolle, die Beschwichtigende, die Ausgleichende, zumindest die Neutrale für ihre Tochter hatte sein können, wenn diese sich in schwierigen Zeiten mit dem Vater befunden hätte.

Das alles hatte ihre Mutter nicht erleben dürfen.

„Was ist mir anderes übrig geblieben?", hörte Esther wieder deren Worte zu ihrem Weg, den sie für sich selbst und gemeinsam mit ihrer Tochter gegangen war.

Esther sah das Bild ihrer Mutter vor sich.

Mit ihrem silbergrauen Haar, den wachen Augen, dem entschlossenen Blick, der geraden Körperhaltung.

Eine starke Frau.

Und dennoch hatte ihre Mutter in den Jahren, in denen sie ihre Tochter durch alle Höhen und Tiefen, die das Erwachsenenwerden mit sich brachten, bedingungslos begleitet hatte, nie eine echte Chance gehabt, in ähnlich verklärter, verherrlichender Weise von ihrer Tochter gesehen zu werden, wie es ihrem verstorbenen Mann nach dessen Tod von Esther zuteil geworden war.

`Dabei hast du deine Sache gut gemacht, Mama, sehr gut sogar,ˋ dachte Esther wehmütig, die Augen immer noch starr auf die weiße Decke gerichtet. Über der der Himmel war.

ˋDas würde ich dir so gerne noch sagen.ˋ

Zu spät.

Sie spürte die warmen Tränen nahe ihren Schläfen in den Haaren versiegen.

Blieb noch eine Weile liegen, bevor sie leise und wie ein Schatten aus der Wohnung verschwand.

41

Monate waren seither vergangen. Johannas Wohnung war als solche Geschichte, war inzwischen auch in Esthers Kopf, und nicht nur rechtlich, zu ihrem Eigentum geworden und als `die Wohnung` in den allgemeinen Sprachgebrauch der Familie eingegangen.

Petra hatte das Angebot ihrer Freundin angenommen und war für einige Zeit in die frei gewordenen Räume gezogen, damit sie und Klaus sich in Ruhe darüber klar werden konnten, ob es noch eine gemeinsame Zukunft für sie geben würde.

Sie hatten sich zusammengerauft.

Klaus rannte zwar immer noch, aber in gemäßigtem Umfang.

Er schätzte inzwischen die abendlichen Spaziergänge und Gespräche mit seiner Frau, die sie seit ihrem Neustart miteinander unternahmen.

Maria hatte gerade ihr Studium abgeschlossen und würde demnächst ihre Referendarstelle ganz in der Nähe antreten und tatsächlich bald in das ehemalige Zuhause ihrer Großmutter einziehen, würde die Küche, die nicht abgebaut worden war, mit ihrem eigenen Geschirr füllen und die übrigen Zimmer nach ihrem Geschmack mit ihren eigenen Möbeln einrichten.

Das alltägliche Leben hatte zu seinen gewohnten Bahnen zurückgefunden. Dass Johanna nicht mehr da war, entwickelte sich genauso, wie es Esther im Lauf der

Jahre nach ihres Vaters Tod erfahren hatte, immer mehr zur akzeptierten Tatsache.

Was von Johannas Nachlass in das Haus ihrer Tochter eingezogen war, hatte sich dort mittlerweile wie ganz natürlich eingefügt. Die wenigen Gegenstände, denen man bei seinem Gang durchs Haus begegnete, etwa der Kaffeemühle in der Küche auf einem Regal oder dem Gong, den Esther übergangsweise, und erfahrungsgemäß dann doch für lange Zeit, in ihrem Arbeitszimmer aufgehängt hatte, wurden immer weniger als etwas Neues oder Fremdes wahrgenommen. Johannas Andenken gehörten nun zur Welt der Familie Winter.

Der allerletzte Rest der guten Kleider waren wider besserer Ideen ebenfalls in einem Karton für eine Kleiderspende gelandet, der, zusammen mit den anderen, dem gleichen Zweck zuzuführenden Kisten, auf Abruf im Keller bei den Winters bereitstand. Für wie viele Jahre wohl? Esthers hatte eine Vorahnung!

Die Möbel, das Geschirr und die Haushaltswaren, die sie nicht bei sich untergebracht hatte, waren soweit als möglich sinnvoll entsorgt worden. Waren in ein Gebrauchtwarenhaus gebracht worden, und der Rest war auf dem Recyclinghof gelandet, einiges auch auf dem Müll.

Antons Briefe ruhten in der gleichen Schublade wie die Dokumentenmappe.

Esther war auf dem Parkplatz vor dem Friedhof angekommen und stieg aus dem Auto aus. Sie öffnete den Kofferraum, nahm den Rosenstrauß in die Hand und griff nach der grünen, für ihre Spitze am unteren Ende typischen Grabvase. Sie ging über den Kiesweg zum Brunnen, füllte die Vase mit Wasser, ging weiter zum Grab, steckte das Gefäß in die Erde und stellte den Strauß ein.

Sie blieb vor dem Grab stehen, sah auf die Inschrift des hellen, freundlichen Granitsteins, der inzwischen gesetzt worden war.

Die Liebe jedoch, sie hört niemals auf

> *Johanna Korte*
> *geb. Häussler*
> *1922 – 2009*
>
> *In memoriam*
> *Anton Korte*
> *1919 – 1966*

Das war das letzte, was sie für ihre Eltern hatte tun können, dachte sie mit leichtem Herzen.

Zeitfracht Medien GmbH
Ferdinand-Jühlke-Straße 7
99095 Erfurt, Deutschland
produktsicherheit@kolibri360.de